我等你们来找我的这一天、
已经很久了。

魅丽文化　花火工作室

与星光共眠

2

傅九 著

江苏凤凰文艺出版社

图书在版编目（CIP）数据

与星光共眠. 2 / 傅九著. -- 南京 : 江苏凤凰文艺出版社, 2025.1. -- ISBN 978-7-5594-9180-0

Ⅰ. I247.5

中国国家版本馆CIP数据核字第2024HZ4521号

与星光共眠.2

傅九 著

出版统筹	曾英姿
责任编辑	周颖若
特约编辑	夏 沉　余叮咚
封面设计	殷 舍
出版发行	江苏凤凰文艺出版社
	南京市中央路165号，邮编：210009
网　址	http://www.jswenyi.com
印　刷	长沙金鹰印务有限公司
开　本	880mm×1230mm　1/32
印　张	9
字　数	267千字
版　次	2025年1月第1版
印　次	2025年1月第1次印刷
书　号	ISBN 978-7-5594-9180-0
定　价	46.80元

江苏凤凰文艺版图书凡印刷、装订错误，可向出版社调换，联系电话025－83280257

目录

CONTENTS

第一章	· 001
"绿茶"聿哥得所爱	

第二章	· 032
真假旧爱祸人心	

第三章	· 062
家暴亡案恐人性	

第四章	· 094
婚约缠身遭分手	

第五章	· 124
深入敌穴救孤孩	

第六章 · *154*
失忆同居撩人心

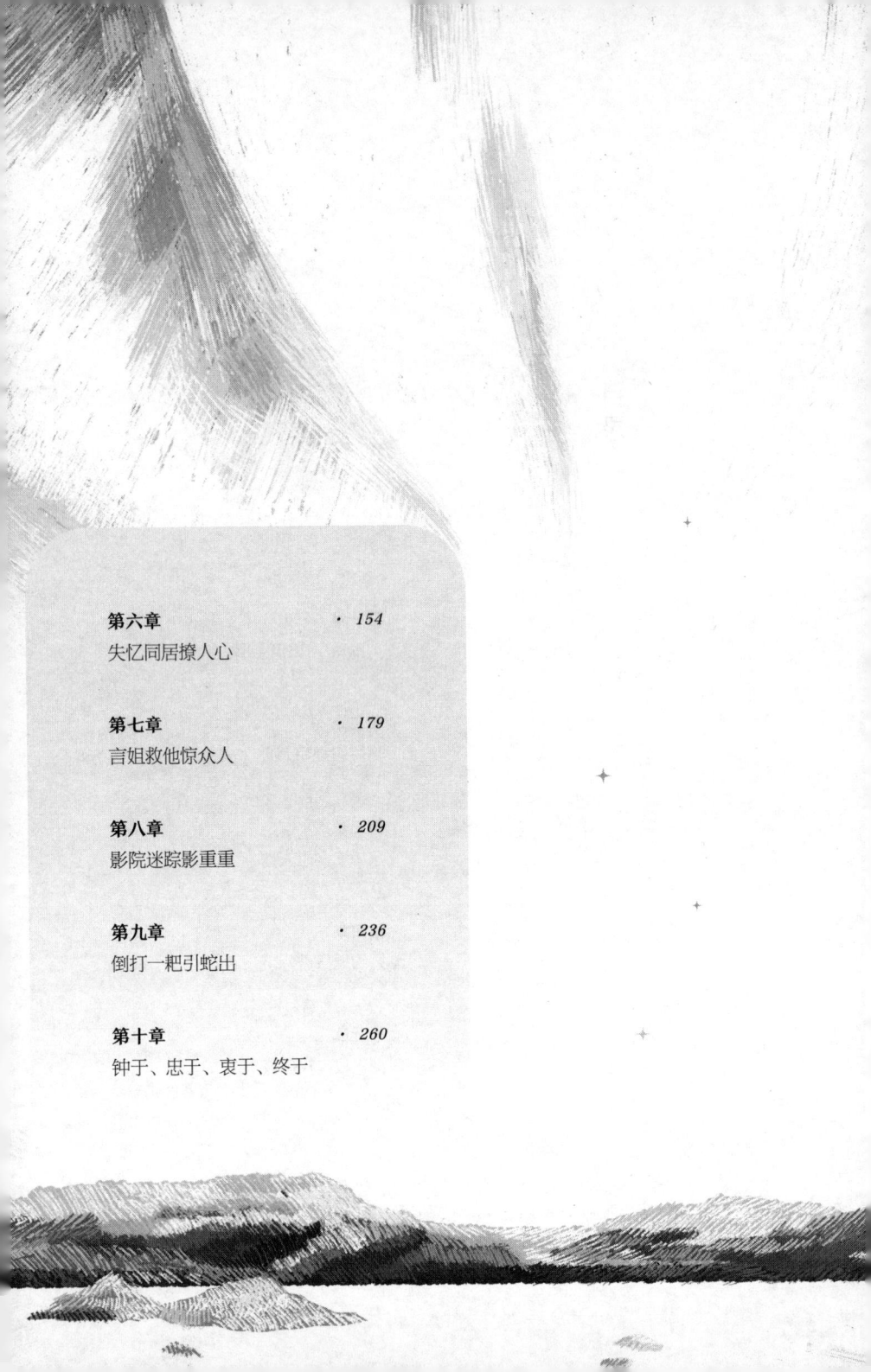

第七章 · *179*
言姐救他惊众人

第八章 · *209*
影院迷踪影重重

第九章 · *236*
倒打一耙引蛇出

第十章 · *260*
钟于、忠于、衷于、终于

第一章
"绿茶"聿哥得所爱

这是一个模糊且混乱的夜晚。

他抱着她去了她的卧室。

清冷的月华之下,墙壁上隐隐映出了卧室内飘动的窗帘、床头柜上的花瓶,以及……两个贴在一起的身影。

沈聿从来就不知道他在她的心底是什么分量,也不知道扮演着什么样的角色,甚至不知道,他们之间这般,对她来说又意味着什么。

她像是一团迷雾,飘忽不定,充满了神秘性。

他无法拿捏,只能被她吃得死死的。

但无论如何,他想,这一刻她应该是喜欢自己的。

"阿言,你清楚自己在做什么吗?"

柔软的唇瓣离开她的嘴角,他抬起眼眸望着她。

眼下的他,哪里还有之前懒散不羁的模样,他那双往日里冷清的桃花眼底此刻蓄满了温柔之色。

顾言的身下是松软舒适的大床,她黑色的长发铺散在床上,容颜冷艳精致。

只是此刻她那白净的肌肤上染上了淡淡的绯色,衣衫凌乱,睡衣领口从一侧肩膀滑落,露出她白嫩圆润的肩。

她真是将冷艳和性感完美地融合在了一起。

沈聿的呼吸都不免粗重起来,他别开了视线。

可她微哑的声音响起:"怎么,你不清楚吗,需要人教吗?"

这句话简直像是导火索,瞬间将人体内攒动的细胞给点燃。

沈聿低低咒骂了一声,突然压着她的手按在床头,十指交叉。

顾言也不甘示弱,微微侧脸,唇瓣贴着他的耳畔,温热的气息轻轻拂来:"如果你不会的话,我可以亲自教你。"说着,她下颌微微一抬,唇瓣主动贴上了他的唇。

她的另外一只手则抚上他坚硬结实的胸膛……

沈聿难以置信,浑身僵硬。

秋日里的风席卷着落叶,吹拂到空中,又飘飘转转地落下。

夜里的风很凉,白色的窗帘不断地飘荡,有风潜入,可无论如何都吹不散这室内的灼热温度,吹不散这室内的旖旎之色。

时间不知道过去了多久。

"好热。"

她的声音清冷中透着点儿哑,还有一点点说不出的温柔之意。

沈聿似乎不舍得和她分开半分,他的耳根红得厉害。

窗外和煦的风徐徐地吹来,也让二人身上的薄汗稍微消退。

所以在恢复理智后,此时二人之间的气氛很是微妙。

尤其是对顾某人来说。

她微微闭上眼睛,耳根也有些泛红,像是不敢去面对什么。

不知何时,耳边传来了他低哑又诱人的嗓音:"你会对我负责的,是吗?"

顾言愣了愣。

她没想到,他这一开口,会先对她说出这样的话。

顾言轻抿唇瓣,将头转开,侧过身子,脑袋贴着柔软的枕头,好在没有开灯,黑夜掩盖了太多的东西,否则她将无法去面对。

他舒了一口气,身体也顺势躺在她的背后。

她下意识地想避开,却被人先一步扣住了她纤细柔软的腰肢。

他诱人的声音再次缓缓地传来:"阿言,不怕有的人没能耐,就怕有的人自以为有能耐。"

顾言反应过来,唰的一下,耳根红得几欲滴血,拳头都微微攥紧了。

"我不管，不管你承认不承认，我现在里里外外都是你的人了。"他声音喑哑，坚定地说道。

虽然两个人还没有走到最后一步，但现在已经超出了一般人之间的关系，算是有了肌肤之亲。

听着他的这些言论，静默良久的顾言终于开口了。

她嗓音略微低哑："你家庭条件应该不错，人也长得帅，身边应该是不缺美女的。"

他这副皮囊，一般女人看着多少会觉得没有安全感。

他太好看了，完美无缺，气质清贵又慵懒，仿佛一副没心没肺又花心滥情的样子。

也只有两个人接触了一段时间，她才发现他为人其实并没有表面看起来那么"简单肤浅"。

不过她有自知之明。她虽然不缺追求者，但他显然可以有更好的选择。

岂料，她身后的男子沉默良久，才再次缓缓出声，只是说出来的话，让她惊了一下。

沈聿动了动唇瓣，说道："其实，我以前见过你。"

很久很久之前，他见过她。

顾言闻声怔了怔，随后微微转过脑袋："你说什么？我们见过？在哪里？"

不得不说，他这话着实是惊到了她。

毕竟，对过往的很多事情她都记忆犹新，可对他，自己没有丝毫印象。

隐隐之间，顾言觉得这和他接触自己的原因有关系。

沈聿闻言，目光柔和地望着她的眉眼，望着她还有些潮湿的青丝粘在她的脸颊上。他微垂眼睑，修长的手指一点点拨开她的发丝，声音低哑温和："那是很多年前了，地点是在一个——"

突然，就在他要说出地点的时候，她的手机铃声响了起来。

顾言脸色微变，不知道大晚上是谁在这个时候打来的电话，也将沈聿后面要说的话给打断了。

手机在客厅的位置，她身体不便去拿，沈聿不等她说什么就下去拿了。

这么晚了,他也想看看是谁打来的电话。

然而,结果不出所料。

沈聿看着手机屏幕上面显示的"陆原"二字,眼神瞬间冷了几分。

"电话是谁打来的?"

顾言的声音从卧室里传来。

从她这个坐起来的角度看过去,她刚好能看到穿着一条宽松休闲裤,上身仅着一件衬衫的他。

只是那衬衫早已解开扣子,隐隐露出了八块结实的腹肌。

他是典型的穿衣显瘦,脱衣有肉。

顾言看了一眼,还是忍不住别开了视线。

沈聿盯着那手机走了过来,然后目光幽深地看着她:"姓陆的家伙打来的,要不要我帮你接?"

"不行!"顾言唰的一下视线就看了过来,眼底充满了警告之意。

"你快点儿把手机给我,很可能是发生了什么要紧的事情。"

虽然她很不想这样,但生活中往往就是会事故频发。

沈聿看她凶巴巴的模样,轻抿了一下唇瓣,似无奈地叹息了一声,随后将手机丢在了床上,丢在她的手边,然后双手插兜,下颌微抬,仰望天花板。

他倒要看看,那个姓陆的人要跟她说什么。

顾言接起了电话,去回应陆原。

沈聿上一秒还是傲然模样,可这会儿那清冷犀利的视线,有一下没一下地往她身上扫。

他之前的话没有说完,可他突然就不想告诉她了。

他不想告诉她,自己当初第一次见到她,其实是在一个墓地里。

高中毕业的时候,他哥哥死了。

虽说也是同父异母的哥哥,可他大哥很照顾他,在年幼的时候给了他很多关怀和帮助。

那是他为数不多的温暖日子,他们是兄弟,也是朋友。

可他再得知哥哥的消息的时候,竟然是哥哥的死讯。

这个消息让他完全不能接受。

在哥哥的葬礼结束后,他久久不愿意离去。

十七岁那年,他撑着一把黑色的伞,安静地站在哥哥所在的墓地里，淋着淅淅沥沥的小雨。

而这时，远处出现了一抹白色的纤细身影。

她就站在距离他不远的地方，面前立着一块墓碑，手中还拿着一束小雏菊。

那是沈聿第一次看到她。

淅淅沥沥的蒙蒙细雨之下，她身穿着白色的校服衬衫，下面是校服格子裙，手中拿着一把伞，长发散落在肩膀上。

她模样虽还显得青涩些，但能看出她精致的五官，只是引得他注意的不是这些，而是她的神态。

那时的她还只是一个十五六岁的花季少女，可是并不像其他这个年纪的女孩子那般，无忧无虑，明媚灿烂。

她浑身充斥着冷淡和漠然，甚至是死寂的气息。

她那般模样虽然看着生人勿近，可同时也有一层危险的神秘感，令人想知道，她身上发生了什么事。

放下给大哥送过去的花束后，他再抬眸看过去时，她的身影已经翩然离开。

他从墓碑的台阶上下来，一步一步，最后来到了她之前所在的那一层，走到了她停留过的位置，看了一眼墓碑上的照片。

那一瞬，他眼神微凝。

因为墓碑上是一个女人的照片，还是一个眉眼和她有几分相似的女人。

那一刻，他觉得自己大概明白了些什么。

不过当时的他没有过度去想这些，人生本来就是如此，生死难料，人生不如意之事十之八九。

后面随着他对哥哥的死因的调查，追随着那些蛛丝马迹，他再一次将视线落在了她的身上。

哪怕是时间过去很久，他还是第一眼就认出了她。

眼下，顾言已经接通了陆原的电话，两个人不知道在说着什么，顾言冷静的面上逐渐浮现出几分微妙之色。

沈聿望着这一幕，微微挑眉。

不是案子。

果真，下一秒他就见顾言抬眸扫视了自己一眼，然后转过脸去，声音略微低沉地对电话那边的人来了一句："你喝多了，时间不早了，你还是赶紧回去吧。"

沈聿的心底顿时涌起了骇浪。

好家伙，这半夜三更的，他一个警察队长竟然在外面喝醉了酒，给她打电话？

不用想沈聿也知道，这谈话的内容八成是让他觉得不中听的！

看着顾言还在跟陆原说话，沈聿已经光着脚在地上忍不住来回踱步，在竭力克制住自己手痒痒，想把手机抢走的冲动。

而此时，那边的人不知又和顾言说了什么，只听她微微叹息一声，揉了揉眉头说道："陆原，你是不是忘记了，我现在还坐着轮椅，没办法送你回去。"

一个坐着轮椅的人，一个喝多了的酒鬼，怎么回去？

况且她对陆原的想法心知肚明，他喜欢自己，可她都已经婉拒了他，并且跟他坦白，自己喜欢的人是——

就在顾言抬眸扫视了一眼沈聿的时候，却见他这会儿竟直接冲了过来，二话不说夺走了她的手机，看得她目瞪口呆。还不等她说什么，他就拿着手机大声嚷嚷着："喂，我说姓陆的，你搞什么鬼，大半夜的打扰我们睡觉算怎么回事？！"

顾言闻言，差点儿一口气没上来，突然就感觉脑瓜子"嗡嗡嗡"的了。

也好，这些琐碎的情情爱爱之事，他们愿意怎么着就怎么着。

而电话那边的陆原听着这句话，瞬间就安静了。

他没有了任何声音，唯独剩下呼吸声。

——沈聿知道，陆原都听到了，听得清清楚楚，并且完全明白了话中的深意。

这深更半夜的，沈聿和顾言住在一起。

电话那头的人不知经历了什么样的打击和挫败感，几秒钟后，沈聿再次说道："喂，你还有事吗？没事就挂了，别耽误我们睡觉……"

"嘟——"

电话那头传来了忙音，沈聿拿开手机一看，那边的人已然挂断了电话。

沈聿再看向顾言的时候，轻扯了一下唇，摊开手拿着手机给她看，哼了一声："没想到啊，没想到他三更半夜还会给你打电话，我还以为他这个人多正经呢。"

这话音刚一落下，顾言一个抱枕就丢了过来。

"你把手机给我放下！"她没好气地说道。

沈聿把手机递给了她，鼻间溢出一声轻哼声："得亏我对你死缠烂打不放手，否则就被有的人抢了先。"

顾言不想理他，对他这种行为很不悦，但见他这会儿语气酸得堪比柠檬，她又深呼吸了一口气，认真地说："你别在这里阴阳怪气，我对陆原没有任何特别的想法，我一直拿他当兄长。"

这话一出，沈聿怔了一下，心头涌上来的复杂滋味也及时停止，转而变得有些微妙起来。

她，这是在……跟自己解释她和陆原的关系？

她不想让自己误会？

回过味儿来的沈聿沉默了一下，又酸溜溜地说了一句："谁知道你说的是不是真的？哪个兄长大半夜的……"

他还没说完，顾言又是一个抱枕丢了过来，像是没了耐心似的大声说道："喂，你有完没完了？我们两个人要是真有什么，这么多年的接触早就有了，哪里还有你什么事？"

顾言是难得被人气到如此，往日里，她总是波澜不惊的，什么都掀不起她内心的波澜。

沈聿下意识地接过了抱枕后，看到她这般模样，心知肚明她说的一切都是真的，但还是故意咳了咳，一本正经地嘴硬道："行，你说没有就没有，我信你还不成吗？谁让你是我的女朋友呢。"

说到最后，他微微转过身去，嘴角轻轻扯了一下。

那嘴角微漾的笑很好看，虽透着几分狡诈，可更多的，竟是难得的甜蜜。

顾言闻言，还想说什么："你说谁是你的女——"

"打住，你对我做了那种事情后休想不负责！难道我们的顾专家是一个没有担当的人吗？"

他故意对她激将了一番，果然，顾言脸色一阵红一阵白，欲言又止。

沈聿则是淡定地找到了自己的手机，三两下整理好自己的衣服，又对她说道："那个姓陆的家伙在哪里喝酒呢？竟然想让我女朋友去送他回家，他想得倒美。"

这种事情，干脆还是他去做。

"你想干什么？"顾言看他要出去的模样，询问。

沈聿："我去送他回家，再好好关心一下他。"

关心？也不知是谁刚刚在电话里无情地刺激了他。

虽然说陆原也是一个快三十岁的大男人了，但此时喝醉了在外，孤身一人，如果出了什么事情就不好了。

毕竟他立过不少功，抓捕了很多坏人，倘若遇到一些想要报复他的歹人，也不是没有那个可能。

顾言没有阻止，让他过去找陆原了，并且也清楚，这样一来，也更能让陆原看清楚她的选择。

点到为止，事不过三。

深夜，墨蓝色的夜空中零星地闪烁着几颗星星。

路边高耸的梧桐树下，黄色和绿色的树叶交织在一起，人行道像是铺上了一层彩色的地毯。

沈聿从一辆黑色的轿车上下来，关上了车门。他穿着一件黑色的风衣，一双鞋踩在人行道上面。

不远处一家小酒馆的门口，一个男人拎着个酒瓶子摇摇晃晃地走了出来，在路上一边走，一边拎着酒瓶子喝着酒。

他看到经过的出租车，刚一抬起手，不料那辆出租车开得更快了，似乎很不愿意拉一个随时能吐一车的酒鬼回去。

而这时，街头的拐角处有两个精神小伙子不知不觉间跟上了他。

黑夜里，两个小伙子彼此对视一个眼神，就知道对方的意思了。

沈聿在另外一条街上，看着他身后跟上了人，清冷的眼眸瞬间微微眯起，平添了几分凛冽之意。

那是什么人？

是跟上陆原的人？

这个想法刚一出，他就看见那两个人影迅速地向摇摇晃晃的陆原冲了过去。

一个人直接扑倒了陆原,另外一个人赶紧去抢他身上的一些财物之类的东西,他们看样子行为老练,不知是多少次做这样的事情了。

"喂!你们干什么?!"

马路对面的沈聿看到这一幕顿时大喊一声,随后径直冲了过去。

那两个人翻出了手机和钱包之后,看见有人冲了过来,连忙就要跑,却不想其中一个人的腿直接被钳制住了。

那人低头一看,只见那喝醉酒的男人抱紧了他的腿,嘴里还说着什么听不清的胡话。

那小伙子急不可耐,顿时就要来踹上一脚,不承想地上醉酒的男人突然起身直接将他扑倒,随后夹杂着酒气和凌厉的风的拳头就直接砸了下来。

另外一个小伙子想上来救自己的同伴,但看有人冲了过来还是想赶紧跑路,可不等他跑几步,一个石头就砸在了他的后背上,顿时让他向前一个趔趄,摔了个狗吃屎。

沈聿这才不慌不忙地走了过去,一把抓起他的头发,从他手里抢走陆原的手机和钱包,冷嗤了一声,说道:"你们是不是活腻歪了,知道抢的人是谁吗?那可是公安局的警察副队长!"

那下面的小伙子顿时脸色变得极为震惊:"这……这我们也不知道,我们不是故意的啊……"

"行了,不是警察就可以抢了吗?这种话你还是留着跟警察去说吧!"

沈聿一手制止住这人,一手拿出手机报警。

搞定了之后,他这才回头去看陆原。

只是这一看,沈聿发现这局子里的副队长,还是有两下子的。

即便他喝得醉醺醺的,可是身为副队长的本能还是有的。

地上的人被他制服,眼眶青紫,鼻子下面两道鲜红的液体模糊了一片,这会儿整个人都已经无力挣扎了。

沈聿上前拉开陆原,想让陆原冷静点儿,岂料,陆原一看到他瞬间就瞪大了眼睛,下一秒眼眸赤红地一把攥住了他的领子:"是你,就是你这个浑蛋!是你夺走了她……都怪你……"

"喂,你疯了吗?!"

沈聿脸上满是震惊之色。

有没有搞错！

自己是来救他，来帮他的忙要把他送回家！

这人一见到自己上来就打算怎么回事？更别说他嘴上还说着一些匪夷所思的话。

他凭什么怪自己？自己又做错了什么？

而陆原才不管那些，脑海里都是顾言在车里对他说过的话。

当时他半开玩笑地问："你是不是喜欢你那姓沈的小跟班？"

她直接回复："是的，我喜欢他。"

她喜欢沈聿。

那句话像是魔咒一样，不断地在他的脑海里回荡。

清醒的时候他的内心虽然很痛苦，但他尚存理智，可喝多了之后，在这黑夜里，酒精的麻痹下，他内心深处的忌妒情绪疯狂地滋生，他恼怒，他愤恨。

他一遍又一遍地想，是不是没有沈聿的出现，一切就都会不一样？眼下，他也顾不上那两个小混混了，身形不稳的他赤红着眼眸盯着沈聿，嘴里喃喃着道："别装了，你都清楚，你都知道的不是吗？你把她成功地夺走了，她再也不会属于我了！"

沈聿一听这话，即便陆原没提名字，这会儿沈聿也反应了过来，他说的人就是顾言。

自己刚才在顾言家里接听了他的电话，敢情他是看见自己后冲上来就要打。

沈聿忍不住轻嗤了一声，不客气地打击他道："虽然我承认你是一个好警察，也有一副好身手，但我不得不说一句，你压根就没有拥有过她，她是我的，始终都是我一个人的。"

陆原气得脸颊涨红，太阳穴都突突地跳。他伸出手指："你……你这个浑蛋……"

话还没说完，他胃里突然一阵不适地翻涌滚动，他直接就冲到路边的绿化带里忍不住吐了起来。

他是真的喝了不少，浑身都充斥着浓郁的酒气。

沈聿本来还想乘胜追击，继续打击他，但看他痛苦的模样，只能无奈地扶额，等他吐完去帮忙。

而陆原顺势抓着他的衣服袖子不放，呼吸凌乱地喃喃道："你哪里好，凭什么她会跟我说喜欢你？凭什么？你有什么？！"

"喂，你闹够了吗？在这里耍——"什么酒疯。

话还没说完，沈聿不知是察觉到了什么，身躯顿时僵住了。

陆原……刚刚说了什么？

"凭什么她会跟我说喜欢你？"

这句话是什么意思？

夜幕之下，冷月高悬。

一阵风袭来，拂过他的容颜，却没能掠走他脸上的惊愕之色。

他不是听错了吧？

心脏像是咚的一下，随后浑身的血液都开始沸腾了，心跳也跟着加快。

他再看向陆原的时候，唇瓣微动，说出的话都难得有些结巴了："你……说的是真的？她真的跟你说，她喜欢我？"

虽然他知道顾言的心底是有他的，但她从未主动口头承认过，只有他像个黏人精一样，死皮赖脸地缠着她。

如今她竟然在私下跟别人承认……

不得不说，沈聿的嘴角这会儿忍不住微微轻扯了一下，他甚至还低头抓了抓后脑勺，耳根微热。

而陆原看他这般，心头那个恼啊，气得牙根直痒痒："让你笑！让你这个浑蛋得逞！"

陆原随后又抓住他的领子，浑身带着浓郁酒气的他对沈聿大吼道："我告诉你，我不管你是什么身份，接近她是什么目的，但倘若你敢伤害她，我是绝对不可能放过你的！我会扒了你的皮！抽了你的筋！打断你的——"骨头。

话还没说完，就被沈聿不客气地打断："行了，行了，这还用你告诉我？我的女人我当然知道该怎么对待她，不用你废话！"

被陆原像狮子一样怒吼着，沈聿的耳朵简直要聋了。

沈聿咬牙微微低咒了一声，本想骂人，但想想，还是忍了。

谁让他告诉了自己一个这样令人意想不到的好消息。

一个好到，他只要一想起来，嘴角就忍不住想要扬起的好消息。

看着醉醺醺地耍着酒疯的陆原，沈聿也不跟他一般见识了，直接生拉硬拽地将他带走送回去。

沈聿不知道他住在哪里，就直接将人拉到自己家去了。

在外面折腾了那么久，眼看着天色都要亮了，沈聿进浴室冲澡前拿起了手机，竟突然收到了一条消息。

消息是顾言发来的，她询问：人送回去了？

看到这几个字，倘若不知道她之前说过的话，八成他心底是不爽的，觉得她只关心那个臭队长。

可眼下，他只觉得心底像是被蜜糖滋润了一样甜。

他回复道：嗯，把他先带回我家了，不过还好你没来，他喝了好多酒，耍酒疯，我看见他的时候，他竟然在路上打人，还差点儿把我给打了。

这番添油加醋的话说完了之后，沈聿想了想，又很通情达理地发了一句消息：不过还好，他人没事就好，我受了点儿小伤而已，不要紧的。

这番消息发出后，他轻扯了一下嘴角，隐隐透着几分狡黠之意。

果然，这句话发出后，她的消息过来了：你受伤了？

沈聿见状，赶紧将自己的照片发给她看。

高手就是高手，沈聿给自己拍摄的照片，即便是受伤了，也难掩他帅气精致的侧颜，甚至透着几分楚楚可怜的美感。

照片发过去后，他又发送了一句：小事，不疼的，你不用担心我。

他通情达理的模样，让空气中都弥漫着清新的"绿茶"香气，令他身心愉悦，嘴角上扬，甚至在打开花洒的时候都哼起了小曲。

很快，他的计划就达到了想要的效果。

一通视频电话打了过来，沈聿也不顾自己正洗着澡，直接接通了她的视频通话。

那边顾言正想问问他究竟发生了什么事，怎么还受了伤，可视频一被接通，就被一阵迷蒙的水汽给弄蒙了。

听着那哗啦啦的水声，她一时间没有反应过来他是在干什么。

"沈聿？"

模糊氤氲的水汽之中，一抹宽肩窄腰的身影，影影绰绰地映入她的眼帘。

大抵是自己叫他被他听到，他修长的大手往后抹了一把湿漉漉的碎发,水珠顺着他的碎发、睫毛、脸颊往下滑,他就这样转过身来冲着手机屏幕走来的时候,顾言只觉得像是被当头敲了一棒,脑瓜子都嗡嗡的。

"怎么了?我正洗澡呢。"

沈聿拿起手机回复道。

可下一秒,就见屏幕上显示着几个大字:对方已挂断。

他盯着那几个字忍不住轻喷了一声,她应该对自己的身材还算满意吧?

手机嗡地振动了一下,一条信息发送了过来,是顾言的消息。

顾言:你是故意的。

哪里有人洗澡还接视频的!

沈聿却嘴角略有几分得意地勾起,发了条语音过去,语气无辜极了:"你在说什么啊,我怎么听不懂,什么故意不故意的,别说我是在洗澡了,只要是你的电话,无论什么时候我都不会拒接的。"

顾言过了半天才回复了两个字:"滚蛋。"

沈聿乐不思蜀,故意给她发了两个"委屈地搓手"的表情。

而顾言看他这副德行,暗暗在心底骂了好几句,这才安心地躺在床上继续休息。

他还能在她面前耍流氓,就说明他伤得不严重。

只是电话被挂断了,人也安心地躺了下去,她的脑海里却还是刚才屏幕里呈现出来的活色生香的画面,让她浑身莫名其妙地发热,她一晚上都没能休息好。

翌日。

清晨的时候她还睡得沉,想上午休息,结果一大早就被手机铃声给吵醒了。

顾言微微皱着眉头,眼皮子都还没有睁开,下意识地摸索到了床头柜上的手机,就接通了起来:"喂……"

"喂!顾言,出事了,你尽快来局里一趟!"

陆原急切的声音在电话中响起,一秒、两秒之后,顾言唰的一下睁开了眼睛,脑海里的困意顿时一扫而光。

谁出事了?

陆原那边说着就要挂断电话，顾言急忙问："什么情况？"

陆原："来不及解释了，你来了再说吧。"说到这里，他顿了一下，又来了一句，"我让那小子去接你了。"

"那小子"，不用说名字，她也知道是谁。

早上醒来的陆原，哪怕是喝醉了，也是对自己之前做出的事情有着记忆的。

如今他这样来一句，怕也多多少少对有些事情已经妥协了。

哪怕他不想妥协，可别人是互相中意的，所以他一个单恋者又算什么？

二十分钟后，顾言洗漱收拾好衣着的时候，门外刚好响起了敲门声。

她坐着轮椅去开门，门一开，门外不出意料地出现了熟悉的身影，只是他似乎来得有些急，还微微喘着。

"出事了。"

沈聿语无伦次地说着，深吸了一口气又说道："今天一早发生了一起命案，有个男人在家里被杀了，犯罪嫌疑人是一个男人，已经被警察带走了。"

顾言看他脸色有些复杂微妙，眉头微微一皱："先去看看具体是怎么回事吧。"

她转动着轮椅出去，只是不知想起了什么，又淡定地说道："或许你是刚接触这一行，这样的事情可能每天都在发生。"

不论死的是无辜的人，还是罪有应得的人。

沈聿闻言，顿时明白了她话中的意思，她是想让自己别那么震惊，只是这一次她还真的误会了。

因为这件事还真的跟他多多少少有一点儿关系。

下一秒，她就听沈聿说道："被抓走的那个犯罪嫌疑人我认识。"

在电梯里正在看着楼层数一层一层下降的顾言，顿时微微怔了一下。

他认识？

沈聿继续说道："坦白讲，我跟你提起过这个人。我姐不是来这座城市了吗？但她可不是为了来见我，而是追着一个男人过来的，那个男人就是今天被警察抓走的犯罪嫌疑人。"

沈聿想起这个人的来路，不禁隐隐觉得事情搞得有点儿大了。

顾言的确被他的消息给惊到了。

"他叫什么？"顾言询问。

有一说一，她是怎么都没有想到，那命案会跟他提起过的男人有关系，还是他姐喜欢的人。

沈聿："江城，他叫江城。"

说罢，他又补充道："虽然我还不知道案子到底是怎么回事，但这个男人可不是一个简单的人物。他家北京的，生意做得不小，尤其是对高新技术产业人工智能一类的东西研究很深。"

顾言听着他对自己介绍起这个男人的经历，越发觉得这件事有些蹊跷。

犯罪嫌疑人已经被带走了，半个小时后，沈聿和顾言来到警察拉上警戒线的现场，看着这个破旧小区的一草一木，顾言眼眸黯了些许。

这不是什么高档小区，而是老旧的城中村，看模样都有十多年的历史了。

沈聿看了一眼顾言，彼此都对一件事情产生了质疑。

江城这样的人物怎么会出现在这个破旧的小区里，甚至还出了人命？

他们俩准备去案发现场看看情况。

而这时，杨小天的电话打了过来，顾言这才想起来，自己忘记告诉他，她已经先走了。

果不其然，杨小天听到她离开后，顿时吐槽道："老板哪老板，我也太没有存在感了吧！有了男朋友你就把我忘一边了。"

顾言沉默了，抬头看了一下出事的楼层，下一秒直接说道："你话太多了，我给你发个定位，你现在立刻赶过来。"

虽然他说的是事实，虽然的确有些抱歉，但是顾老板的字典里是没有这两个字的。

顾言穿着一袭咖色大衣，长发略微慵懒随性地绾起，戴着墨镜，只露出半张巴掌大的精致的脸，哪怕是坐在轮椅上，依然抵挡不住她清冷又疏离的气质。

电话被挂断之后，杨小天顿时有些无语凝噎，不过等他看到手机上发来的那个定位时,他不由得愣了一下。

欸?

这个位置不正是……

顾言和沈聿上了楼,这一次出事的楼层在七楼。

两个人出了电梯之后,看到房间内和外面还有一些检查人员在采集一些信息,这里已经都被封了起来,一般闲杂人等不可入内。

顾言看着楼道外的血迹,眉头不自觉微微皱了一下。

事故不是在室内发生的?

她正想着,陆原一边摘着手套一边从楼道里出来了。

他看到他们俩后怔了一下,随后像是反应过来什么那般,迅速移开了视线,走到了他们的身边后,一边看着出事的楼道,一边沉稳地说道:"早上七点,死者死于楼道里,说是被人推了下去,磕到了脑袋当场死亡。嫌疑人现在已经被抓了,是死者的弟弟来的时候看到了这一幕,报的警。"

这听起来就像是一场没有任何难度的刑事案子。

但顾言知道,如果案子真的能像表面上呈现的那么简单,陆原也不会找她帮忙。

顾言来到了楼道门口,单手推开门,看着下面贴满小广告的昏暗楼道,神色冷静道:"犯罪嫌疑人和这家女主人是什么关系?"

刚才她在来的时候,已经得知这是一个三口之家,爸爸、妈妈,还有一个可爱的七岁女儿。

按理说这应当是幸福美满的一家人,那究竟是什么打破了这一切?

陆原闻言,忍不住深吸了一口气,指尖蹭了一下鼻子,说道:"听邻居说嫌疑人是这个女人在外面的相好,找上门来了,和女人的丈夫见面发生了冲突,便出了如此事件。"

顾言听到这话,脸上没有什么情绪,只是下一秒,看了一眼身侧的沈聿。

一时间气氛格外微妙。

要知道,那犯罪嫌疑人可是一个身份不同寻常的男人,有钱有势,他身边想要什么女人没有?

就连沈聿的姐姐在那人屁股后面追他都不看一眼，竟会和这里的一个已婚且有孩子的女人搞在一起？用脚想顾言都知道这件事情没那么简单。

"这边现场已经调查完毕，打斗现场完全符合这个说辞，犯罪嫌疑人江城对这件事情也是供认不讳，坦诚交代了。"陆原不紧不慢地说道。

只是交代是交代了，但不代表这一切就是真正的事实。

人到底是不是他失手杀人，还有待商榷。

而这会儿，急急忙忙赶来的杨小天一上来，就喘着气抹了把额头上的汗，说了一句："哎呀妈呀，怎么是他们家，是不是那个家暴男死了？"

他这话一出，大家纷纷看了过去。

"家暴男？"

顾言轻蹙了一下眉头，脑海里瞬间就回忆起了有关这个字眼的记忆，哪怕记忆很浅淡，但她超强的记忆力还是让她想到了不久之前，杨小天在一次从外面回到工作室的时候，跟自己随口吐槽，说路上遇到一个浑蛋，那浑蛋在小区门口打自己的老婆。

人来人往那么多人看着，他一点儿都不留夫妻的情面。

当时她没有往心里去，毕竟生活中这种事情太多了，屡见不鲜，只是没想到，原来死者就是他当时口中的"家暴男"。

顾言静默，在事情没有全部清晰之前，无法因为部分事情去评判对方整个人如何。

"他们的女儿在哪里？"她突然出声询问。

陆原沉声回道："死者的弟弟和弟媳，以及父母都刚好也在这边，所以将孩子送到他们那里去了。"

屋内不是死亡现场，顾言看向了室内的方向，转动了轮椅过去："我进去看一下。"

这个案子中的人物关系是复杂的，也是无比重要的，这是他们每天生活的地方，从房间里细微的地方能看出他们的关系。

顾言进去后，发现这个房子不大，七十多平方米的样子，屋子里乱糟糟的，客厅的茶几上摆放着一些空酒瓶子，地上还掉落着一些烟头。

厨房里有一些没有洗过的碗筷，残留的方便面汤汁已经凝结在上面，顾言发现，这只是一个人食用后的餐具。

这房子里还有两个房间，一个属于夫妻二人的，一个属于孩子的。

只是与死者男主人的脏乱差不同的是，那两个卧室都很干净。

顾言来到小女孩的房间里，坐在轮椅上看着桌面上的一幅相框里的照片沉默。

那照片上是两个人，应该是孩子和她的妈妈。

除此之外，照片上再无他人。

"你发现没有，这个房子里没有这夫妻俩的照片。"沈聿的声音在身后响起。

顾言拿过桌子上的相框，看着上面的女人。

女人被警察带走调查了，还没有回来，不过，看着上面的照片，顾言对照片上的人是一个美丽的女人一点儿都不感到惊讶。

照片上的女人很漂亮，却不是那种绚丽刺目的美，而是那种温柔中透着点儿沉静的美。

她的女儿扎着两个小辫子，也很可爱。

"他们的感情早已经出现了问题，不仅如此，他们的女儿也和死者的关系不好，准确地说，还有些恐惧。"顾言说道。

"孩子也惧怕他？"这话从何而来？沈聿正不解，就见顾言将一本画册递给了他。

"你看这画册，里面的画很多影射了她内心对父亲的看法。"

听着顾言的话，与此同时，沈聿也看到了画中的一番景象。

那像是在他们家中的小区里，妈妈牵着她在楼下玩，而在旁边的一幢楼上，在上面某一楼层中，一个黑色的影子站在那里。那影子全身上下都被涂黑了，只剩下一双带有白眼仁的眼睛。

沈聿还特意数了一下黑影人所在的楼层——正好是受害者他们家所在的楼层。

看着这样一幅画，看着那黑影人，沈聿忍不住抓了一下后脑勺的头发，只觉得浑身莫名其妙地发寒。

也不知道小女孩经历了什么，父亲在她的印象中会是这般。

沈聿又翻看了一下其他的画，画中不是没有父亲的存在，就是对方被画成了黑色的影子。

但无一例外的是，黑影都离她很远，仿佛在窥探着她的生活。

"这是她内心深处对家庭成员的描述，在她的心中，父亲应该是一个可怕的存在，所以她不敢画出他的模样，但这人又在她的内心留下了深刻的印象，所以才会被涂成黑色。"

顾言声音淡淡地落下，让人一时听不出来什么情绪。

沈聿眼眸有些暗沉，这个年纪的孩子已经逐渐懂事，但也是敏感的，从她这里能更直接地感受到真正的事实。

顾言将每个房间都仔细地看了一遍，视线所触及之处，都被印刻进了脑海之中。

两个人再出去的时候，顾言坐在轮椅上，微微揉了揉眉心。

今天是阴天，风大，卷起小区里一些枯黄的落叶飘飘转转。

陆原这边表示，会将现场线索发给她，并且要做好随时去和犯罪嫌疑人谈话的准备。

顾言来到小区外面，路边有一个水果摊，两个买水果的阿姨一边挑选着水果，一边嘴里在说着什么。

路过的顾言不自觉地放缓了轮椅的速度，也来到她们附近，拿起了水果摊上的一个苹果。

她自然醉翁之意不在酒。

"现在这人死了，他家里人可不得往疯了闹啊？他们家没一个善茬……"

"是啊，说句难听的，他死了那女的也算是解脱了，天天大喊大叫的让我心慌……"另外一个短鬈发阿姨回应，还拍了拍自己的胸口，脸色不太好看。

那两个阿姨买完东西要走，顾言视线下意识地跟了过去，唇瓣微动，正想说什么，下一秒就见后面的沈聿过去了，他礼貌地浅笑了一下跟那两个阿姨打招呼。

"姐姐们不好意思，冒昧打扰你们。"

本来被陌生人搭讪是令人警惕的，但两个人一看对方是个那么帅气干净的小伙子，还叫她们姐姐，顿时脸色都变得柔和了些，温和地说道："小伙子你有什么事呀？"

沈聿看了一眼那出事的小区方向，脸上流露出些许尴尬的神色，询问道："是这样的，我本来想和我女友在这里买房子，早早就看中前面这个小区了,但楼上是不是出事了?我听说有个女人和她的……情夫……合伙把自己的老公……"

他话说得有些隐晦,说一半就戛然而止了,因为懂的人自然懂他说的是什么。

果然,他的话一出,那阿姨看了看旁边坐在轮椅上的顾言,顿时跟他们解释道:"哎呀,虽然是发生了命案,但事情不是你们想的那样哪。我就是他家对门的邻居,他们家那男主人,酗酒成性,早年的时候还好,后来吃喝嫖赌样样精通,对自己家老婆和孩子不是打就是骂。"

说到这里,她脸色似乎都有些被气红了,顿了一下又说道:"这人一家子都重男轻女,天天骂她生了个赔钱货,你说这想要男丁的话也能理解,但不论男娃还是女娃都是自己的骨肉,他怎么对娃娃也下得去手……"

沈聿听着这些话,轻抿了一下唇,眼底弥漫上一层冷意。

"那情夫的事,应该不是真的?"

顾言出声询问。

那阿姨看了她一眼,叹了一口气:"你要说这件事的话,其实我们这些外人也不是很清楚。我知道这女人早就想离婚,但这男的不离,还指着女人养家给他钱花呢。虽说外头有人不对,但这男的那德行,谁都受不了。"

她说这话,似乎内心里也相信那女主人是在外面有人了。

顾言没有再多问,细节的部分还是要看当事人怎么说。

两个人离开的时候,沈聿一改往日在她面前话多的样子,此时格外沉默。

车子停在了马路对面,他们要经过红绿灯才能抵达。

人行道前面的红灯触目地亮着,顾言微微抬头,就看见身侧那人的影子,身躯绷得笔直,清晰的下颌线条显得精致,却又透出几分冷硬感。

绿灯亮了,顾言收回视线,一边转动轮椅,一边淡淡地说道:"原生家庭带来的噩梦,是一辈子都无法治愈的,已经在年幼时就刻在了骨子里,在后期的成长中,也是一直会如影随形。"

这话音落下,沈聿眉头微扬了一下,似乎没有想到她竟直接猜中他的内心所想的事情。

只是顾言这个犯罪心理学专家也不是白叫的,她虽看着淡然平静,可什么都逃不开她的眼睛。

沈聿轻抿了一下唇瓣,说道:"那个小姑娘才六七岁,刚才我听说,她父亲家里那边的亲戚已经要来抢房子了,这个孩子的归宿还不知会落在谁那里,倘若那个女人……"

他说到这里,顿了一下,最后还是忍住没继续说下去。

顾言:"我知道你想说什么。如果那个女人没事,能拿到孩子的抚养权也就罢了;倘若那个女人有事,这孩子不会好过。"

不会好过——这四个字都是客气了。

无论如何,人到底是谁杀的,很重要。

两日之后,这个案子就有了新的进展,陆原请顾言过去审讯。

顾言也是第一次遇到沈聿多次对自己提起过的人——江城。

这个案子的犯罪嫌疑人。

她推开审讯室的门时,里面坐着一个身材高大的男人,他模样英俊,冷厉,眉头那里还有一道细小的疤痕。纵然是沦为了"阶下囚",可他依然气势逼人。

顾言相信沈聿口中所说的大佬的话了。

也是,他这样的人什么没经历过?自己想从他的口中套出来一些话,怕是难得很,这是个难啃的硬骨头。

顾言和他对视了一眼,没有急着说话,先是翻看着这个案子相关的卷宗。

这些信息她之前已经了解过,上面也阐述了江城和那个女人之间的关系。

而顾言开口时,并没有追问他在作案时的详细过程,只是先淡淡地来了一句:"江先生,你不用警惕我,我只是过来简单地了解一些你身上的事情。"

说着,她抬眸望着他:"依你的自身条件,你想要什么样的女人没有,为什么会对叶女士那么上心?莫非,她是你的……旧人?"

旧人。

她的这番话音一落下,对面那毫无表情的冷峻容颜顿时微微凝了一下。

他原本微微低着头,摩挲着手铐边缘,闻言也停顿了一下动作。

虽然动作很细微,但顾言还是发现了。

她眼睫微垂,又泰然自若地说道:"你的案子被定性为意外杀人,不会被判处死刑,但关于这意外杀人的处罚,江先生,你早就想好了吧。"

而这话一出,坐在椅子上的男人这才微微坐直了身躯,抬眸看向她,脸上不带什么表情:"我有律师,知道这些不奇怪。"

顾言这时轻扯了一下唇,语气淡淡地说道:"说实话,你和叶小姐之间还真是令人有些感动,只是你这样做,我看叶小姐哭得厉害,她的内心很难安。"

她这番话说得仿佛已经和死者的妻子见过面了那般。

她话音一落,江城脸色紧绷起来,目光犀利地盯着她,片刻后,他说道:"人是我不小心推下楼的,她即便是内心内疚也没有办法,事实就是事实,无法改变。"

他说这话的时候,从始至终,视线都紧紧锁着她。

顾言望着他的模样,清冷的眼眸一点点变得幽深了起来,把玩着笔的手指也停了下来。

他在撒谎。

说谎的人想要让对方相信自己说的话的时候,会死死地盯着对方的眼睛,希望对方能够相信他。

江城是个谨慎的人,可只要是个人,都会通过一些细微的言语、表情、肢体语言暴露自己的内心想法。

顾言没再追究他到底是不是说谎,而是让他将他和叶小姐之间的关系阐述了一遍。

"我们……我们只是普通朋友关系。"

江城扫视了一眼空荡荡的地面,抬眸时冷漠地说出这话。

顾言微微挑眉,随后又听他继续说道:"我曾经有个未婚妻,只不过很多年前她就出车祸去世了。她去世的时候,肚子里还怀着我们的孩子……"

这些仿佛是他不想回忆的过去,顾言能看见他提起死去的未婚妻时微微攥紧的拳头,还有那些痛苦却在竭力隐忍的表情。

听他说到最后,顾言也明白了这是怎么回事。

死者的妻子叫叶清歌,她和江城认识不超过两个月。

一个多月前,叶清歌的女儿作为所在学校的学生代表之一,在北京参加一场数学竞赛,叶清歌陪同孩子过去参加比赛。

比赛结束时,叶清歌带着女儿离开,路上二人差点儿出车祸,一辆车突然失控横冲直撞过来。

然而,眼看车子就要撞上她们的时候,一辆SUV出现撞开了那辆车,避免了一场人间惨祸。

路边的母女俩惊魂未定,叶清歌颤抖着手紧紧抱着自己怀里吓哭的女儿。

而在SUV里,主驾驶位上的男人微微喘息着,有些狼狈地抬起头来。

即便是有安全气囊,可他的额角依然受了伤,擦破了皮,有鲜血缓缓流了下来。

只是,他根本顾不得这些,盯着路边那和他曾经的未婚妻几乎如出一辙的脸,大脑一片空白,只觉得这是自己出现的幻觉。

可这怎么会是幻觉?额头上的疼痛感强烈地袭来,还有顺着眉眼流淌下来的黏稠的红色血液。

一切都是那么真实。

所以,在江城看到外面那一幕发生时,看着那女人熟悉的模样时,他几乎是颤抖着手,拼尽了全力地打开门,踉跄着身躯冲了下去。

"念慈,念慈……"

他唇齿间念着她的名字,跌跌撞撞,一路扑向她。

只是他不知道自己的模样多么狼狈,满脸的血,多么骇人,直接把她怀里的小女孩吓哭了。

而他也在她惊愕的视线中,脚下一个趔趄,眼前一黑昏迷了。

再醒来的时候,他已经在医院里了。VIP病房内充斥着消毒水的味道,而他一醒来之后,不知反应过来了什么,立刻仓皇地看向四周。而他的助理听见动静进来后,就见他们老总一把抓住了他的手臂。

往日里那个冷酷决然的男人那会儿急切得不像是他,紧紧地抓住助理的手臂询问那个女人去哪里了。

而身为他的助理,跟了他那么多年的人,自然也知道他说的是什么人。

因此,十分钟后,江城看着病床旁边的桌子上放着的一沓钞票,还有一张字条,眼眶泛红地久久沉默了。

助理看他一直沉默,便说道:"江总,她说要和孩子赶火车离开,所以我没能留住她。"

而那些钞票……是她留下来感谢他的。

字条上写着:

"好心人,谢谢你救了我和我的女儿,我身上的钱财不多,都在这里了;我知道这是杯水车薪,但我真挚地祝愿你早日康复——叶女士留。"

是的,在车祸之后他得了轻度脑震荡,需要卧床休息。

而他的助理,也很"懂事"地帮他查到了那个女人的资料。

姓名:叶清歌,28岁,家在安城,已婚,育有一个七岁的女儿。

在查到这些信息的时候,他的助理也是震惊的,因为这个女人的模样和他们江总死去的未婚妻如出一辙,不仅如此,就连年纪都一样。

如果当初不是目睹了念慈小姐死亡,他都会以为是她根本没死。而他身为助理都对这一切感到困惑,更别说他们江总了。

因此,江城根本不等休养的时间结束,就急匆匆地来到了这个地方,找上了门。

他有太多事情迫切地想知道了,以及——想再次遇到她。

管她是不是结了婚,是不是有了孩子。

而他的到来,注定会将别人悲哀且普通的人生掀起……惊涛骇浪。

"……因此,我们之间并没有发生什么,在我向她寻求答案的时候,意外发现了她被人打过的痕迹,而我看不惯一个女人被打,更别提她和我死去的未婚妻那么相似,所以我想帮她出口恶气。"

陆陆续续地,江城说出了这样一番话。

看起来这理由很充分,他为人也很正义。

"那你可以再详细说一下当天事件发生的经过吗?你为什么去找她?中途又发生了什么?"顾言脊背靠在椅子上,眼睛一眨不眨地望着他,问道。

大抵是看她还坐在轮椅上,是一个看起来"柔弱无助"却又坚强的女人,面对顾言平和的视线,江城没有太为难她。

戴着手铐的他,看着天花板深呼吸了一口气,后背也重重地靠在了椅子上。

他就那么大大咧咧地坐在那里,戴着手铐的双手放在身上。似乎是平复了一番情绪,他开始缓缓说道:"那天早上我因为一件事情去找她,因她不想让她丈夫觉得误会什么,所以跟我说,等他走了以后我再过去。"

说到这里,他倏然冷笑了一声:"可是谁知道,那个王八蛋在离开后又回去了,而我也正好撞上了他在家。"

"所以,你也能猜到后面发生了什么,他看见我来找他老婆,当即变了脸色,然后将她从房间里暴力地拽了出来,揪扯着她的头发,问我是什么人。"

江城在回忆的过程之中,满脸都是对那个男人的讽刺和厌恶之色。

"当时他恨不得杀了我,但是他不敢,所以只能拿她来撒气,她的解释他也根本不听,他直接对着她就是劈头盖脸的一顿打骂。"

说到这里,江城的太阳穴仿佛都隐隐在跳动,双拳也不自觉攥紧了。

随后,他再开口时,微微咬着牙说道:"我知道我不该参与他们家的事情,可是我无法目睹他再打手无缚鸡之力的女人,还有他迁怒的孩子,所以我冲上去打了那个窝囊废!从房子里打到楼道外面,揪着他的领子把他丢了出去。"

"……后来他的妻子求我让我不要再打了,我也收手饶过了那个人渣,只是没想到,他竟然趁我不注意的时候,准备从后面偷袭我,不过还是被我察觉到了,最后我没控制住脾气和力度,直接将他推到了楼下。"

顾言听着他阐述的一切,一切当时的打斗画面仿佛都清晰地出现在了眼前。

顾言也将他说的一切记在了脑子里,做了些笔录,随后抬眸,问:"那你还记得自己都打了他哪些地方吗?"

江城紧抿唇瓣,在她眼睛一眨不眨的注视下,还是硬邦邦地说

025

出了几个部位,只是最后他似乎有些烦躁了那般,没耐心地挪开视线:"谁还记得打了哪里?打的地方多了,他身上的伤都是我弄的。"

顾言神色不变:"再问最后一个问题。"

江城脸色冷然地看着她。

"你早上找她做什么?"顾言无视他眼底的冰冷之色。

是的,这一切都是因为他那天早上去找了她。

而这话音一落,江城的气息似乎微微紊乱,最后他挪开视线,攥紧了拳头,冷硬地说道:"是我找她帮个忙,做个验血。"

"你想知道她是不是你曾经的未婚妻?"顾言抬眸,直截了当地反问。

只是这话音落下,他漠然的脸上浮现一丝嘲讽之色:"我的未婚妻死了,死了很多年了,我亲眼看着她走的。"

这回轮到顾言唇瓣紧抿,说不出话了。

这么看来,他是想知道,叶清歌是不是他死去的未婚妻的亲属,再确切一些说,是姐妹。

顾言没有再询问什么,整理好卷宗,坐在轮椅上准备开门离开的时候,审讯室里突然传来了他的声音:"人证物证俱在,我也是主动投案自首的,顾小姐,希望你们不要再浪费大家的时间了。"

顾言落在门把手上的手顿了一下,她回头,撞上他英俊冷峻,却又平添了几分沧桑的容颜。

这几日的审讯和调查,让他整个人看起来憔悴、颓废了不少,那双眼睛也似乎透着不耐烦和戾气。

可隐隐间,顾言似乎能看到那眼底深处隐藏的东西。

——他破防了。

这些天的审讯,让他的确是失去了耐心,同样也暴露了。他急切地希望一切都可以结束,将他判刑,一切都尘埃落定。

秋意更浓,梧桐树上的叶子纷纷落地,冬天快要到来了。

傍晚,一辆熟悉的轿车停在了路边。

沈聿穿着一身黑色的风衣,脖子上还围着一条烟灰色围巾。他双手插在风衣的兜里,靠在车门边,身影修长,只是略带几分散漫不羁的气息。

衬着那萧瑟的秋风,他站在树下的车边,昏黄的路灯灯光柔和地洒下,将他身上镀上了一层温和又柔软的光,的确是怎么看,都是一幅美好的画卷。

顾言坐在轮椅上出去后,就看见他似乎有所感应那般抬起了头,看了过来,唇边还带着笑。

路边经过的小姑娘看得都差点儿撞在了电线杆上,顾言也看得忍不住移开视线,微微扶额。

杨小天那小子跑哪里去了?让沈聿在这里像个开屏的孔雀一样。

沈聿走了过来,轻咳了一声:"看你的样子,你应该对这个案子心里有数了吧,走,今天带你去吃点儿好的。"

顾言:"怎么,你是老板还是我是老板?今天我还没有下班。"

沈聿轻嗤了一声,转而从大衣兜里拿出了一张便利贴,夹在修长如玉的指间在她眼前晃了晃。

顾言接过便利贴一看,顿时沉默了。

便利贴上面写的竟然是叶清歌现在住的宾馆地址和电话号码等联系方式,出事后她已经无法再回去,而孩子也和她住在一起,面对着死者丈夫一家的虎视眈眈。

而他不仅拿到了这些消息,更重要的是,他知道顾言在想什么,想做什么。

沈聿抬了抬下颌,嘴角轻扯:"这是我在里面顺出来的消息,怎么样,你要不要考虑恢复我的工作?"

说着,他微微俯身,双手落在她的轮椅扶手上,眼睛一眨不眨地望着她:"嗯?我亲爱的老板。"

他精致帅气的容颜太过于让人炫目,顾言咳了一声,避开视线转而问道:"杨小天人呢?"

沈聿闻言则是挺起身躯,摸了摸脖子,看着前方含糊其词地调侃道:"谁知道这小子去了哪里?他大概又跑去哪个网吧里玩游戏顺便蹲守个什么通缉犯之类的了吧。"

顾言竟无言以对,转动着轮椅往车子的方向过去:"今天晚上就找到叶清歌,我有事跟她说。"

沈聿一听,连忙大步追了上来:"哎,等等,我听这意思,老板,我的这个工作的事……"

顾言懒懒地来了一句:"行,以后有我的一口饭吃,就有……"话说到这里,她抬头看向他忍不住上扬的嘴角,蹦出了后面几个字:"就有你一个碗刷。"

沈聿的笑容凝固。

干得漂亮。

夜里,秋风凛冽,残月西沉。

一辆黑色的轿车停靠在了市区郊外的马路上,顾言抬手看了一眼手表,现在是晚上11点。

这是郊区路边的十字路口处,这个时候路上已经没有什么车辆了,行人罕见,唯独街头一家便利店牌匾上的灯光红蓝闪烁。

在旁边并排的是一家其貌不扬的小宾馆,里面透着点儿昏黄的灯光,外面玻璃门上还贴着几个红色的大字:住宿费50元一夜,小时房10元一小时。

沈聿降下车窗看了一眼外面的画面,微微叹息了一声:"你这大晚上过来是不是不太合适,都多晚了,不是影响她们休息?"

当然,这更影响她休息。

工作起来可以忘记一切的女魔头也非她莫属了。

顾言像是很听他的话似的点了点头,嗯了一声说,道:"你说得没错,江城失去的只是人身自由,而她们失去的可是一些休息的时间哪。"

聿哥闻言,一下子就无话可说了。

顾言下了车,坐在轮椅上在路边等着人出来,唇瓣微动,又语气冷淡道:"夜里是人精神脆弱的时候,也容易暴露更多蛛丝马迹。"

所以这才是她这个时间过来的原因。

是他想简单了。

沈聿办事的效率还是很高,进去之后他和宾馆里的老板不知说了什么,十分钟后,顾言就看见他带着一个身影纤瘦的女人走了出来。

顾言在黑夜里看到她的第一眼,第一印象就是瘦,还不是一般瘦。

像是营养不良,夜里的风一吹,她似乎都要倒下那般,看得令人不免心生几分怜意。

"人带来了。"沈聿说罢,自己就先去附近守着了。

小跟班重新上岗,自然要认真负责。

而顾言看着眼前的女人,一向脸色冷漠的她这会儿神色柔和了许多,她缓缓说道:"不好意思,叶小姐,冒昧打扰你了,我姓顾,是江城的朋友。"

或许是早就猜到了,叶清歌的眼底没有什么太惊讶的神色,她只是微微点了点头,说道:"没关系,顾小姐,你有什么事情,可以直接开口。"

顾言望着她此时的状态,心底微微动荡了一下。

这叶清歌比她想象的镇定多了,哪怕知道她来是为了什么,叶清歌看起来也不是那种懦弱的女性。

顾言微微颔首,说道:"方便的话,可以跟我讲一下你和江城的事情吗?你也知道他现在被关了进去,法院很快会将他判刑了。"

叶清歌闻言,微垂下了眼睑,昏黄的路灯灯光投射下,她的睫毛像是一把扇子,挡住了她眼底的情绪,令人无法洞悉。

顾言只是见她睫毛颤动了一下,唇瓣微动,她缓慢说道:"其实我和他的相遇,只是一场意外……"

随后,顾言便从她的口中听到了她和江城之间的故事。

毫不失之偏颇,她讲述的这个故事,和顾言从江城口中得到的,如出一辙。

可也正是如此,让顾言心底浮现一丝异样的感觉。

"……其实,不得不说,他坐牢多少和我有关系,如果他那天没有来的话,悲剧也就不会发生,他更不会……"说到这里,她的话戛然而止,刚才那个还看似冷静镇定的女人,红了眼眶。

叶清歌攥紧了拳头,转过头去,似乎不想被人看到她有些痛苦的模样。

顾言低头,看了一下自己落在轮椅上的脚尖。

少顷,她再抬头的时候,突然来了一句:"其实你喜欢他吧。"

这话虽然是问话,语气却不容置疑。

"我——"叶清歌唇瓣微动,下意识地想要说什么。

可顾言没有阻止她,只是平静且又温和地看着她。

反倒是她说不出话了。她甚至有些难以面对顾言的视线,怕暴露了自己内心的想法，可回答不上来就已经证明了一切。

她没有想到顾言会突然问这个问题，自然也无法将早已准备好的答案说出来。

顾言的声音在这个夜里显得很温和，她垂眸低声说道："不谈江城其他，光看你丈夫是一个脾气暴躁的男人，对你和女儿非打即骂，吃喝嫖赌样样精通，赖着你不去离婚，这样的男人，别说是你，天底下任何一个女人都无法接受。"

说着，她缓缓抬起头来，看看叶清歌变得有些苍白的脸，继续说道："这个时候，但凡有一个人能帮你一把，你都会对他感恩戴德，更别说，这个人还帅气又多金……并且他是真的能够解救你，给你美好的生活，让你重新对未来有了希望……"

"所以，我想，如果我是你的话……应该也会沦陷的吧……"

在面对一个深陷痛苦中挣扎的人，自己如何才能走进她的内心，去突破她的内心防线？

那就是——共情。

站在对方的角度，去感受一切，但即便是共情，自己也无法真的感同身受，毕竟针没有扎在自己身上。

但对受害者来说，这已经是最大的安慰。

即便是叶清歌也不例外，在顾言的那一番话后，叶清歌泛红的眼眶里瞬间就扑簌簌地落下了泪水。

她却连忙转过身抹去，声音沙哑地含糊道："我的生活没有你说的那么糟糕……不过还是……谢谢你，谢谢你能站在我的角度去想问题。"

顾言则望着她说道："我知道有很多人可能站在道德的制高点去诬蔑你、抨击你，但你要知道那些抨击你的人，本就不是什么好人，更没有遭受过你经历的苦难，所以你根本不要去在乎。"

很多事情要权衡利弊，有的人认为婚姻为大，可这样的结果，造成的惨剧数不胜数，不是妻子被家暴打死，就是妻子反抗将丈夫打死。

况且，从她对她和江城的描述中，顾言发现了一个令自己没有想到的点。

江城或许对叶清歌没有真正的男女之情，对她的感情，是来自他死去的未婚妻。

那是他的执念,他将对未婚妻的愧疚之情,转嫁于一个和她模样相似的女人身上。

叶清歌也从来没有表露过自己对江城的感情,只是将其埋在了心底。

因此,即便是在婚姻中遭受了噩梦一样的对待,他们双方也都从未越轨。

第二章
真假旧爱祸人心

江城没有骗顾言。

这也让叶清歌对男人有了新的见解。

顾言看着她站在那儿泪如雨下,拳头攥紧又松开,却再一次攥紧,不知想到了什么,又说道:"叶小姐,虽然这一切也不是你的错,只是可惜,江城在经历这件事后,这辈子算是毁了,法院应该会判他无期徒刑……"

这话一出,叶清歌霍然抬头,湿润的眼底闪过一丝惊愕之色:"怎么会?他明明……"

顾言轻抿了一下唇瓣,盯着她说道:"没办法,他说是他故意将你丈夫推下去的。"

"不,事情不是这样的,当时明明是——"叶清歌下意识地反驳着,可说着说着,似乎敏锐地察觉到了什么,及时住嘴。

"那天早上发生了什么?"顾言问。

叶清歌苍白的脸涨得有些发红,她攥紧拳头抵在唇边轻咳了一下,望着顾言的视线有些躲闪。

"没……没什么……"

她动了动唇瓣,最终还是将一切言语化为乌有,并且视线看向了宾馆的方向。

顾言眼底黯了些许,其实在判断一个人是不是撒谎的时候,往往用一个肢体动作去判断是不准确的,但同时能有多个动作通过肢体表现出来时,那就毋庸置疑了。

而叶清歌在刚刚那短暂的时刻内,喉咙迅速滚动、干咳、眨眼次数增多,眉头皱起,手朝嘴巴处移动。

江城是个面不改色的厉害角色,可叶清歌就不同了。

所以,下一秒,顾言又落下一句话:"人其实不是他害死的,对吧?"

这句话说得很平淡,可一个字一个字落下来的时候,犹如震耳的雷那般,重重地敲打着叶清歌饱受折磨的内心。

叶清歌望着宾馆的方向,路灯的光投射下来,将她湿润的眼底笼上一丝朦胧的金色。

她死死攥着自己的手指,语气意外平静地说道:"人究竟是不是他害死的,我相信警察和法医比任何人都清楚。"

顾言听着这一番话,不由得顺着叶清歌的视线看过去,就正好看到一个穿着粉色棉衣的小女孩隐隐出现在了小宾馆的门里面。

小女孩一手拿着一个小兔子毛绒玩具,一手贴在门上,站在门内望着这边的情况。

这一刻,顾言哑然。

"顾小姐,请问你还有什么想询问的吗?没有的话我就要先回去了。"叶清歌说道。

顾言点了点头,礼貌地回应:"没事了,今晚麻烦叶小姐了。"

后者也冲着她微微一笑,随后径直穿过马路离开。

风卷着地面上枯黄的树叶袭来,其中一片树叶飘飘转转地落在了她膝上的毛毯上。

顾言素白纤细的手指将树叶捡起,微垂的眼睑遮住了她的想法。

"怎么样,今夜可有什么收获?"

沈聿清雅而蛊惑人的声音传来。

顾言却微微扶额闭眼,良久,胸口深深地起伏了一下,最后再睁开有些干涩的眼眸时,缓缓来了一句:"你觉得事实最重要,还是尊重他们的决定重要?"

岂料这话一出,沈聿先愣了一下,随后则轻嗤了一声:"不是吧,之前只是猜测而已，难不成还真的像东野圭吾小说里写的那般，玩凶手替身那一套？"

顾言看着叶清歌抱着女儿消失在宾馆走廊里的身影，喃喃了一句："如果是的话又怎么办？"

站在法律的角度，她无比清楚该怎么做。

"法律就是法律，谁杀了人谁就是要受相应的惩罚，阿言，除此之外，其他事情都不是你该纠结的。"沈聿脸色逐渐认真了起来，说道。

顾言眉头轻敛，片刻后，缓缓来了一句："罢了，我们走吧。"

虽然这一切很现实，或者也很残酷，但事实就是如此，她的工作就是发现隐藏在背后的真相，不冤枉任何一个无辜之人，哪怕这个人是自愿的。

私下的这些调查工作有了眉目，但是当陆原亲自过来询问的时候，顾言并没有立刻将一切有关真相的想法告诉他。

她总觉得，这个案子上还有一些重要的信息被自己遗漏了。而具体在哪里，她一时半会儿有些捕捉不到。

翌日，顾言在办公室里和陆原说着与案子相关的事情，办公室外面沈聿和杨小天二人大眼瞪小眼。

沈聿扫视了一眼紧闭的办公室门，暗暗磨牙，内心一肚子无名火。

再看向杨小天的时候，沈聿没好气地说道："喂，你这小子，姓陆的那小子趾高气扬的也就罢了，连你也针对我是吧，昨天她让你干什么去这点儿小事竟然还瞒着我不说，你知道我们俩是什么关系吗？"

杨小天看他那凶巴巴的模样，顿时一阵无语："行了，行了，聿哥，你们俩要是真有点儿啥，关系匪浅的话，你还用在这里为难我，套我的话吗？"

"你——"沈聿瞬间胸口一滞，差点儿一口气没上来。

沈聿微微咬牙，想好好骂他一顿来着，但想着现在的处境还是忍了下来，最后只是把他抓了过来，手重重地在杨小天的肩膀上拍了拍，皮笑肉不笑地说道："来，来，来，我知道你想抱住她的大腿，让聿哥来教你几招。"

杨小天还真的凑了过来准备受教一番，结果下一秒，就听他聿哥教给他职场生存小技巧:"其实她这个人脾气古怪,就喜欢有个性的员工。所以啊,以后你们出去吃饭的时候,她夹菜你就转桌,她开门你就上车,她在 KTV 里唱歌你就切歌,她敬酒你不喝,她喝水你刹车,这一套动作下来,她绝对对你另眼相看,觉得你非凡人,会好好重用你了!"

而这番话音落下的时候,那杨小天上扬的嘴角,逐渐一点点地就僵在了那里,甚至眼角还抽了抽。

他传授的确定是"职场生存小技巧",而不是"每天一个离职小技巧"?

而眼下,办公室的门咔嚓一声,被人从里面打开了。

顾言坐着轮椅先出来了,看了一眼沈聿,神色有些微妙。

跟着出来的是陆原,穿着一身深棕色皮夹克的他身板笔挺高大,他手中还拿着一份档案,看着沈聿的眼神也意味深长,似乎沈聿刚刚传授给杨小天的那一番话都被他听了个真切。

沈聿则咳了一声,像是什么都没发生过那般坐回了原来的位置上,顺便在休息室的桌子上倒了两杯茶,推到了桌子边缘,对着陆原伸手示意道:"看你们在里面说得口干舌燥,估计都累坏了,来,喝杯茶水吧。"

这两个人并排的身影看起来,还真是怎么看怎么不顺眼,沈聿的视线懒洋洋的,舌尖却抵了一下腮帮子。

陆原垂眸看了一眼桌子上的茶水,端起了一杯,指尖触及他那杯茶杯壁滚烫的温度,微微挑眉:"绿茶?"

这话一出,旁边的杨小天顿时扑哧一声笑了。

好家伙,这陆队长不愧是文化人,这话中自有深意呀。

沈聿自然也意识到了他是什么意思,这边刚给了杨小天一个犀利的眼神,再看向陆原时,顿时嘴角似笑非笑地幽幽来了一句:"哪儿呢,哥,人家这明明是铁观音。"

得,这一声哥,差点儿让陆原刚喝进去的一口茶喷了出来。

顾言看他们俩一见面就怼,不由得有些头大:"行了,你们俩能动手就别吵吵。"

她二话不说打断了他们的对话,随后看向杨小天,脸色认真地问道:"交代给你办的事怎么样了?他们那边同意见面了吗?"

这话一出，沈聿那双漂亮的桃花眼微微眯起。

杨小天看了他一眼，摸了摸后脑勺，随后对顾言说道："怎么说呢……我通过一些手段要到了他的家人的手机号，又顺着手机号加了微信，但对方不理我啊。"

而他口中所说的人，不是别人，正是叶清歌死去丈夫的家属，准确地说是死者的弟弟。

他们家那帮人也不是善茬，如今死者的父母已经霸占了叶清歌的家赖着不走，口中天天骂着叶清歌，更别提会将房子给她。

哪怕从法律来说，房子有一部分是她的遗产。

这父母不讲理又年纪大了，顾言不可能再去找他们谈话，而且更重要的是，当天事发之后，死者的弟弟出现了。

就是他来了之后目睹到那一幕，大喊大叫并且迅速报了警。

顾言听闻杨小天的话，眉头微敛。其实她不是担心和这种人打交道，只是觉得对方不会乐意配合他们。

"那小子叫徐志文，是死者徐志强的亲弟弟，他们家有两个儿子。"陆原说到这里，语气顿了一下，一手环胸，一手抬起蹭了蹭眉头，又说道："他哥以前还没那么浑，早早辍学打工供养自己的弟弟读书，也靠着开大车赚了一些辛苦钱，结婚后却染上了赌博，后来悲剧一发不可收拾。"

"而他这个弟弟，家里虽然条件不好，却依然被娇生惯养，一直以来也是个嚣张跋扈的主儿，没考上大学现在天天打麻将，在家里啃老。"

陆原将这两个人的情况说了一下后，沈聿则看向杨小天伸出了手："把手机拿来。"

"干……干什么？"杨小天愣了愣。

沈聿却直接倾身上前从他手中将手机拿了过来，轻嗤了一声："这样的人想把他叫出来还不容易？"

众人望着他。

沈聿："你们叫不醒一个装睡的人，但是红包能。"

下一秒，杨小天看着他拿自己的手机要给那人发红包，顿时肉痛地叫唤了起来："哎，哎，等等……"

他抢回手机捂在怀里，不过一抬头看到那三个人直勾勾的视线，忍不住吞咽了一下口水，弱弱地嘀咕出了几个字："那个，记得报销……"

沈聿："行了，拿来吧你。"

"我年入三百万，没有靠父母，没有靠亲戚，都是我辛辛苦苦想象出来的，我容易吗？"杨小天委屈巴巴地说道。

众人有些无语。

眼下，大家都眼睛一眨不眨地盯着那红包的动静，看有没有被接收。

众人等了两分钟后，对话框依旧没有丝毫波动，陆原挂着下颌，皱眉道："其实江城是给了他们家一笔钱作为补偿的，他们家狮子大开口，要的钱还不少。"

"多少？"杨小天瞪大了他的单眼皮。

陆原："给了五百万，那小子似乎知道江城是个有钱人，所以狠狠讹了一大笔，江城也认，竟真的给了。"

杨小天一听这个金额，整个人差点儿一口气没喘过来："那可是五百万哪，我这辈子还没见过那么多的钱。我就说他都有那么多钱了，怎么还会看得上眼前的二百块钱？"

沈聿嗤了一声："得了吧，谁还会嫌钱多不成？"

果真，在这句话音落下后，下一瞬手机屏幕上就显示：徐志文已领取你的红包。

看到这一幕，杨小天差点儿跳起来，他赶紧拿起手机编辑信息，嘴里也骂骂咧咧地说道："好你个守财奴，果然用红包把你炸出来了。"

而他发送的信息是：兄弟你好，我想向你打听点儿事，方便出来聊一下吗？

随后，对方一个语音发送了过来："你谁啊？我现在打麻将呢，没空。"

那边的声音嘈杂，含糊不清的说话声像是他在抽烟，麻将的碰撞声此起彼伏。

"那你在哪儿打麻将啊，哥们我也想玩玩，小弟我最近手气不好，想逆风翻盘一下。"杨小天也发了个语音过去。

随后，对方就发了一个定位过来。

顾言扫视了一眼那定位，随后直接转动轮椅离开："走了。"

她要去会会这个死者的弟弟了。

自己的亲哥哥都死了，这人竟然还有心情搓麻将，还真是兄弟情深。

那麻将馆位于老城区东城区地带，这里大部分还保留着曾经城市的旧貌，七扭八歪的巷子逼仄，而在这老城区的对岸，则是经济发展迅速的新区，高楼大厦林立。

远处钟声响起的时候，鸽子盘旋着掠过那些破旧小阁楼的上空，在红色的砖瓦上留下一个个白色的痕迹。

"鸟屎拉我身上了！"

杨小天跟着顾言一行人来到这老城区的时候，直接被上空的鸽子来了一份大礼。

最近温度骤降，像是冬日猝不及防地来袭。

钟楼的声音还在冰冷的空气间回荡，这些胡同巷子里的路人穿着棉大衣，搓着手，哈着热气往前走，鼻间溢出白色的气。

这天是冷了，顾言出现在这里时，虽然还坐着轮椅，她身上穿的衣服却不少，双腿上还盖了一条毛毯。

她的肌肤是白净的冷白皮，秀气挺翘的鼻梁上还有一颗很小的美人痣，视线冷冷清清，气质出众。

而她身边则站着一个身穿黑色风衣的男人，男人戴着一条茶灰色围巾，下颌削尖，眼神慵懒，却又浑身透着清冷矜贵气息。

而此时，这两个人的视线都集中地看向了前面的杨小天。

杨小天往前走不是，往后走也不是，有些无语地说道："刚才鸟屎都拉在我身上了，都不安慰我一句，现在又让我一个人进去找，你们这两个人是不是也太不知道心疼我了？"

沈聿眉头微挑："她连我都不疼还疼你？你以为你是谁？腾格尔啊。"

杨小天顿时无语凝噎，欲言又止，最后摆摆手进去找人了。

顾言眼皮子微微一跳："……"

其实不是她不准备进这巷子，而是里面地面崎岖不平，轮椅行驶在上面会比较困难。

况且,杨小天虽然年纪不大,但早早就混社会,也算是"老油条了",这种事他搞得定。

果真,约莫十分钟的工夫,杨小天不知用了什么法子,还真的把人从麻将馆里带出来了。

两个人远远地就看见杨小天身边还有一个男人。

等他们越发靠近后,他的模样也更清晰可见了。

男人身高一米七五左右,身材偏瘦,年纪二十五六,单眼皮,高颧骨,不知是不是过于瘦了些,脸颊有些凹陷,像瘦脱了相。

顾言自看到对方后,视线就没有移开过,不着痕迹地将对方从头到尾打量了一个遍。

他穿着一件黑色皮夹克,内衬是暗色羊绒衫,穿着牛仔裤和一双皮鞋,手腕上的表盘在日光下闪烁着刺眼的光芒,脖子上也挂着一条大金链子。

他口中咀嚼着什么东西,模样看起来有些不可一世,但看到顾言的身影后,顿时指着她对杨小天吐槽道:"不是吧?你说的有美女找我,就是她啊,这不是坐着轮椅吗?你搞什么呢?"

这话一出,沈聿漠然的眼底瞬间弥漫上一层冰霜,落在椅子上的手也不由得攥紧了。

顾言却微微偏头,淡淡地说道:"没事。"

这点儿小事她并不在意,因为这人,她更不在意。

不过,杨小天是怎么把人叫出来的?说有美女找他……?

"咳咳,人带来了。"

见自己老板的视线扫视了过来,杨小天迅速尴尬地避开视线,干咳了两声就赶紧绕到一边待着去了,并且怕暴露顾言的身份,没有叫她老板。

倒是那徐志文视线一点点上移,看到顾言的容颜后,他这才摩挲着下巴,嚼着槟榔流里流气地来了一句:"这长得倒不错,可惜就是坐轮椅。"

还不等杨小天反应过来,他就看见一抹身影迅速冲了上去。

对这种人他无须忍耐,也不用忍耐。

徐志文撞在了墙壁上,脑袋都嗡嗡响,沈聿一手揪住了他的领子,一手在他的脸上拍了拍,冷笑一声说道:"给我注意你的言辞,否则让你一辈子都再也说不出话！"

"你——！"

那徐志文上来被揍顿时恼羞成怒，挣扎着要去打沈聿，嘴里骂骂咧咧着："你知道我是谁吗？我找人干死你！"

辱骂间他迅速出拳，不过后者出手之快远大于他，只见沈聿手指顺着他的手臂滑上去，直接在他的关节处咔嚓一下，膝盖在他的胃部一顶，再扯着他的头发在墙壁上狠狠一撞，几声凄惨的哀叫声后，他就狼狈地蜷缩着身体倒在了地上。

他一手捂着疼得抽搐的胃部，一手死死抓着墙角边的土，再看向沈聿时，疼得满头大汗，咬牙切齿地说道："你……你们到底是什么人，是专门来找事的吗？"

这话落下，沈聿一脚踩在了他的脸上，居高临下的眼神像是在看一个垃圾："一码归一码，打你纯属是看你找打，后面的事你给我老老实实听清楚了，一五一十地回答我们，再敢胡说八道我就把你的嘴巴缝起来！"

那男人的脸都被踩扁了，脏兮兮地贴在地面上吃土，他气得脸红脖子粗的，可打不过眼前的人，只能受这侮辱。

而这时沈聿看了一眼顾言。

顾言望着这一幕，眼底平静得如一汪深潭，唇瓣微动，说道："你哥死的时候，你在哪儿？"

这几个字音落下时，沈聿也松开了脚。

那男人原本羞恼愤怒的模样顿时僵了一瞬，他似乎意识到，他们这帮人是来干什么的了。

反应过来后，他紧皱眉头道："你们是什么人？我凭什么要——"

然而他话还没说完，沈聿就弯腰抄起了一块墙角的砖块。

"我……我……我说。"

徐志文被他这举动吓得直接结巴了，随后忙不迭地说道："我哥死的那天，我碰巧去找他了，你们既然找到了我，就应该知道是我报的警。"

说到这里，他有些忍不住咒骂了起来："那个无耻的女人竟然和她的情夫害死了我哥，我哥真是瞎了眼。"

不论他骂什么，顾言脸上都没什么表情，她完全不跟着他的情绪走，直接抛出下一个问题："你平常都不找，怎么偏偏那天去找你哥？"

听着面前坐轮椅的女人的话，他脸色不自觉地慢慢变化了，他像是察觉到，这帮人的来历似乎有些不简单。

他们对他的情况这么了解，莫非是……警察？

他神色黯了一下，嘴上却说道："那是我哥，我找我哥怎么了？我在外面欠了点儿钱，想找他借一点儿不行哪。"

"哦，还真是兄弟情深，相互帮助，所以你哥死了之后，你就管那男人要了五百万？"

沈聿嘴角轻扯，溢出几分讥嘲之色。

徐志文脸色有些难看，不过还是硬着头皮犟嘴道："是他们害死了我哥，他们总要给我们家一些交代不是吗？再说，他自己是同意了的，又不是我逼他的。"

顾言又不咸不淡地问了几句话，最后她语气随意地来了一句："你们家里现在都拿到了那么一笔高额的补偿，我劝你们别把事情做得太绝了，房子是属于清歌她们母女俩的，当然，法院也会这么判的，所以，就别让那二老在那里折腾了。"

说到这里，她语气微顿，又淡淡地来了一句："毕竟，害死你哥的人已经认罪了，法院很快会宣判。"

这话音落下，那徐志文深吸了一口气，语气难得没有那么强势了，点了点头："知道了，这事我会跟我爸妈去说。"

只是刚撂下这话，他又连忙来了一句："劝我是会劝的，可他们听不听我就管不了那么多了啊！"

听到他的话，顾言抬眸望着他，将他脸上的每一个细微的表情都尽收眼底。

她深深地看了他一眼，随后转动轮椅，转身离开。

沈聿在后面又抓着他的脖领子警告着说了些什么，随后才跟上来。

杨小天开车，他们一行人准备打道回府。

车子穿过跨海大桥，日光下的海面波光粼粼，冷冽的朔风席卷在水面上，像是要将海面一寸一寸地给冰封起来。

沈聿坐在副驾驶位上，回头看向她："我们来找这地痞流氓是不是白来了？虽然他哥也不是什么好货色，但这小子更绝，拿着他哥的赔偿款,二话不说先给自己来了一个'绿水鬼',真是牛啊。"

"绿水鬼"是劳力士的一个款式,价格六位数起。

只是在沈聿这话音落下后,顾言意外地沉默了。

她一直望着车窗外,看着像是在欣赏外面的景色,可实际上,她眼底深幽难测,没人知道此时的她在琢磨什么。

"老板,你刚才说的话是真的吗?那个叫江城的男人马上就要被法院宣判了?"杨小天一边开车一边询问。

顾言没有收回视线,嘴上却淡淡地说道:"这是事实。"

如果没有强有力的证据,证明江城没有杀人,那么在他自己认罪的情况下,这种结局不可避免。

而就在这时,一阵电话铃声响起。

"喂?"沈聿拿起了手机,接通电话。

而电话那边的人不知说了什么,沈聿顿时惊呼一声:"你说什么?!她去你们那里闹了?"

坐在后座上的顾言闻言,这才转过头来,眉头微微皱起。

"好,我马上去,我这就过去把她带走。"说到这里,沈聿又忍不住连说了几句抱歉,"真是对不住了,给你们添了麻烦。"

电话挂断后,沈聿顿时深吸了一口气,然后微微咬牙低声咒骂。

"什么事啊?你要去接谁啊?"杨小天手里转动着方向盘,好奇地问。

沈聿却回头,直接对上顾言的视线,落下了一句:"是我姐,她知道江城要被判刑,去公安局大闹了一场。"

傍晚金黄色的余晖洒在城中的楼房建筑上,映照得玻璃窗户仿佛生火那般,接近陆地时江面上的空气更加凛冽,呼吸间有些透心的凉意。

在电话挂断之后,车子继续疾驰在路上,毕竟他们无论是去工作室还是去公安局,目前都是一个方向。

沈聿这时回头道:"车子在前面停下吧,小天你带着老板先回工作室,我先去局子一趟。"

杨小天从后视镜看向顾言,顾言没有立刻开口,只是沉默片刻后,淡淡地说道:"不用下车,反正也是顺路,我们在那里等你一会儿就行。"

这话一出，沈聿的嘴角顿时就忍不住上扬了："你准备好见我的亲属了吗？"

虽然这亲属和他之间的关系有些复杂，同父异母，但好歹也是有血亲关系的。

况且，他这个姐姐也不是什么善茬。

沈聿看她面色沉静，自己微微叹息了一声，摸了摸后脑勺说道："我姐这也真是的，第一次见我女朋友竟然是在这样的情况下。"说着，他回头看向顾言："你不会嫌弃吧？"

"你快闭上嘴吧。"

他废话那么多，她到底嫌弃谁不清楚吗？

顾言懒得再理他了。

她根本没有想那么多，只是想知道都发生了什么，警察会不会从沈聿姐姐的口中又得知了什么新的线索。

杨小天听到他们这么一番话，嘴巴都张大了。

什么，女朋友？

他拿下自己的女神了？

傍晚的时候，天色黑得很快，街道边的路灯一盏一盏地亮了起来。

公安局内，沈聿的姐姐因为在此闹事被抓了起来，沈聿算是来捞人保释的。

而顾言正在大厅内听陆原讲述情况："……她本来是来单独见江城的，江城也同意了，只是在二人谈话后，她的情绪瞬间就激动了起来，然后她哭着对他又打又骂。我们从监控室里看到后进去将他们拉开，那女人还是哭闹不停，甚至对我们警员动手，警员脸上都给挠了一道……"

顾言听闻，微微凝眉，问："你们应该听到他们说了什么吧。"

陆原表情有些微妙："他无非就是说自己失手杀了人，答应见她一面，就是希望她不要再来烦他，让她滚蛋。"

顾言眉头微挑。

这两个人之间的关系闹得那么难堪？

"哦，对了，那女人被他气哭了，在那里歇斯底里地哭喊说她找到叶清歌了，她说都是叶清歌的错，还打了叶清歌一顿。江城听到这话后，顿时大怒，上来就要跟她动手，好在最后都被拦住了。"

"他在被警察带走之前，还在警告她不要去找叶清歌的麻烦，否则不会放过她。"

顾言听着这些话，忍不住微微扶额。

不得不说，自己虽然还没有见过沈聿的姐姐，但现在看来，她和江城都是暴烈的性子。

而在陆原絮絮叨叨地说得差不多的时候，沈聿那边也终于办好了所有的手续，将人给保释了出来。

走在沈聿前面的是一个穿着白色貂皮的女人。

她踩着高筒靴，手中拎着一个爱马仕的包包。留着及肩的中长发，身高一米六八左右，或许是在国外待久了，身材更偏向于欧洲人喜欢的那种，该丰满的地方格外丰满，该瘦的地方很瘦，看来是没少在健身房锻炼了。

她面容姣好，当然，前提是得忽视她已经哭花了的双眼，眼线被泪水浸染，脸上残留下不少狼狈的痕迹。

此时她走出来后，也不顾自己狼狈的模样，依旧趾高气扬，谁也不看一眼地往外走。

她哭得狠，在局子里闹得也狠。就算是丢尽了脸，她也要撑着一口气回去再说。

顾言坐在轮椅上，在她一出现的时候，就看见了她。

而后者，只想着赶紧离开这里，已经径直走到了门口。

"喂，阿姐你等一下。"沈聿叫住了她。

沈晴脚步一顿，却没有回头，她又抹了一把脸，没什么耐心地哑着声音问："还有什么事？不是都说处理完了吗？"

沈聿则咳了声，站在了顾言的旁边，不紧不慢地幽幽来了一句："那个……事情是处理完了，不过，我这次来，是和我女朋友来的。"

顾言顿时眼皮一跳。

他就不能不在这时提这茬吗？

他没看到他姐此时情绪很差吗？

难道他不觉得介绍会很尴尬吗？

顾言内心三连问，无语至极。

果真，在他的话音落下后，他姐姐沈晴的身影就僵了一瞬，愣在原地。

随后她缓缓回身,看向了他的身边——顾言。

顾言就那么坐在轮椅上,双腿上还盖着一条薄毯,穿着黑色风衣,哪怕坐在轮椅上,也无法忽视她本身的冷艳沉静气质。

只是沈聿的姐姐大抵是真的没想到,她弟的女朋友,竟然是一个坐在轮椅上的……女子,这一看忍不住上上下下打量了好一会儿。

沈聿看她的视线一直在顾言的身上打量,尤其是双腿,顿时有些不乐意了,刚要说什么,就听他姐突然来了一句:"你就是那个在我打电话后,跟我说我弟在洗澡的女人?"

沈聿瞪大了眼睛。

顾言也沉默了一瞬,脑海里回想起二人第一次的对话。

的确,在某个夜里,有女人打来电话说要找沈聿,她则是……说他在洗澡。

那时的她的确是故意这么说的,只是她不知道对方是沈聿的姐姐。

眼下,顾言直接承认,淡淡地说道:"你好,是我。"

这话音落下,沈晴倏然扯了下嘴角,随后看了一眼沈聿:"你小子可以,不过今天不是见面的时候,改日带你女朋友再来见我。"

沈聿扬了扬手:"好了,你快走吧,谁稀罕见你,天天事那么多,要见面也是你来找我们,我女朋友可没工夫见你。"

沈晴轻哼了一声,倒也没和他计较,率先一步推门离开了。

而这时,陆原也收到了通知,对顾言语气严肃认真道:"已经确认了,后天上午将在法院对他进行宣判。"

这话音一落,沈聿和顾言对视了一眼。

沈聿以为她会神情严肃,却不想她反而有些语气轻松地说道:"等着看吧,后面一定会有事情发生。"

秋末的风夹杂着幽幽飘转的梧桐叶,零落满地。

有一封同城信件邮寄到了一个女人的手中。

她从快递员手中拿过信后,神情有些茫然,似乎是不知这信件来自何处。

只是当她打开信后,看到那信函上面的内容,她却逐渐手指微微颤动,眼眶泛红,直到最后……

看到结尾时,她已然泪流满面。

周围人来人往,行色匆匆,她的眼前氤氲着水汽,一片模糊。

某些痛苦的情绪涌上心头,像是无数小虫子在疯狂地蚕食撕咬着她的内心,让她无比折磨又煎熬。

身体里的力量像是都被抽空了,她浑身发软地扶住旁边的墙壁,捂着嘴哽咽,背对着人群,手中紧紧地攥着那一封信。

不知过了多久,她吸了吸哭红的鼻尖,拭去了眼泪,重新调整好情绪,内心像是做了一个坚定的抉择。

开庭之日。

前面坐着三个法官,中间坐着审判长,下面还坐着一些审判员、负责记录审案过程的书记员。

江城穿着囚服出来,戴着手铐站在被告人的位置上,他英俊的容颜似乎又憔悴了不少,下巴上也长出了胡楂。只是他看着还是格外冷漠,似乎对今天的宣判没有任何波动,只想尽快结束。

下面陪审的位置坐着不少人,有死者的亲属,还有顾言、沈聿、杨小天,还有一个人,沈晴。

他们四个人并排坐着,听着公诉人在上面陈述着江城的一切罪行。

江城的罪行是害死了人,但他到底是故意杀人还是意外杀人,律师正在拿出有力的证据进行辩驳。

时间在一点一滴地过去,顾言抬起手腕看了一眼手表上的时间。

法官很快就要判决了。

沈聿望着台上的人辩论,心底有些复杂,忍不住半掩着唇瓣,低声在顾言身边咕哝:"你不是说事情会有转机吗?那怎么到现在这个时候都……"

再没有转机,一切就都晚了。

就算他们知道江城很可能是无辜的又怎么样?

他们没有证据,警方都对现场做出过检查,认定他很可能就是杀人凶手,更别说他还直接承认了。所以这就是板上钉钉的事情。

顾言闻言,看了一眼紧闭的大门,目光一时之间有些复杂。

那封信……她应该收到了吧。

只是,看过那封信后,她又会做出什么样的决定呢?

终于在律师一番舌战群儒之后,他提供的有力证据确实证明了江城是非故意杀人,而是失手意外杀人。

这样一来,一旦判刑,最终的刑罚江城会被判处三年以上十年以下有期徒刑。

面对这样的结果,坐在台下的沈晴望着这一幕,死死咬住了唇瓣,不让眼泪从通红的眼眶里流下来。

虽然要进监狱的人不是她,她却比任何人都痛苦,都绝望。

顾言察觉到了身侧之人的异样,没有说话,只是静默地从包里拿出一包纸巾递给了她。

沈晴将那纸巾紧紧攥在手中,眼泪还是夺眶而出。

为什么他要这样做?就因为他不喜欢她,所以也根本不会在乎她的感受?

她追了好多年的男人,如今却替别的女人顶罪,还不知道要被判处多少年徒刑。

而彼时,法庭之上,审判者将对他做出最终的判决。

法官拿着现场制作出来的判决书,严肃地开口道:"我宣布,徐志强死亡一案,被告人江城为意外杀人,被判处——"

"等等!"

就在此时,法庭的大门突然被人打开,一个女人的声音急切而又大声地从门口传来。

时间像是在那一刻停止了,法官口中要说的话,就那么硬生生地卡在了嗓子眼里。

法庭的大门被打开,一个女子的身影急切地闯了进来,她一路上像是很匆忙,不断地喘息着说道:"等一下……等一下,我有重要的事情要说!"

而她这个人出现后,在场的很多人被惊到了。

沈聿、沈晴、杨小天,不过最难以置信、最震惊的还是江城。

他的脸色从那一瞬的愣怔后,英俊的容颜逐渐变得难看复杂了起来。他皱起眉头,唇瓣紧抿。

来的人不是别人,正是死者的妻子,叶清歌。

面对她的存在,最淡定的,无非就是顾言了。

她的出现,在顾言的意料之外,却又在顾言的意料之中。

眼下，法官对她莽撞闯入的行为似乎很是不满，皱眉："现在一切都要结束了，你还有什么要说的？不要在这里扰乱秩序。"说着一挥手就要让人把她带走。

而这时叶清歌一听判完了，顿时挣扎开那些人，直接扑通一声就跪了下来，对着法官说道："法官大人，你们判错人了，他不是本案的凶手，我才是，我才是啊……"

她说到最后几个字，声音忍不住有些哽咽，眼前一片模糊的水汽，睫毛微微一颤，眼泪瞬间就啪嗒啪嗒地落了下来。

但不得不说，她的这句话就犹如一道惊雷那般，在法庭之上炸开，瞬间让陪审团和观众、法官等人都惊呆了，整个会场一片死寂。

直到一秒钟、两秒钟过去，法官反应过来后，义正词严地询问："你可不要乱说话，你说你是凶手，那他是怎么回事？如果你是凶手的话，为什么不早点儿自首承认？"

法官看了一眼江城问。

而后者此时脸色已经变得阴沉，被铐住的双手都分别攥得紧紧的，呼吸也变得急促而粗重。

"法官大人，我……"

"你不要闹了！人就是我杀的，我知道你不想我去坐牢，可是我犯了事就是要接受相应的处罚！"他骤然出声打断了她的话。

叶清歌纤瘦的身影跪在那里，她听着这话，泪水如决堤那般滚滚而下。

她死死咬着唇瓣摇了摇头，然后对江城颤抖着声音，缓缓哽咽道："其实……其实你一直以来，都没有猜错，我是……我的确是她的孪生姐妹……她是我的亲姐姐啊……"

是的，她就是他曾经死去的未婚妻的妹妹。

只是她小时候被抛弃了，完全不知道他们的存在，如若不是顾言的那一封信函中邮寄了她和他曾经的未婚妻的 DNA 生物报告，看到她们有血缘关系时，她完全不会知道，自己原来不是个孤儿。

自她有记忆开始，她就生活在孤儿院中。她体弱多病，院长曾对她说过，她是被人抛弃的。

她无数次地幻想过自己的父母会是什么样子，但每次幻想，也会觉得是一种折磨。

她会觉得,自己是父母的累赘,也恨他们为什么要把自己生下来。

她虽然体质差,但依然平安地长大了。只是这一路上,她命途多舛,活得太累了。

而如今,在得知自己真的和他的未婚妻有血缘关系后,她的内心则更加痛苦煎熬。她更加不想面对她的亲生父母,无法接受自己被抛弃。

不过,她从顾言的信中得知,如果自己坦白一切事实,顾言会让她再无后顾之忧,那就是拿到孩子的监护权,将她的女儿送到她的亲生父母,也就是外公外婆那边照看,他们那边有着富庶的生活条件,也会给孩子一个极好的成长环境。

不得不说,这样的一番话,她心动了。

她对不起江城,让他代替自己坐牢,也对不起自己的女儿,让女儿跟着她一起吃苦受累。

是的,人就是她杀的。

虽然这是意外,但这就是事实。

在她丈夫和江城发生争执,丈夫趁江城转过身要从背后袭击他时,被她推下了楼梯。

所以,在顾言的保证之下,她的确没有了后顾之忧。她解脱了,终于能做自己真正想做的事情,不背负着痛苦的负罪感而活。

而在她的那番话音落下后,江城浑身都僵住了,眼眸瞪大,似被她的话狠狠地震惊住。

或许他之前真的怀疑过,但他也没想到,他的猜测竟然是真的。

叶清歌是他深爱的女人的妹妹。

她已经离世多年,如今让他找到她遗失的妹妹,这冥冥之中,就像是一切自有安排那般。

江城,一个一米八几的大男人,冷厉狠辣,如今却愣怔地站在那里,对她口中的一切简直难以置信。

而此时,叶清歌含着泪,冲着他微微浅笑了一下,声音沙哑地说道:"你为我做得够多了,人是我失手推下去的,你是怕我和女儿失去彼此,但江城……这真的够了,我不能眼睁睁地看着你替我坐牢,我的内心,真的承受不住的……"

法官面对这一切，脸色复杂不已。

随后法官和其他陪审员讨论起这件事，最后不知他们提到了什么，公诉人突然说道："法官大人，现在在现场有一位犯罪心理学专家，您可以让犯罪心理学专家再确认一下这个女人的言论是否真实。"

事已至此，有人打断法官的审判，这种情况下本来就只能先休庭了。

江城这件事判不了了，这个法庭之上声泪俱下的女人会被警察带走，这个案子会重审。

眼下，法官听到公诉人的话，眉头微蹙。随后，他沉声问道："犯罪心理学专家是哪位？"

在法官的话音落下后，一瞬之间，几道视线向观众席上的顾言看了过来。

她面色沉静，一时间让人看不出什么情绪来。

但沈聿的视线瞥到了她微微攥起的手指，他顿时明白，她根本不想出头。虽然他不知道顾言为何笃定叶清歌会出现，但知道一定是她在背后做了什么。

不过也仅此而已，这个案子牵扯着太多人复杂的感情，而顾言，不想将自己置于众矢之的的位置。

"原来是顾专家，你怎么看待这位叶小姐说的话？"法官偏偏盯准了顾言，询问。

顾言沉默了一瞬。这种情况下，她是要站起来的，但考虑到自己双腿的缘故，她便低声跟沈聿说了两句什么。

随后，沈聿便推着她的轮椅来到了众目睽睽之下。

不可否认，她的话会决定这个案子的走向。

自然，所有人的目光都落在了顾言的身上，而她只是望着叶清歌，神色有些复杂。

叶清歌含着泪望着她，眼底满是痛苦和愧疚之色，仿佛法官给她定罪，她才能解脱。

顾言深吸了一口气，唇瓣微动，这才平静地说道："据我的经验所知，叶小姐没有说谎。"

所以，叶清歌说人是她杀的，这是她的真话。

顾言的话音落下，全场顿时再次一片哗然，众人议论纷纷，任谁都没有想到，这个案子到最后竟然会有这样的大转变。

顾言没有在原地多留，说完之后，和叶清歌对视一眼，便缓缓转动着轮椅离开了。

她看到了叶清歌眼底的感激之色。

可是，那又如何？顾言一点儿也不开心，说不上来是什么样的感觉。

在离开法庭的时候，她听到了法官做出的决定。

他宣布休庭，将对这个案子重新进行审判，而此时警察出现，给叶清歌戴上了手铐。

外面阳光炽烈，气温却很低，寒冷的风往衣领里钻，但顾言像是什么都察觉不到。

临走时，她还能隐隐察觉到被告位置上的某人，在死死地盯着自己。

顾言鼻间溢出一声轻嗤声。

怎么，难不成她还成了这个案子中，罪大恶极的那个人？

——让孩子没有了妈妈，妈妈失去了女儿，也让江城不能赎罪。

顾言坐在轮椅上，望着台阶下过往的人群，脸色苍白又显得冷漠，仿佛是一个与世隔绝、不近人情、睥睨一切的人。

而在这时，一个清雅温和的声音在她的耳边响起："阿言，你尽力了，这是你的职责，你已经做到最好了，其他的事情都不是你能左右的。"

说这话的时候，沈聿将自己脖颈上的围巾拿了下来，不急不缓地给她戴上，围好。

或许是风冷冽又干涩，顾言动了动唇瓣，却没说什么，只是眼眶有些泛红了。

沈聿俯身，修长白皙的手指轻落在她的脸颊上，指腹轻轻摩挲着，对她说道："不过你别伤心，你左右不了别人，但是，你能左右我。"

这人世间行人来往匆匆，有几十亿个人类生命体的存在，可是，他只有一个。

即便有相似的容颜，有相似的性格，任何人都无法代替他。

顾言听着他的那番话,看着他深沉的眼眸,最后避开了视线,拂开了他落在她的脸颊上的手,冷淡地落下一句:"走了。"声音听起来淡淡的,却有些喑哑。

沈聿望着她的背影,嘴角轻扯了一下,她还是那个要强的她,一点儿脆弱也不愿意展现出来。

不过他愿意等,等她有一天,真正地卸下防备。

沈晴因为最后结果转变,喜极而泣。

虽然这不是江城所想看到的结果,但这是她想看到的。更别说,他的确不是真正的凶手。

沈晴提出请客吃饭。

一个是因为这件事开心万分,还有另外一个原因,则是见到未来——弟妹,她这个当姐姐的总要表示一下。

沈聿则先去询问了顾言的想法,看她是否有时间,以及……想不想去。

他当然不会勉强她,也知道她不会喜欢和不熟悉的人打交道,但沈晴是他的姐姐,她若是同意了的话,是不是意味着,她内心里是向他这边迈出了一大步的?

车子疾驰在去餐厅的路上,沈聿获得她同意后,显然有些愉悦。顾言望着车窗外的车水马龙静默着,不知道在思索着什么。

沈聿察觉到她的沉默状态后,犹豫再三,还是出声询问:"阿言,是不是现在不想去吃饭?不去也没关系的,以后再找……"

"不是,我想的不是这个。"

顾言打断他的话后,收回目光,眉头微微皱紧,语气认真道:"其实这件案子,我感觉还是有不对劲的地方,只是证据都摆在眼前,也有人承认自己是凶手,太早下定这个案子的最终结论了。"

这话一出,沈聿微微挑眉:"那依你的意思是,这件事莫非还有什么猫腻不成?"

说到这里,他微顿了一下,继续说道:"再说,刚才在法庭内你也说了,叶清歌没有说谎,她说的是真的,是她将她丈夫推下楼梯,造成意外死亡。"

顾言沉默了。

是的,叶清歌是没有说谎。但问题究竟出现在哪里?
难不成……

三十分钟后,车子抵达了一家环境优雅的私厨餐厅。
店内的装潢低调奢华,清新风雅,走廊里的灯带灯光柔和昏黄,淡淡的幽香从远及近地蔓延,餐厅内弥漫着静谧的氛围。
沈晴已经在那里等待着了。
沈聿推着顾言的轮椅前行,只是就在一个拐弯时,顾言脑海里突然闪过了一个画面,她的手蓦地撑在了一侧的墙壁上:"等等!"
"怎么?"
沈聿看着她的模样,也停下了脚步,神色认真了起来。
顾言说道:"我们知道叶清歌没说谎,但不代表她就是杀人凶手。"
沈聿脑袋一蒙,一时间差点儿没反应过来。
下一秒,只见顾言立刻拿出手机,在通讯录里找到了一个人名,迅速地拨打了电话过去。
电话很快被人接通。
顾言:"喂,是秦法医吗?"
餐厅都定好了,他们二人也刚刚走到门口,却突然折返而去,徒留沈晴一个人追出去的时候,看着疾驰而去的车子在风中凌乱……
好一个弟弟和弟妹!他们都到门口了,将她放了鸽子,不得不说,她长这么大,我行我素惯了,性格也是跋扈的,但竟怎么都没有想到,有一天她也能被别人"目中无人"!
冷风中,沈晴捋了一把额前的发,也只能咬咬牙,低咒几句了。

车子一路上驰骋到本市区的公安部门才停下来,一个穿着白色大褂、年纪三十岁左右的男人推开玻璃门出现了。
他戴着一副黑色框架的眼镜,白色大褂里面的暗色衬衫被他穿得皱皱巴巴,刚出门的时候还打了个哈欠,但或许是外面温度有些凉,他打了个寒战,随后缩缩脖子,双手又揣入了兜里。
此人看起来有几分潦草不羁之姿,他却是本市知名的法医,秦世。
车子抵达后,车窗降了下来,坐在后座上的顾言对他说道:"秦法医,上车。"

秦世见状，顿时颠颠地小跑过来，上了车。

车里开了暖气，顿时令人暖和多了，他伸出手笑着说道："好久不见哪，小顾。"

随后他的视线又落在前面开车的人身上，仔细地看了一眼，他似乎觉得对方的模样非同一般司机："这位是……"

顾言伸出手和他握了一下："那是我的助理。行了，我们也不是没见过面，秦法医我们不用过多寒暄，我来是有要事询问。"

秦世眼角隐隐抽动了一下："你说。"

"徐志强这个人您应该还有印象吧？给他做尸体检查的时候一切都正常吗？"

这里的"正常"是指：是不是和凶手所说的死亡原因相匹配。

"嗯，你说的这个人哪，我还真是印象比较深刻。"秦世双手插在白大褂中，微微抬头皱眉思索道。

顾言皱眉："什么情况？"

秦世在车内身躯微微转过来，对她说道："他们将人送去抢救的时候，医生不是也说了吗？是出血过多导致死亡，这和凶手的说法是一致的。"

只是说到这里，他眸子微敛，不知是想起了什么，又说道："不过令我印象深刻的不是他的死亡原因，而是他的家人。"

"家人？"

顾言眼瞳微微放大。

秦世微微颔首，有些无奈地吐槽道："所有的刑事案件国家都要求强行做尸检，但徐志强的家人完全不同意，之前还来这里大哭大闹，说他们的儿子死了，还连个全尸都留不了，闹得人烦得很。"

顾言眼眸微黯，轻抿了一下唇瓣说道："他们家里比较传统古板，本来就重男轻女，将儿子的命看得比天都大，他们的父母这样做……"

"不，不仅仅他的父母，还有他弟弟也来闹，差点儿就被我们同事抓进去了。"

秦世一想到此似乎就有些头皮发麻，抓了抓自己的脑袋，嘀咕道："父母没读过书，他好歹读过一点吧，跟着父母闹事，我们是在帮他们，又不是在害他们，这样做真是太无赖了。"

而秦世的话音一落，顾言的身子顿时微微僵了一下。

他说……什么？

死者的弟弟，徐志文也去闹了？

他不是每天乐不思蜀地拿着哥哥死后的赔偿款，吃喝玩乐还戴着名表在打麻将吗？

如果他真的那么在意自己的亲哥，还会去挥霍赔偿款吗？

秦世这时又说道："其实徐志强的最大死因就是颅内出血，他休克了，颅内广泛出血引起了继发性脑干损伤，这会导致呼吸与心跳停滞。"

不光是医院里医生的说法，这更是从尸体的解剖中明确发现的线索。

顾言却突然注意到了他口中刚刚说出的一个词语，顿时皱眉："休克？"

秦世微微颔首。

顾言瞬间陷入了长久的沉默之中，脸色变得凝重了起来。她闭上了眼睛，脑海里迅速回忆起了某个画面。

看她这般模样，那秦世也不好再说话了，等着她睁眼。

只是他怎么都没有想到，顾言再一次睁开眼时，对秦世说了一句话，让他先是一愣，随后脸色大变。

就连前面充当司机的沈聿也瞬间眼瞳放大，眼底闪过震惊之色。

唯独顾言喉结滑动了一下，脸色看起来最为淡定，她继续说道："所以这件事就麻烦秦法医了，希望你根据我的猜想再去看一下，而我这边，也会再找一些证据来证明我的猜想。"

秦世脑海里还回荡着她刚才说的那一句话，准确地说，是她对这个案子的真凶以及杀人手法的猜测。

不得不说，那句话让他反应过来后，不禁头皮发麻。

这也太恐怖了。

不，这是赤裸裸的人性之恶。

"好，那我这就去再次检查一下他的尸体。"

下车的时候，秦世浑身都还忍不住打了个寒战。虽然他根本不在意究竟谁才是凶手，但也不想目睹那么变态扭曲的某种可能性真的存在于这个世界上。

回去的路上，沈聿一边开着车，一边从后视镜里看了她一眼，问她:"你是怎么下定刚才那个结论的?明明之前任何不对劲的地方都没有察觉到。"

顾言揉了揉自己有些酸胀的眉心,声音淡淡地说道:"没察觉的人是你,不是我,谢谢。"

沈聿顿时语塞。

好吧,她本来就是要与他们这些常人不同,才能在她自己的领域里大放异彩。

"其实叶小姐都已经招认,你可以完全不用再管这个案子,也可以结案了。"沈聿再次看了她一眼,说道。

她刚才做的推测,虽然有可能是真的,但也只是有可能。

叶清歌自己承认她才是凶手,并且通过了测谎,可以成为毋庸置疑的此案终结者。

顾言却轻嗤了一声,语气淡然道:"如果你真的是这么想的,也不会陪着我折腾来这一趟了,不是吗?"

沈聿挑眉。

其实对顾言他们这些人员来说,所有案子的目的都不是只顾结案而去,而是奔着真相而去,他们不会放过任何一个疑点。

这才是他们对这份职业的尊重。

翌日,顾言一早上就接到了秦世的电话,他一晚上没睡,打电话的时候却很亢奋。

"顾言,其实你说的那种可能是存在的,只不过被失血过多后表面的特征给盖过去了,和医生的说法并不冲突。"

秦世给予了她这个回答。

在得到他的这个消息后,顾言又再三和他确认了一些重要信息,随后直接电话联系了沈聿。

"准备一下,我们得找到那个人,结束这一切了。"

傍晚,残阳如血。

彼时五点多,正是小学放学的时间。

一所坐落于市区中心的小学门口,许多家长在等待着自己的孩子出校门,翘首以盼。

而就在人群中,站着一个身材高挑匀称的女子,她穿着一件咖啡色皮夹克,里面是高领黑色薄绒毛衣,下身是黑色牛仔裤,长靴显得她的双腿格外笔直。

她半长的头发到肩膀,戴着一个棒球帽,明明是傍晚时间,却还戴着一副墨镜,遮住了她的大半张脸。

她双手环抱胸前,看起来神秘却又气场十足,一眼就能看出来她与其他接孩子的家长格格不入。

而她不是别人,正是沈聿的姐姐,沈晴。

她无视周围人的目光,目光紧盯着放学出来的那些孩子。

就在这时,一位女老师领着一个班级的学生从学校里出来了,那些小孩子陆陆续续被家长接走,唯独一个小女孩站在老师后边。

她看了一眼人群,又怯懦地低下了头,两个小手指揪扯在一起,内心仿佛格外不安。

而这时,一个小男孩突然故意推搡了她一下,然后仰头对来接自己的女人笑得天真无邪,大声说道:"妈妈,你看她没有人来接了,她爸爸死了,是她妈妈杀的,现在她妈妈也被警察抓走了。"

这话一出,那女人赶紧拉过自己的儿子,对他说道:"哎呀,哎呀,快走,多晦气啊,你以后离她远一点儿,千万别跟她一起玩。"

这声音说大不大,却被周围的人都听得清清楚楚,顿时无数道视线看向那个小女孩。

小女孩也不过六七岁的年纪,小小的她一动不动地站在那里,仿佛被冬日的寒意给冻僵了。

她的小脸上呈现出茫然之色,可下一秒,大大的眼睛里瞬间眼泪掉落。

她小脸苍白,小手在微微颤抖,仿佛在众目睽睽之下接受着残忍的凌迟酷刑。

"原来就是这个小女孩啊。"

"是啊,还好她不跟我的孩子一个班级。"

周围的人议论纷纷,有的人嫌晦气,有的人则感慨不已:"唉,这娃也是可怜。"

小女孩动了动唇瓣,嗓子里却发不出任何声音,像是哑了那般。

可是周围不断传来的纷扰声刺激着她的神经,最后她抬起双手捂住了自己的耳朵,闭上了眼睛,发出了歇斯底里的尖叫声:"啊——!"

人群中的沈晴正拿着手机里的一张小女孩的照片比对着，听到这动静后顿时眼瞳放大，随后迅速挤开人群，朝声音发出的方向冲了过去。

果然，她一过去就看见了和手机相册里如出一辙的小女孩。

小女孩捂住自己的耳朵，闭着眼睛，不断发出尖叫声，眼泪像是断线的珠子，不断扑簌簌落下，看起来崩溃又绝望。

沈晴的心瞬间被紧紧地拉扯着，她直接冲开人群一把抱住了小女孩的小身子，不断地抚着小女孩的脑袋，呼吸急促地说道："没事了，没事了，有我在，有我在。"

可怀里的小女孩还像是沉浸在自己极度的痛苦情绪之中，不断地发出痛苦的悲鸣和抽泣声。

沈晴将她紧紧搂在怀里，然后再抬头的时候，一把摘下自己的墨镜，对周围的人声色俱厉道："看什么看！你们的孩子是孩子，别人的孩子就不是孩子？有你们这样当家长的吗？！"

周围人被她狠厉的语气镇到了那般，都讪讪地离开。而她也气得胸前深深起伏了一下，搂住小女孩准备将她带走。

不过这一次她却被老师拦住了。

一位女老师面色复杂地看着她："女士，不好意思，请问您是她的什么人？"

"我——"

沈晴刚想说什么，却发现自己和她真的没有什么关系。

那女老师皮笑肉不笑地来了一句："是这样的，她的母亲将她托付给一位姓江的男士，所以我必须得遵循她母亲的意愿。"

这话音落下，沈晴顿时心头一滞，不过随后就轻嗤了一声，讽刺地说："那保护学生的身心健康就不是她母亲的意愿了？"

刚才这小丫头被欺负的时候，这个当老师的还不是冷眼旁观？

那女老师脸色僵了一瞬，不过还是唇边挂着一丝笑："不好意思，我的能力有限，我只能堵住我自己的嘴，不能堵住别人的嘴。"

"你——"沈晴被她气得咬牙。

好，好得很。

沈晴撸起袖子，干脆把小丫头拉到自己身后准备骂街，不过就在她刚准备开口时，就听一个冷酷的声音率先传来："你在做什么？！"

街边停着一辆迈巴赫，学校门口还有不少家长在议论纷纷，不知道他们是在议论那价值几百万的豪车，还是在议论从车上下来的、身材高大笔挺的冷酷男人。

从车上下来的是两个男人，一前一后，而走在前面的男人，穿着一身剪裁得体的笔挺西装，像是刚开完会出现在这里。他容颜冷酷，浑身透着冷厉漠然的气息，让人只敢远观，却不敢靠近。

眼下，他看了一眼那捂住耳朵哭泣的小女孩，又视线冷厉地盯着沈晴，像是她是导致这一切的元凶。

而那女老师眼睛不眨地看着眼前的男人，看呆了那般，唇瓣动了动，声音变得格外温柔地说道："先生，请问您是姓江吗？"

眼前出现的男人，正是江城。

江城看了过去，淡漠地看了她一眼，微微颔首："嗯，我来接这个孩子。"

那女老师显然没想到来接这孩子的人会这般——出人意料。

她平复了一下脸上的惊讶神色后，连忙说道："江先生，我一直陪着孩子等待着您的出现，不过这个女人……"

说到这里，她瞥了一眼沈晴："您认识她吗？她刚才非要带走桐桐，不过好在您来了。"

桐桐，便是叶清歌的女儿，也是叶清歌委托江城把孩子送到她在这个世界上的亲人手中。

而沈晴一听那老师的话，顿时就怒了，心头的火一股脑地涌了上来："喂，你在这里装什么装？我不把她带走难道还要让她留在这里受你们的冷眼奚落吗？！"

"我……"那女老师表情委屈地刚想辩解什么，江城便一抬手打断了她的话，对沈晴直接冷冷地说道："把孩子交给我，你可以走人了，这件事和你没关系。"

沈晴一听这话，心中那叫一个怄得慌。她才不理会他的话，直接拉着桐桐的手就走。

江城的助理上前一步要去阻拦。

沈晴怒吼一声："滚！"

那助理顿时慌了，退缩了回来。算了，算了，是他怕了。

而江城就那么目睹着她拉着桐桐离开，眉头微微皱起。

他一直都是清楚的,桐桐是一个很怕生的小女孩。可沈晴带她离开,她没有表现出抵触情绪。

沈晴也不客气,直接带着桐桐上了他的迈巴赫。

而之前那女老师更是温柔款款地将江城送到了街边的车旁:"江先生,桐桐的情况我都知道,以后您放心,我会好好照看她的。"

江城则头也没回一下,冷淡地说道:"明天会有人来给她办理退学手续,她不会再来了。"

说罢,他留下顿时哑然、风中凌乱的女老师,看着那豪车上的男人消失在傍晚的落日余晖里。

疾驰的迈巴赫内,小女孩大眼睛还红红的,沈晴将她搂在怀里,抚着她细软的发丝。

江城坐在副驾驶位上,从后视镜里看到这一幕,眼底微微一黯。

沈晴此时的心情是复杂的,明明她是非常讨厌叶清歌的,不仅仅是因为江城宁愿为叶清歌承担罪行,更是因为,她害怕江城是喜欢叶清歌的。

而在叶清歌被抓后,江城也被无罪释放,她清楚江城会帮忙照顾叶清歌的女儿,所以今天才会来。

她宁愿自己对叶清歌的女儿多操一点儿心,也不想江城对叶清歌女儿多操心。

只是,明明自己也该讨厌这小女孩,今天却在目睹她被当众欺负的时候,心底竟那么过不去。

有那么一瞬间,她甚至恍惚了一下,仿佛看到了曾经的自己记忆里的某些画面。

所以她冲了上去,将小女孩紧紧地抱在了怀里,替小女孩挡住那些纷杂的言语和逼人的视线。

沈晴心情纠结又复杂,冷不丁一抬头时,却突然对上了前面的车载后视镜里某人的视线。

她顿时愣了一下。看向前面的男人移开目光,沈晴轻抿了一下唇瓣,说道:"这段时间我也没有什么事情,在将她交给自己的亲人之前,我就在你那里先帮忙看着她吧。"

江城皱眉,刚要拒绝,就听她又说道:"毕竟你们都是一群大男人,不方便的,小姑娘现在情绪很敏感,照顾不好容易出事。"

这番完全为桐桐着想的话一出,江城便不好拒绝了。

毕竟,她说的的确是真话。

其实大家都是成年人,谁都不傻,也知道对方都在打什么主意。江城很清楚沈晴心中的小算盘,只是意外的是,这小姑娘并不抗拒沈晴。

所以他也只好暂时顺了她的意思。

沈晴看他默认,嘴上没再说什么,只是低头给桐桐披上衣服的时候,嘴角微微轻勾了一下。

江城是她心中的执念,这个男人,她要定了。

第三章
家暴亡案恐人性

车子在跨江大桥上疾驰，夕阳余晖照射在玻璃车窗上。

沈聿和顾言再一次找到徐志文的时候，他正在和一帮狐朋狗友在 KTV 里唱歌，喧闹的歌声鼎沸，走廊里姹紫嫣红的灯光闪得都要让人瞎了眼。

沈聿身边还跟着一个工作人员，帮忙引路。沈聿一脚踹开门的时候，包间里乱哄哄的声音戛然而止。

"谁没长眼——"

正搂着陪酒小妹喝酒的徐志文下意识地抬头骂道，不过在看到门口出现的男人时，顿时浑身一紧，脸色瞬间变化。

他似乎是想到了自己之前被揍得鼻青脸肿的模样。

周围的狐朋狗友不认识沈聿，见来者不善顿时抄起啤酒瓶子起身，大声嚷嚷道："你小子是谁啊，敢踹我们的门？你是不是活腻了？！"说着，有两个人就要率先冲上来。

徐志文本想吭声的，但一想到之前的某些事，故意低头喝酒，当没看见似的。

之前是自己一个人被揍了也就被揍了，可是现在他们人多，谁被揍那就说不定了——

"砰！"

"嗷！"

徐志文内心还没思索完，下一秒就听到两声凄厉的惨叫声。

他一抬头，只见自己的一个兄弟直接被踹飞了，另外一个则是啤酒瓶子直接在脑袋上炸开，正抱头哭号。

他顿时讪讪地瞪大了眼睛，一脸发蒙的表情。

"还不滚出来？"

门口那人阴恻恻的声音传来。

徐志文喉结难耐地滑动了一下，随后他再抬头起身的时候，则立刻变脸，笑呵呵地说道："哎哟我道是谁呢，原来是你啊哥们，刚才没认出来。"

沈聿才没工夫理会他的屁话，直接一把抓着他的衣服的后脖领子将人揪了出来。

徐志文一路上对他都是又恨又气的，但偏偏又打不过，气得脑瓜子都嗡嗡响。

沈聿将他从"天上人间"KTV揪出来后就直接往旁边一丢，那边顾言坐在轮椅上，正面无表情地看着他。

"这……这是怎么回事啊，你们怎么又来找我了？"徐志文无可奈何地说道。

顾言微挑了一下眉头，语气淡淡地嗯了一声，说道："找你没什么大事，就是你哥的案子，关乎凶手的那点儿情况。"

这话音落下，他愣了一下，随后眼睛一眨不眨地望着顾言说道："还有什么情况啊，凶手不是那个姓叶的贱女人吗？她不是自己已经当堂承认了吗？"

说到这里，他在原地忍不住来回踱步，嘴上骂骂咧咧道："我一开始就知道是这个女人对我哥下的手，果然就是她！"

顾言眼睛一眨不眨地盯着他，随后淡淡地说道："你说得没错，她的确已经认罪了，不过找你，是因为我们得到了两个消息，一个好消息，一个坏消息，需要通知给你们死者家属。"

这话一出，徐志文身体像是有些放松了那般，随后不耐烦地扬了扬手，说道："得，得，得，少卖关子，有啥就赶紧——啊！"

这次轮到顾言低垂下眼眸看他，全然无视沈聿，对徐志文不紧不慢地说道："叶小姐那边的确是已经被判刑了，不过法医对她的杀人手法抱有怀疑，之前说你哥是失血过多而死，但法医说你哥也可能是窒息而死，因为窒息和失血休克呈现出来的症状差不多，所以在寻找更多的线索来确定你哥真正的死因。"

这说的倒是实话，她从秦法医的口中得知，经过仔细解剖研究，徐志强的死因可能有两种，一种是如叶清歌所说撞到脑袋大出血导致，也就是医生口中的失血性休克。

但秦法医在通过她的提醒后，发现徐志强也有可能是窒息而死。

人体发生窒息的情况可以出现呼吸停止和口唇紫绀的情况，严重时还会出现皮肤紫绀症状，这和失血性休克的表现差不多。

所以在凶手的主动承认下，没人会再去深究细节。

而在顾言的这番话音落下后，徐志文原本捂着膝盖的身躯顿时一僵，随后他抬头问道："这话是什么意思？难不成还有其他人杀了我哥？"

顾言微挑眉头，略微抬眸看了一眼沈聿，再看向徐志文的时候，缓缓说道："这话可是你自己说的。"

这话一出，徐志文的脸色顿时有些异样，随后他讽刺地冷笑了一声："这不是你说杀人手法对不上吗？"

顾言眼睛一眨不眨地盯着他，嘴角微扯："可是我没说她不是杀人凶手，或许她只是记错了自己真正导致死者死亡的方式。"

徐志文听了她这话，眉头顿时皱起，烦躁地嚷嚷："去，去，去，少在这里给我玩文字游戏。坏消息说完了，好消息是什么赶紧说，说完了赶紧走，我还有事呢！"

岂料，这话一出，周围反而刹那间变得死寂。

他抬头，发现顾言正眼睛一眨不眨地盯着他。

她本就是冷白色的肌肤，容颜也很精致，可偏偏她的那双眼眸犀利得摄人心魄，在这夜色的死寂气氛下，平添了一份诡谲的气息，像是让他内心的某些东西无处可藏，无处遁形。

"为什么找到你哥死亡的其他原因，会是一个……坏消息？"

寒冷的夜色下，顾言的唇瓣一张一合，缓缓地说出这样一句话。

徐志文身体里的血液像瞬间凝固，他脸色大变，一时间似乎没反应过来那般，却已然四肢僵硬不能动。

"我……我……"

"嗯？为什么你会认为这是坏消息？为什么你直接就能说出来，

你哥可能是被其他人杀害的？"

徐志文的脸色像是褪去了血色，连表情动一下都格外僵硬似的，睫毛微微颤动，最后只得喉结快速上下移动，他大声嚷嚷道："这些算得了什么？我就是那么一说，你少在这里诈我，这事跟我没关系！"

这话一出，顾言却轻嗤了一声："我说跟你有关系了？"

他闻言，喉结又滑动了一下，粗重的呼吸似也逐渐平稳。

不过下一秒，他就听她又盯着他缓缓来了一句："莫不是你在……不打自招？"

"喂，你这个疯女人能不能不要乱说话？！"说着徐志文像是被激怒似的，从地上起身向顾言扑了上去。

好在沈聿眼疾手快，先一步抓住他的手臂，一手钳制住他的脖子，直接就狠狠地将他摁在旁边的墙壁上："你给我老实点儿！"

随后沈聿看了一眼顾言，好在他心底清楚顾言的想法，也明白她的所为才能对后面的事情做出预判。

顾言这是在故意激怒徐志文，而徐志文刚刚的一切表现，也都尽在顾言的眼底。

他脸色难看，她的嘴角却微微扬起。

顾言说道："好，我可以不乱说话，那你也不要乱说，告诉我，你是在什么具体情况下发现你哥死亡的？"

徐志文喘着粗气，死死地盯着她半晌，咬牙说道："我去找我哥的时候，他已经被人推下了楼梯，脑袋下面都是血，距离出事也就两三分钟的时间。我当时去探他的鼻息，发现我哥已经没有呼吸了。"

"谁能确认他当时的确没了呼吸？"顾言说到这里，语气逐渐放慢了一些，眼睛直勾勾地盯着他，幽幽地说道："还是说，他的死亡只是你当时单方面下的定论？"

"你——"徐志文似气急，却被沈聿扼制住身躯动弹不得，只得脸红脖子粗地辩解道，"那个姓江的男人和那贱女人都在现场，如果我哥没死，姓江的男人会不知道？他又怎么会愿意赔偿我们家五百万？"

顾言闻言，却轻笑了一下，不紧不慢地来了一句："所以有那五百万,即便是你哥没死,你当时也会……送他去西天的吧?"

这话一出,徐志文脸色骤然变得难看,如扭曲的鬼面,他死死地盯着她,再开口的时候,唾液都因为激动的情绪而飞溅了出来:"你胡说,这不可能,我哥当时明明就已经死了!"

说着,他又胸膛剧烈地起伏道:"不管你现在在这里胡诌什么,都只是空谈罢了,这个案子已经结束了!真正的凶手也已经被抓了!你说什么也都是没用的!"

顾言却盯着他,直接来了一句:"可是真正的凶手是你,你还没有落网,案子怎么会结束呢?"

这话一出,他浑身瞬间再次僵硬。

随后,他盯着顾言,嘴角浮现狞笑,有些咬牙切齿般一字一顿道:"凶手?呵,真是可笑,凡事都是要讲证据的,凶手自己都已经承认了,这跟我又有什么关系?!"

顾言望着他,也不磨叽,开始直接阐述一切。

"其实从今天一开始询问你的时候,你就已经将所有的答案呈现在我眼前了。"

她的话音落下,他呼吸停滞,眼睁睁地听着其他的话从她口中说出:"你去找你哥,碰巧看到那一幕的确是巧合,可你说你哥当时已经死亡,未必是事实。"

顾言说到这里,徐志文刚欲争辩什么,就见她一抬手,阻止了他的发言,继续说道:"别给我说江城他们也知道他死了,因为那个时候,你哥正处于休克的状态之中,看起来就像是已经断了气,也正是因为他们都以为你哥死了,所以才答应了你的狮子大开口,同意支付你提出来的五百万巨额赔偿费。"

"不,我听不懂你在说什么,什么叫'以为我哥死了',他明明就是真的死了!"徐志文死死地盯着她说道,额头青筋隐隐浮现。

顾言轻扯了一下嘴角:"哦?可是法医不是那么说的。法医说他处于休克的时间,和你出现的时间,刚刚好对得上,这个时间可是你自己亲口说的。"

她直勾勾地盯着他,语气在这个寒冷的夜晚,缓慢却又森凉入骨:"事实证明,你哥的真正死亡原因是窒息,这就说明,他是在残留了一口气之后,有人不想看他还活着,将他给……害死了。"

她说出最后三个字的时候，徐志文先是死死地盯着她，眼角处的肌肉隐隐间似有些抽搐，可是一秒、两秒后，他逐渐笑了起来，到最后哈哈大笑，那模样看着竟有些濒临疯狂和扭曲。

终于，他盯着她一字一顿道："有趣，你说得真是有趣，可是你说错了，那是我哥，如果他没死，我这个当弟弟的肯定会第一时间将他送到医院，怎么会捂死他？不管怎么说，我们都是亲人。"

岂料，这话音落下，顾言倏然低头轻笑了一声。

她虽然笑了，可那笑容看起来极为讽刺。

她再抬头的时候，直接幽幽地落下了一句："你怎么知道他是被捂死的？"

"不是你刚刚说——"

"不好意思，我说的是害死，可没说是捂死。"顾言一字一顿道。

这话一出，空气中的寒冷气体都像是在某一刻凝结了那般。

顾言抬头盯着他，而后者还在被沈聿桎梏着，压在墙边。

是的。

她就是这样认为的，徐志强从后面偷袭江城的时候，被叶清歌推下楼梯磕到了脑袋。

虽然这造成了严重甚至是致命的伤害，导致失血严重，但徐志强在濒死前的几分钟，进入休克状态，他弟弟来了。

徐志文看到自己哥哥休克的模样，以为他哥哥死了，在愤怒地和江城缠斗之后，向江城索赔了五百万人民币，以此换来将这件事的秘密封存。旁人问起，他也只说他哥是失足摔下楼梯的。

江城也以为人死了，便同意了赔偿。

可任谁都没想到，徐志强当时处于休克状态。

而徐志文在看到勒索成功后，戏剧性的一幕发生了，他无意间发现了自己哥哥徐志强竟意外地还残存了一口气。

顾言相信，那一刻，他肯定也是傻眼的。

而在五百万和他哥哥的命之间，他会如何抉择？

显然，事实已经证明了一切。

在巨额赔偿金面前，他选择了在他哥还有一口气的时候、在别人没注意的情况下，将本就气息奄奄的徐志强给顺手捂死了。

顾言也不想把人性的险恶程度想到这种地步，可谁也别低估人性，尤其是在第一次看见徐志文的时候——

这个在哥哥去世没几天后，就拿着巨额赔偿款挥霍的人。

不过最直接令她如此去设想的，还是法医秦世跟她说，徐志文拒绝给尸体尸检，和他的父母一起去阻止，去闹，美其名曰要给他哥留全尸。

还留什么？拿着赔偿款去挥霍的他根本不是那种人。他阻止尸检只是怕被法医发现什么证据！

空气中冰封的气息一点点地迸裂开来。

不得不说，在顾言那番话音落下后，沈聿都被惊到了。

虽然他之前在车里听到那个法医和顾言的对话，知道顾言怀疑徐志文是杀人凶手，但不知道徐志文是怎么个手法。

如今，在听到她的一句句话后，他也不由自主地从脚底蹿上一股凉意，寒气直达脊椎，在四肢百骸里弥漫。

眼下，徐志文虽然笑着，表情却又格外僵硬、古怪。

沈聿一手按住他的后脖颈将他压在墙壁上，他费劲地转过来，望着她："你说得仿佛很有道理，可惜你没有证据啊……这些不过都是你的猜测罢了。"

这话音落下，顾言却轻轻笑了一下，随后在他的注视下，缓缓抬起手，拿出了一个银色的录音笔。

徐志文眼睛逐渐瞪大，似乎没想到她竟然还携带了这个东西。

顾言盯着他眼睛一眨不眨："你应该知道我是干什么的，我是犯罪心理学专家，刚才我们的对话中你已经暴露了太多细节，再结合法医的检测，警方完全可以对你重新发起调查。"

"你——！"

徐志文在听到她的这番话后，顿时情绪激动了起来，脸上布满狰狞之色，想冲上去对顾言做些什么，却被沈聿按住没能得逞。

"老实点儿！"沈聿揪住他的衣服领子不客气地说道。

顾言却脸色平缓："干什么？你不是说这事和自己没关系吗？那你这么激动愤怒做什么？难不成，你真的是怕警察调查出来什么？"

说到这里，她微顿，再开口，反而有些挑衅地刺激着他："你放心，无论如何，我们都不会放过杀害你哥的真正凶手。"

天寒地冻，街头巷尾，人烟稀少。

不过不远处几十米的地方，还是有一个摆着烤冷面的小摊摊主在煎着冷面皮，旁边还有一两个路过买东西的散客。

不过那摊主的烤冷面煎得……一言难尽，他手法笨拙，冷面皮都煎破了。

另外一边，一个黑色人影戴着帽子往这边走来，手中还夹着一根烟，时不时将烟往嘴里送着，眼睛在黑夜里同时瞥向顾言那边。

此时仿佛一切还都在掌控之中，可就在这时，意想不到的事情发生了。

在顾言故意刺激徐志文的话音落下，他再次剧烈地挣扎着要冲向顾言，沈聿出手阻止时，突然间，一道银光在寒冷的夜空中一闪——顾言眼瞳瞬间放大，心道一声不好，刚要提醒却已经来不及了！

"沈聿！"顾言大喊。

伴随着尖锐冰冷的刀蓦然刺入肉体的声音，沈聿顿时发出了一声闷哼声。

剧烈的疼痛感从腹部袭来，沈聿缓缓看了一眼自己的腹部，一把匕首已然刺了进去。

徐志文看着是恼羞成怒要攻击顾言，却在沈聿阻止的时候，反手握住从袖子里露出的一把匕首，直接戳进了沈聿的身体里。

眼下，徐志文眼底充斥着狠意和得逞后的狞笑，面容看着格外扭曲。他欲再用力刺入匕首，却被沈聿咬牙一把攥住了匕首，阻止了匕首继续深入。

鲜血一点点渗透沈聿腹部的衣服，从他的衬衣中浸透而出，一滴一滴地落在地面上。

顾言眼睁睁地望着这一幕，呼吸骤然停滞了，大脑有一瞬间死机。发生了什么？

素来冷静的顾言终究是有了这么一天，她眼底浮现了惶恐之色，唇瓣动了动，喉咙间却像是被堵住了那般，怎么都发不出声音。

她看着沈聿死死攥着匕首，鲜血顺着他修长白净的手指缝隙滑落，那醒目的画面深深地刺激着她的眼球。

事情怎么就突然变成了这样？她明明只是想让徐志文在愤怒下露出破绽……

下一秒,她蓦然扭头冲着黑夜中大喊了一声:"快来人!"

一瞬间,原本行走在这条巷子里的"路人",以及卖烤冷面的摊主等人都顿时身形一顿,下一秒都以迅雷不及掩耳之势冲了上来!

尤其是原本那个佝偻着腰的烤冷面摊主,这会儿背也不驼了,跑得格外快。

徐志文察觉到了那些人的动静,也隐隐意识到了什么,顿时咒骂了一声,然后膝盖狠狠地顶向沈聿的腹部欲挣脱:"这就是你们的一个圈套!"

可就在这时,突然一个硬邦邦的东西顶住了他的后背。

顾言厉声喝道:"不许动——!"

徐志文顿时浑身一僵。

"警察已经包围了这里,再动我就开枪了!"顾言在他身后呼吸急促地威胁道。

与此同时,她也竭力控制着自己的情绪,找回理智,拿出手机拨打急救电话。

徐志文闻言顿时深吸了一口气,脸上是狰狞却又不甘心的表情。他不再挣扎,而是缓缓地抬起了双手。

他当然知道警察来了,那些人早已在附近埋伏。但他更知道,警察来了,他整个人也就完了。

"好,好,别开枪,我投降。"他缓缓说着。

下一秒,他就突然一个转身,握住了顾言的手臂,顿时脸色一黑,只见她手中拿着的根本不是手枪,而是一个——

"啊!"他顿时发出凄厉的号叫声。

顾言手中的防狼喷雾骤然喷射而出,全部喷到了他的眼睛里、脸上。

此时,那烤冷面小摊的"主人"也终于赶来,直接整个人飞扑了上去。

巨大的冲击力直接将徐志文压倒,"摊主"以膝盖顶住他的后背,反扣住他的手腕,另一只手从后腰处拿出手铐,三两下就将人铐住了。

这一串过程果断又利落,徐志文再怎么激烈地挣扎、被压在地上嘶吼都无济于事。

这冲上来的"摊主"其实不是别人,正是装扮成便衣的陆原。

而顾言原本的镇定样子也终究在这一天被打破了,她看着沈聿被匕首刺入的腹部,看着他染血的双手,眼底通红一片。

或许是寒风刺骨,她的脸色看起来白得吓人。

顾言很想从轮椅上起来,可双腿的疼痛滋味瞬间让她反应过来,她现在是一个废人。

最后她被逼得转动着轮椅贴过去,颤抖的手摘下自己的围巾堵住他染血的腹部,不让鲜血流出来。

她的身边一时之间拥出许多人,有人在擒拿犯罪嫌疑人,之前联系的便衣警察都倾巢而出。

只是还有的人,呼吸凌乱又微弱,却还不忘艰难地、一遍一遍地告诉她:"没……没事……别怕……"

顾言泛红的眼眶里突然就掉下一颗滚烫的液体。

她拿着围巾捂住他的伤口,逐渐地她的手也沾染了有温度的鲜血,那让她的手指都忍不住轻颤,羽睫上都是湿漉漉的痕迹。

"沈聿……"

她缓缓抬头,声音一时间又涩又哑,泪水覆满她的眼底,巷子里透出的微光下,抬头看到的人已然变得朦胧。

鼻间充斥着的腥甜气息、指尖上的液体温度,这些细节无一不深深地刺激着她的感官,仿佛让她一下子就回想到了曾经的某个时刻。

凌乱的房间、满地的鲜血、母亲还有温度的身体、她跪在母亲身边嘶哑痛哭时的场景,仿佛和眼前的画面出现了些许重合,她同样崩溃和惶恐,害怕自己生命中重要的人离开。

直到这一刻,顾言感受着内心的惶恐和濒临崩溃的感觉,才知道原来某个人,早已在她的内心之中留下了深刻的痕迹,哪怕她一次次拒绝,哪怕是默认和他在一起,还嘴硬地不想承认。

救护车很快赶来了,医护人员提着担架迅速出现,将人送往急救中心。

救护车来之前,沈聿已经陷入了昏迷,而顾言因为身体问题无法陪同,还是陆原亲自护送的。

看着他为了保护自己而身受重伤,甚至是生死不明,而她连起码的陪同都无法做到……从没有哪一刻,她如此讨厌自己。

顾言被警方送回了家等待消息，毕竟一个坐轮椅的人，此时还能做什么？

今晚她和她的人立下了大功，警方抓走了重大犯罪嫌疑人，而她的跟班重伤住院，她却什么事都没有。

夜里，突然有人来敲门。

不过来人敲了很久，都没有人开门，最后门口便传来了输入密码的声音。

门一开，就隐隐约约传来一股酒气，林梓忍不住皱起眉头。真是要命了，顾言竟然一个人在家里喝酒？

虽然顾言以前也喝，但她忘记现在自己是什么情况了吗？

客厅内一片昏暗，只有阳台处一盏暖灯在夜里散发着微弱又莹润的光。

与此同时，灯光也将阳台上一抹纤细的身影映了出来，她就那么坐在轮椅上，面前放着一瓶野格、伏特加，还有一瓶XO，看样子是把之前的库存都搬出来了，在这里肆意放纵，大有自暴自弃的颓败之感。

林梓打开客厅的灯，冲着她走过来，看见她面前摆放着的这些酒后，简直瞠目结舌。

"你疯了？你在这里喝这么高度数的酒，这双腿是不是不想要了？！"林梓紧紧捏着那瓶野格，大声质问顾言。

顾言似乎早知道来的人是她，甚至都没有抬头看她一眼。

顾言有些醺醺然，脑袋昏沉地微微扶额，头痛般皱眉缓缓说道："还有区别吗？我现在本来就是一个废人。"

林梓一听她这话，顿时深深呼吸了一口气，一时间差点儿被她气得心梗。

林梓冷笑了一声："是啊，你喝，你继续喝，复健再不坚持做，你绝对会残废，即便是好了也会留下严重后遗症！你就等着变成一个真正的残废吧，也让更多的人为了保护你而受伤！"尤其是最后一句话，她说得毫不客气，犀利至极。

而那一句话也像是瞬间刺激到了顾言似的，让她握着酒杯的手指都开始用力到泛白，她抬头看过来的时候，已然眼眶通红。

她说道:"我不希望任何人为我而受伤,宁愿出事的人是我自己!"

她不想欠任何人的人情,更别提还是她放在心上、重要的人。

那对她来说是双倍的折磨和惩罚。

林梓看着她情绪有些崩溃的模样,心底到底还是像被什么戳了一下那般跟着疼涩了起来。

林梓上前一步,从顾言手中夺过酒杯放在小桌子上,然后直接搂住了她。

"好了,好了,别哭,我知道他受伤你非常自责和难过,甚至是讨厌自己,但言言,说真的,这也不是你的错。你也是人,无法预料后面的一切……"说话间,她轻抚着顾言的发丝,安慰着顾言。

其实今天还真的不是她值班,在家里休息的时候突然收到了一个陌生人的电话,她正好奇是谁,接通电话后就听电话里的一个男人低沉的声音严肃认真地说:"您好,是林医生吗?我想请您去一趟顾言的家里。她现在状况不是很好,我怕她会有什么事。"

这话说得好像顾言出了什么大事,让林梓内心一紧,她接连询问了众多问题,才知道原来是沈聿为了救顾言而受重伤,现在正在医院里抢救。

林梓还想询问一下对方是谁,怎么会知道她的电话号码,对方却先一步挂断了电话。

她一时间也顾不得那么多了,打顾言的手机无法接通,只好先赶来顾言这里。

一滴滚烫的液体掉落在她的手背上,林梓的心头更软了。

她柔声说道:"你收拾一下,明天一早我带你去医院看看他好不好?"

说着,她似又想起什么那般:"对了,我刚才打电话给今天值班的同事了,他说沈聿还在抢救中,不过情况不是很严重,况且院里最强的外科医生正在给沈聿做手术,问题不大。"

她只觉得,能让顾言肯走出这里,迈出这一步就算成功了。

却不想,顾言沉默了一瞬,随后带着浓重的鼻音说道:"我想现在就去。"

这话一出,林梓抬头一看外面夜空下黑漆漆的一片,深吸了一口气,最后微微咬牙点了点头:"行,你说啥是啥。"

大晚上的她还真是不嫌折腾,再准确一点说,是不怕折腾自己这个闺蜜。

医院。

夜色沉沉,寒风将树上的树叶吹得晃动,婆娑的树影投射在地面上,徒留一地清冷景象。

顾言和林梓来到医院,电梯门一开,便看到走廊尽头的手术灯还亮着。大门紧闭,门口坐着一个男人,察觉到电梯处的动静时,他下意识地抬头看了过来。

一个女人推着顾言的轮椅出现了。

陆原微微皱眉,起身。

顾言穿着一件米色大衣,围着一条格子围巾,穿着黑色的靴子。

而她身后的女人,则是穿着一件白大褂、牛仔裤,长鬈发随意地拢在脑后扎起,相比于顾言清冷的容颜,女人更明艳一些。

陆原走上前,看了一眼顾言,又看看林梓,问道:"你怎么带她过来了?"

虽然是疑问句,话却毋庸置疑。

这个声音她听出来了,就是他给自己打电话让她去照看顾言。

而这个人……林梓忍不住上下打量了一下,这不就是当初和沈聿在擂台上打架比赛的人吗?

这是刑警队的副队长,如果她没记错的话……还是多年来一直追求顾言的那个陆队长。

不过,他怎么知道她的手机号?

陆原此时像是猜到她在想什么一样,直接面不改色地说:"在外科楼层看到了你的照片,就询问了一下护士你的电话。"

他虽然知道顾言有一个在医院外科工作的好友,却不知道是哪位,还是之前见她和顾言在一起出现过,才根据照片认出了她。

林梓微微挑眉,却也没有再说什么。毕竟在这种情况下,她自己也担心顾言的情况。

只是……这副队长应该知道,顾言已经有男朋友了吧?

看着陆原的模样,她不动声色地上下打量着他的身材:个子高大，身强体壮，面容冷峻不凡，尤其是那高挺的鼻梁……

啧，这人一看就是各方面都顶不错的，这顾言都没感觉，还真是可惜了。

陆原察觉到那灼灼的视线再扫过来的时候，林梓却先一步扭开头，轻咳了一声，双手插在白色大褂里，一脸淡定悠然的样子。

在手术室门口等待的每一分每一秒，都是煎熬的。

陆原看着顾言眼睛一眨不眨地望着手术室门口的画面，有那么一瞬，他眼底浮现几分复杂之色。

其实他在看到顾言在大晚上来到这里的时候，内心就陡然明白了。更别说，这个叫林梓的人看了一眼顾言，挑眉来了一句："她心疼担心她的男朋友，非要坚持来，我怎么拗得过她啊。"

听到这话，顾言也没有什么反应，似乎完全默认了她的这种说法，唯独陆原内心再次泛起涩然的滋味。

不知过了多久，手术室的灯突然灭了，顾言的脸色也微微变化。

护士很快打开了门，医生一边摘着手套，一边走了出来。

"怎么样，他还好吗？"

走廊内的几个人纷纷围了上来，顾言在最前面询问。

医生微微颔首，随后摘下口罩说道："手术非常顺利，他腹部的伤没有伤及要害，就是他的左手被刀子伤得有点儿重，后期要多注意训练才能恢复。"

说到这里，他看见护士将人推了出来，又吩咐道："先去重症病房恢复一天，没什么问题后就可以转入普通病房了。"

顾言跟医生再三道谢，看着自己担心的人躺在病床上被缓缓送出来的时候，视线便再也没有离开过。

沈聿仿佛一夜之间变得苍白了很多。

他安安静静地躺在病床上，穿着蓝白色条纹的病服，搭在外面的手背修长苍白，骨节分明，那手背上的肌肤似乎很薄，她隐隐能看到下面的血管，生命的血液在缓缓地流动。

额前的碎发落在他的眉眼间，窗外莹润的月光笼罩在他的身上，让他的身上平添了几分脆弱的柔和感。

他仿佛是一个睡美男。

只不过，现实中，他才是那个所向披靡，不顾一切地来保护她的骑士。

陆原看着顾言落在沈聿身上的视线,这一刻,知道自己彻底输了。

顾言对这个男人有多么在意,恐怕她自己都不知道。

二十四个小时后,沈聿成功脱离危险,被护士转入了普通病房静养。

只是他再一次醒来的时候,是被隔壁床位的聒噪声吵醒的。这里是普通病房,一个病房里面有三个人,每个床位之间只是挂一个帘子。

隔壁床病人是个大爷,夜里放屁、打嗝、打呼噜,让他休息得格外糟糕。

眼前有一些明亮的光线,隔壁的大爷正被护士过来叫去做检查,沈聿紧皱的眉头这才缓缓舒展开。

他逐渐睁开双眼,隔壁床位的大爷的女儿和老伴都前呼后拥地照看着大爷,等他们都走了,沈聿的视线才落在自己这边。

空无一人。

莫名其妙地,他心头有些空落落的,说不清楚是什么样的滋味。

或许……他也习惯了。她也是很忙的。

不过就在这时,一个女人的声音从门口传来:"你工作室不是还有事情要忙吗?怎么又过来了啊?他醒了我会跟你说的。"

这话音落下后,他再熟悉不过的声音淡然传来:"没事,他身边没人照看,我不放心,至于工作的话,我拿笔记本即可。"

这番话,让他的内心顿时一颤,莫名其妙地,在她出现的下一秒,他闭上了眼睛。

她刚刚是说,他身边没有人照看,她不放心?

顾言坐着轮椅出现了,膝上还放着一个牛皮纸袋,里面是热乎乎的早餐。她来到病床边的桌子旁,将袋子放在了上面,最后视线落在沈聿安然沉睡的模样上,略微松了一口气。

"真是没想到啊,言言,你也有今天,看来是真的对他上心了。"林梓故意感叹道,调侃她。

"行了,少废话了,把我的包给我。"顾言说道。

果然,在林梓的手中还拎着一个包,她挑眉,递给了顾言。

这里面装的是一台笔记本电脑和一些纸笔类的东西，顾言将林梓赶紧打发走，自己耳边也算是清净了。

　　沈聿躺在病床上，被子下手指微微动弹了一下，听着她们之间的对话，他的内心之中仿佛有什么温暖的热流在涌动，缓缓弥漫在心尖上，还有着说不出的几分甜意，一扫刚醒来之时的浮躁与落寞感。

　　这让他呼吸都不禁有些紊乱，嘴角止不住地想要向上扬起，他却又担心被她发现。

　　他就知道，她对自己从来都只是嘴硬而已。

　　顾言看着放在自己膝上的笔记本电脑，已经打开工作，可莫名其妙地，她有些投入不进去，视线时不时地落在沈聿身上。

　　他还没醒来？

　　她之前听护士说在重症监护室的时候他醒来了，不过非医护人员不能随意进入重症监护室，直到他被转入普通病房，她这才能好好陪着他。

　　眼下，顾言盯着他看了一会儿，突然凑近了他。

　　沈聿虽然闭着眼睛，却隐隐间也能感受到她的动作带出来的那些声音，窸窸窣窣的，她的气息瞬间逼近。甚至隐约有温热的气息落在他的面颊上，一缕清香的发丝垂落了下来，拂在他的脸上，让他有些痒。

　　只是，她这是要做什么？

　　沈聿内心一咯噔，她靠得这么近……莫不是想……

　　他突然就想起了许多电影里面，男主角或者女主角，趁对方昏迷或者睡觉时去偷偷亲吻对方的画面。

　　如此一想，他瞬间肾上腺素飙升，体内的细胞开始疯狂地攒动起来，那白净的耳根以肉眼可见的速度变红。

　　他一动不动，似乎在等待那一瞬间到来，内心里仿佛有个小人在疯狂地雀跃。

　　果真，有湿润而温热的触感落在了他的唇瓣上，在接触的那一瞬间，顿时让他头皮一麻，他连呼吸都屏住了。

　　几乎是下一瞬间，他的手突然搂住了她，他睁开了双眼，想反客为主。

　　在睁开眼睛的那一瞬，他却怔住了。

只见躺在病床上的沈聿一手捞住了她的腰,正和她大眼瞪小眼,顾言的手中还拿着一根沾湿的棉签。

显然,她靠近是为了给他擦拭有些干裂的唇瓣。

顾言看着突然睁开眼的他,又看了一眼手中的棉签棍……而棉签头的那部分,被他不知怎么的,已经含在了唇齿间。

她沉默了片刻,下一秒询问:"你饿了?"

感受着唇齿间湿润的……棉签棒,听着她询问的话,沈聿有那么一瞬间只觉得差点儿一口气没上来。

他连忙松开了棉签,转头干咳了几下,耳根通红地支吾道:"啊,嗯,是有点儿饿。"

不饿的话,他怎么能傻乎乎地去吃棉签呢?

"饿了正好,我刚好给你带来了一些早餐,医生说你只能吃清淡的东西,先对付着吃一点儿吧。"

顾言像是完全没察觉过来那般,一本正经地淡然给他拿过来早餐,将牛皮纸袋里的南瓜小米粥端了出来,里面还配着一些精致的早点。

只是她越是这般正经的模样,沈聿的耳根就越发烫了。

和她相比,自己怎么就那么思想不单纯?

她是那种会偷亲自己的人吗?她才不会像他一样,有猥琐的思想。

"是哪里不舒服吗,耳朵怎么这么红?"顾言一边将粥递给他,一边询问道。

沈聿将躲闪的视线收了回来,随意含糊地搪塞道:"脑袋和身上都有点儿热,可能是发烧了,没事……"

说着他就要伸出手接过粥,只是抬起手的时候,闷哼了一声,眉头皱起,只见他的左手上还缠绕着一圈一圈的白色纱布。

显然,顾言也看到了。

随后,沈聿就听耳边落下柔缓的声音:"你坐着就行,我来喂你。"

手坏了还有这等好事?

她的声音,竟比之前任何时候都还要温和,让他差点儿就觉得这一切都不真实了。

还不等他反应过来,她就见顾言盛着南瓜小米粥,用汤匙送到了自己的唇边。

沈聿穿着蓝白色条纹睡衣,和往日里帅气雅痞、意气风发的样子不同,此时像个受伤的小兽,温顺乖巧地被她照顾着。

可他偏偏还觉得这样的每一分、每一秒都让他怦然心动,令他珍惜不已。

"饱了?"喂了一大碗粥的顾言询问。

沈聿咳了一声,看向其他的食物:"没有。"

其实他已经饱了,手术后本来胃口就不是很好,只是还想被她继续喂。

然而这时,顾言的手突然落在了他的额头上,她看了看他的耳朵等地方,嘀咕道:"这会儿看起来倒是不红了,也不热,应该不是发烧。"

沈聿咳了一声,低头咕哝道:"谁知道是怎么回事。"

"看你这只手没事,这些给你放在这里,你拿着筷子慢慢吃吧。"

一个小桌板被放在病床上,那些早点都一一在他面前摆开。

看着面前精致的多种早点,沈聿一只手接过筷子,良久,闷闷地来了一声:"哦。"

罢了。好事终究是有限的,她能做到这样来陪护自己,他就已经很开心了,自己不能太贪心。

他用筷子夹起了一个甜甜的流沙包,咬了一口。

"沈聿。"

顾言叫了他一声。

"嗯?"

沈聿抬头。

在抬头的那一瞬,看着近在咫尺的她,他浑身都怔住了。

像是那一刹那,时间都被定格了。

窗外阳光正好,耀眼的光束透过窗户落在地面上,而她的身影,近距离地为他挡住了那光线,二人都沐浴在了热烈又温暖的金色海洋里。

她的气息和他鼻间的气息交融在了一起,而她的唇瓣,也不偏不倚地落在了他的唇瓣上。

那真实的柔软、温热触感,她唇齿间的甜意,无一不在清晰无比地提醒着他,她亲了他。

她主动地亲了他。

"你没事真好。"她说。

护士领着人进来的时候,刚好看到了这样一幅画面,顿时尴尬地咳了一声,转过身拦住后面的人:"不好意思啊,大家等一下。"

等她说完再转过身去偷瞄的时候,她却发现两个人已经分开,一个打开了电脑在看,一个拿着筷子在床上吃东西,两个人淡定正经的模样,仿佛自己刚才是眼花了。

"咳,好了。"

护士有点儿不好意思地对身后的人说着,随后来到了顾言的身边,对他们二位笑了笑道:"沈先生、顾小姐,这几位是我市刑警队的队员,他们想向你们了解一些情况。"

顾言一回头就看见陆原带着两个队里的成员过来,认识她的那两个人齐声喊道:"顾专家。"

顾言点了点头:"现在他也醒来了,有什么问题你们尽管询问吧。"

陆原没说什么话,只是看了一眼自己队里的成员就走到了墙边,双臂环抱靠在了那里,默然不动,等着他们去提问。

这也是对他们的训练。

"顾专家,当天发生事情的过程我们大概是了解的,你们和我们队长配合得很好,在您的提醒下缉拿了犯罪嫌疑人,不过我们想知道,您这边能提供什么具体信息,证明徐志文有罪?"

一个短发的女警察询问。

确实,顾言当初的怀疑不无道理,只是法律讲究证据,没有证据一切都是无稽之谈。

这话音落下,顾言静默了一瞬,下一秒从包里拿出了一个小巧的录音笔。

"这里面是当天我和他谈话时的聊天记录,我都给录下来了,里面应该有一些关键信息。"

沈聿那边却微微蹙眉,提出疑问:"等等,如果我没记错的话,不是说偷录的音频等不能作为证据吗?"

顾言闻言,轻抿了一下唇瓣,语气认真道:"之前最高人民法院是提出过《关于未经对方当事人同意私自录制其谈话取得的资料不能作为证据使用的批复》，要求录音证据必须经过对方同意才能录制，但现在该规定已经失效。"

说到这里，她顿了一下，又说道："从2002年4月1日起开始实施的《最高人民法院关于民事诉讼证据的若干规定》第六十八条规定，除了以侵害他人合法权益（如违反社会公共利益和社会公德侵犯他人隐私）或违反法律禁止性规定的方法（如擅自将窃听器安装到他人住处窃听）取得的证据外，其他情形不得视为非法证据。这意味着以合法手段获取的录音等视听资料，具有证据效力。"

这番长篇大论一出，沈聿整个人都僵住了，眼角甚至都隐隐抽搐了一下。

好，很好。

不愧是她，大学学的法学，研究生读的犯罪心理学，面对他等一介平民的疑问，回答得就是够专业。

就连刑警队的那俩警察都相视一眼，随后那短发女警察握紧了自己手中拿到的录音笔。

"在询问的过程中，我不断地试探他，通过各种方法刺激他，他已经在多个地方露了马脚……"

顾言一边说着，一边开始回想当天晚上发生的一幕幕。

在最初她和徐志文提起叶清歌已经被抓捕的时候，他的神色显然变得很轻松，他甚至还是紧紧地盯着她的眼睛，有些肆无忌惮。

那是因为自己逃过一劫而扬扬自得，并且他的内心在疯狂地膨胀着、炫耀着。

凶手就在警方等人面前，他们却毫不知情，这极大地抵消了他在生活中的不如意、不顺心，被人轻视的局面。

而这一点，在和他第一次见面的时候，她就已经试探过他了。

他当时也是如此表现，试探他，这是她的本能，只不过那时，所谓的"凶手"已经呈现在大家眼前，再加上没有其他的证据，她便没有在他这里深入地思考。

"后来在我说他向江城索要完五百万，却发现他哥没死的时候，他死不承认，喉结快速滚动，嗓门也骤然增大，身体绷直，眼睛死死地盯着我看，不难看出，他当时内心其实是恐慌的。"

顾言说着，眸子深沉了些许："正所谓'一叶不成秋'，身体或面部的单一动作或表情不一定拥有特定的含义，但如果对方接着出现如下三四种身体上的变化，就基本能肯定他是在编造谎言了。"

而此时，在顾言说完当时对徐志文的内心细节分析后，陆原手中拿着那支录音笔正在听着。

在录音里，顾言循序渐进地审问，一点点地将徐志文绕了进去。

直到最后，在录音里顾言的声音传来："有人不想看他还活着，将他给……害死了。"

可随后，在徐志文的话里就出现了这样一句："我这个当弟弟的肯定会第一时间将他送到医院，怎么会捂死他？不管怎么说，我们都是亲人。"

而顾言的下一句则是："你怎么知道他是被捂死的？"

听到这里的时候，所有人都将心给放下了，因为徐志文已经在不知不觉间，自己亲口承认了。

是他将自己的哥哥捂死，导致他哥哥当时的情况雪上加霜，直接致命，又偏偏捂死和失血过多导致休克，呈现出来的身体状况极为相似。

如果不是靠顾言心思缜密发现不对劲，谁能在有人自首的情况下，还能想到真正的凶手还在外面逍遥法外呢？

在顾言和沈聿的配合下，警方的调查非常顺利。

而在这个过程中，沈聿几乎没怎么插上话，也没什么要说的。

只是看着顾言在配合警方的时候，思维缜密，逻辑清晰，侃侃而谈的模样，他有那么一瞬间觉得，她的身上仿佛有光，熠熠生辉，令人移不开视线。

平时她多数时间是不爱说话的，惜字如金，看什么眼底总是透着一种看透世俗的倦怠感，仿佛无欲无求。

可在她投入工作的时候，便切换到了她的主场，她变得自信镇定，不错怪一个好人，更不放过一个坏人。

怎么办？明明他最初接触她的目的是……

可不知从何时开始，他就掉入了她的陷阱里，越陷越深，却甘之如饴。

本来需要住院一周的，但沈聿家里那边发生了一件事，他不得不提前出院。

出院后他需要离开几天，回到他原本的城市。

沈聿没有主动说，顾言也没有多问，再加上徐志文那事的判决结果要出来了，顾言作为犯罪心理学专家，需要在法庭上出现，自己也着实忙得不可开交。

她只是让他离开前，要注意伤口的问题。

顾言在局里参加会议的时候，收到了一条短信。

她打开一看，是沈聿发来了一条消息：我爸大寿，今年情况有点儿特殊，我得回去看一下，很快就回来。

顾言扫视了一眼后，简单地回复了一个"嗯"字。

沈聿很有自觉，看她不问，自己只能更主动了。

他要回到沪上，拿了登机牌上了飞机后，趁着飞机还没有起飞，给她发了一张窗外的照片，并且附言：起飞。

从安城飞到沪上，沈聿坐的是头等舱，他穿着黑色风衣，围着一条格子围巾，面前放着一台笔记本电脑，修长白净的手指在键盘上迅速敲打着什么。

他侧颜精致，漆黑的碎发半遮住眉眼，飞机窗户外面，从云层中倾洒下来的光笼罩在他的身上，围巾微挡住他的下颌，给他平添了几分说不出的温柔气息。

那围巾，是顾言的。

他受伤的时候，她拿自己的围巾替他捂住伤口，紧张心痛含泪看着他的模样，他一辈子恐怕都无法忘记。

三个小时后，飞机抵达沪上。

沈聿从机场出来，立刻就有人看见了他，对方西装革履，走上来后下意识地接过他手中拎着的行李，低声对他说了些什么，看模样，似乎格外谦恭。

五分钟后，一辆迈巴赫离开了沪上的停车场。

安城。

会议结束后，众人纷纷起身离开会议室，顾言则是打算最后一个离开。

陆原看她一个人落在后面，收拾档案的速度放慢了下来。

"这次徐志文那个案子，是再也没有悬念了。"陆原走上去说道，也顺便帮忙推她的轮椅。

顾言却一抬手制止了，一手拿过档案，一手转动轮椅，说道："所以，叶清歌的情况怎么说？她什么时候能出来？"

陆原闻言，不自觉皱眉，抬手蹭了蹭眉心，略微叹息了一声："她这种属于过失致人重伤罪，处三年以下有期徒刑或者拘役，不过她当时是为了保护另外一个人不受伤，所以情况特殊，法院会再酌情考虑。"

顾言点了点头，这个结果起码比她被判死刑好，毕竟，她对她的女儿来说就是唯一，是她女儿所有的安全感。

顾言从局子里出来，外面是杨小天开着车等待她，看她出来后，降下车窗挥了挥手，露出两排大牙，笑得好不开心。

顾言看着杨小天，这才突然意识到，某个人应该已经到沪上了。

她打开手机后，果然看到了他发的一条条消息。

最近一条信息是他到沪上后，拍的车外的景色，那是傍晚时分，难得的赤红色晚霞洒满天际，像是泼开的水墨画。

底下一条信息是：看见了吗？

信息接收于两分钟之前。顾言编辑消息：看见了。

沈聿：怎么样，是不是开始想我了？

顾言这会儿已经上车了，看见消息，眸色不变：少来，臭美。

沈聿：在线卑微，就知道你不像我那么思念你。

说着，他下一秒又发来了一句：晓看天色暮看云，行也思君，坐也思君。

顾言眼睑微垂，望着这句话，嘴角轻扯了一下。

她回复了几个字：一切顺利。

她没有将其他过多的情绪注入其中。

倒是开车的杨小天冷不丁地扫视了她一眼，顿时一挑眉，语气意味深长了起来："哟，老板在和谁聊天呢，竟然笑得那么开心？"

顾言闻言，抬眸，视线扫了过去，唇边的笑意似不知不觉间就变了味那般："你说什么？"

杨小天顿时咳了一声，老老实实地开着车，说："我说送您回家的时候,用不用再帮您买份晚餐送上去。"

顾言鼻间淡淡地嗯了一声,又低头去看手机了:"那就麻烦你了。"

开车回去的工夫,顾言又简单交代了一下她大后天的行程,让杨小天当天早上早点儿来接她,她要前往安城最好的学校,那也是一所国内顶尖的政法大学。

杨小天不敢多问,那不是他该知道的事。

顾言收好手机后,看了一眼车窗外的暮色,视线有些凝重了起来。

她之前就和她读研究生时的教授提到过,自己会找个时间拜访他,只是最近发生了一件件事情,让她一时之间无暇分身。

而这个教授,在她的生命中,或许就像是她的父亲那般的角色,填补她从来没有经历过的父爱空白。

他和自己的母亲在年轻时便认识,母亲去世后,他前来吊唁,并且看到她孤苦无助,私下资助她去上学,也经常发信息鼓励她成为自己想要成为的人。

她最后成功进入政法学校后,也成了他的学生。

他也是极少数对自己母亲那个案子知根知底的人。

江城这边的案子等待最后消息的过程中,顾言也给自己放了两天假期,没有再工作,而是去了复健中心,每日去锻炼身体。

她现在双腿站起来已经没有问题了,也能借助拐杖的力量,重新开始走路。

或许是得益于之前某个小跟班的照顾,她恢复的效果比她想象的好。

时光飞逝,她又何尝不想早点儿站起来,恢复曾经那般的自己,可以坦然、肩并肩地站在那个人的身侧?

时间一晃而逝,杨小天按照她的要求一大早来接她。

她出门的这一天下雪了,杨小天打电话的时候,让她多穿点儿衣服,还吐槽了几句鬼天气。

因为这雪并不是浪漫的鹅毛大雪,而是呼啸的北风卷着凌厉的冰碴簌簌而落,擦到脸上的时候,肌肤都有些生疼。

冬天还是来了。天空中灰蒙蒙的,给人几分黑云压城的压抑之感。

杨小天看见她后,再一次忍不住说道:"老板哪,你这是挑的什么日子,非得今天去不可啊?"

顾言:"你走不走?"

她要是能爽约,就不会出现在这里了。

杨小天也就是耍耍嘴皮子,手上动作格外麻利。

顾言上车后,车子开往政法大学的方向,越发靠近学校的时候,路上学生就越发多了起来,杨小天望着那些朝气蓬勃的学生身影,一时有些感慨地嘀咕着:"上初中那会儿看地理试卷上都会说廉价劳动力,一直不以为然,结果后来步入社会才发现,我就是那廉价劳动力。"

顾言语气淡然:"现在说这些有什么用?对什么感到后悔尽量去弥补就是了,抱怨不是办法。"

杨小天听闻她的话,顿时内心咯噔了一下。

别说,她的话倒是有些点醒了他。

抵达学校后,杨小天去停车了,顾言则是坐着轮椅先进了校区里。

这所政法大学分为好几个校区,而这个区内分布着心理学学院,顾言来找的,正是教授心理学的那位教授,陈延之。

近日下了雪,偌大的校区内一片白茫茫的景色,雪覆盖在高耸的香樟树和梧桐树上,风一拂过,雪花飘落,落在她的脸颊边、颈窝里,冰冰凉凉,瞬间融成了水。

虽她许久未曾出现在这里,但毕竟是曾经生活学习过的地方,所以所经之处,满是回忆。

办公楼下面有一段阶梯,旁边还有个斜坡,顾言停在斜坡那里等待杨小天过来。

不过就在这时,身后突然有窸窸窣窣的声音传来,像是鞋子踩在雪地上的声音,由远及近,下一秒,她耳边响起了一声柔和的男声:"我来帮你一下吧。"说罢,不等顾言回应,他便推着她的轮椅,直接将她从斜坡上推了上去。

"谢谢你。"顾言双手握紧扶手说道。

轮椅顺利上去后,顾言听到对方轻笑了一声,道了句"没关系",随后,她就看见对方头也不回地先冲着办公楼走去。

顾言望着他的背影,突然身体僵了一瞬。

虽然没有看到他的正脸,但仅仅是一个背影,顾言便眉头蹙起。

对方穿着一件黑色的长款羽绒服、藏蓝色牛仔裤、深棕色雪地靴,看起来就像是一个朴实乖巧的大学生,可偏偏那背影、身形,都和某人……格外相似。

甚至是,她刚才差点儿都要脱口而出一个名字。

不过她清楚,这不是他,声音不同,而且此时的他还在沪上,又怎么会出现在这里?

她正想着,手机突然振动了一下。

顾言拿出手机就刚好看到沈聿发来的视频电话,微微挑眉,下一秒就接通了。

"你这是去哪里了,在做什么呢?有没有跟谁在一起啊?"

那头的沈聿像是在厨房里做饭,手机放在一边,说话间将手里拿着的那杯牛奶放进了微波炉内,再回头看她的时候,嘴角带着笑意。

只是他看起来再慵懒自然,也藏不住他查岗的小心思。

顾言看着他在视频内的一举一动,再看一眼办公楼时莫名其妙地舒缓了一口气,说道:"来学校拜访老师,好久没来了。"

"嗯,去看老师手机还那么快接通,一定是很想我了吧?"他大言不惭地说道。

顾言扶额,唇瓣微动,刚想说什么,又听他说道:"好,好,好,无须解释,知道你那么想我,我就安心了。"

顾言深吸了一口气,皮笑肉不笑,下一秒干脆直接挂断了电话。

既然他要进行吃饭这种人生大事,自己就先不打扰他了。

陈教授的办公室在四楼,坐着轮椅的顾言确实较为引人注目,不过这样也有好处,乘坐电梯时会有学生热情地给她腾出地方。

顾言来到陈教授的办公室门口,门是虚掩着的,她敲了敲门。

"进。"

里面传来了一个中年男人的声音,声音有些低沉。

"陈教授。"坐着轮椅的顾言推门而入。

办公室内坐着一个中年男人,男人五十多岁,戴着一副银框眼镜,模样看起来温和儒雅,许是上了年纪,鬓发斑白。

他穿着一件衬衫,外面套了件灰色羊绒毛衣,此时正坐在办公桌前的椅子上翻看着什么书籍。看见顾言进来,他从书前抬起了头。

"小言,你来了啊。"

陈教授看见顾言坐着轮椅的模样,不禁摘下了眼镜,神色紧张了起来:"你这是什么情况,腿怎么成这个样子了?"说话间他放下书,起身。

顾言这才想起,自己从来没有和陈教授说过自己受伤的事情,哪怕是让他帮忙给自己介绍一些实习生的时候,也只是说自己缺人。

她用指尖蹭了一下眉头,唇轻扯:"无碍,就是不小心摔倒了,骨折而已,问题不大,休养一段时间即可。"

陈教授走过去俯身在她的双腿前看了看,这才无奈地戴上眼镜,站直了身躯道:"年轻人哪,出门在外要多注意点儿,伤筋动骨一百天,多耽搁事。"

顾言听是归听着,却没立刻回应,轮椅却是先往他的书架的方向行驶过去了。目光落在那一排排书籍上时,她这才不紧不慢地说道:"教授,今天我来可不是让您批评我的,学生是有事情想要跟您请教。"

陈教授这会儿正在窗户边上泡茶,保温杯内热气滚滚,他轻呵了一声,抬起眼皮子看了她一眼:"好,你问,现在你自己都那么能耐了,我看还有什么事是你不知道的。"

顾言:"您说有个人对我很了解,可他在暗处,我在明处,我该用什么方式将对方引出来?"

陈教授闻言,微微皱眉,略微踌躇了片刻,随后缓缓说道:"对方是一个危险的人物吗?"

这个"危险",则是意味着对方是否为犯罪人员了。

顾言颔首:"其实您应该知道我说的是谁,这些年我一直都在找他,只是他比我想象的要谨慎得多,小打小闹根本无法引诱到他。"

除了是"S",她说的还能是谁?

总是利用别人之手来杀人,掌控了别人的情绪,肆意地去操控他人的身体,不断地犯下案子,他却不断地变换身份,隐匿于网络之上,仿佛人人都可以是他。

这话音落下,陈教授沉默了,似乎知道了她说的是谁。

他神色变得严肃了起来,良久后,缓缓说道:"我知道他还在不断犯案,如今的他只比曾经的他还不好对付,其实论私心,我是不想你再插手……"

"来不及了,也不可能的。"顾言打断了他的话,望着窗台外面水泥台面上弯弯曲曲的细微裂缝，还有角落里散落的死苍蝇，眼底不带丝毫情绪，"他已经介入我的生活，当着我的面不断地假借他人之手杀人，他不会放过我，而我，更不会放过他。"为母亲报仇，已成为她的心魔，她的执念。

陈教授闻言静默良久，最后从胸前的衬衫里拿出蓝格帕子擦了一下额头上的汗，长长叹息一声："如果你确定要将他挖出来，那你也必定会对应地付出代价。"

顾言垂眸，鼻间溢出一声轻哼："那又如何？"

除此之外，她无路可走。大不了一死，毕竟人来到这个世界上，总归都是要死的。

陈教授站在原地，保温杯的上方弥漫着水汽，顾言一眼扫视过去，淡淡来了一句："陈老师，您也不用担心太多。"说着，视线落在他的水杯上，"您小心别烫到手。"

陈教授被她提醒这才连忙反应过来："哦，没事。"

随后他将灼烫的保温杯放在了桌子上，而他有些粗糙的指腹显然有些泛红，指尖重重搓了搓。

陈教授略微低着头，唇瓣紧抿，嘴角下撇，顾言望着这一幕，眸子微微一黯。

这些细微的表情在心理学中，是愧疚的体现。

陈教授……愧疚什么？

顾言眼眸从深沉逐渐变得有些锐利，她一字一顿道："教授，您是不是有什么心事？"

陈教授闻之，抬头看了她一眼，随后深深地叹息了一声："怎么能没有心事？你母亲已经去世，我和她老友一场，自然是要代替她好好照顾你，可如今……"

许是外面的阳光炽烈，投射到玻璃上的时候些许晃到了她的眼，顾言听闻他的这番话，眼神又变得柔和了许多："教授，您别顾虑那么多了，我心里有数的，只是不为我母亲报仇，我一辈子都不会安心。"

陈教授看着她眼底的坚定神色，眼镜片下的眼眸，像是湖里投入了一粒石子，泛起涟漪。

顾言也不想聊天气氛那么凝重，两个人在办公室里又聊了一些其他事情。

"对了,陈教授,跟您询问个人。"顾言脑海里突然就闪过了一抹人影。

那人就是在刚才她进入教学楼时,帮她推轮椅的人。

"嗯?什么人?"他反问。

顾言有些犹豫,一时间不知道该怎么跟他描述比较好,尤其是他只是一个教授,面对学院里上上下下好几千个学生,怎么能记得清楚?

想了想,她干脆说道:"罢了,我也说不好是哪个学生,品行还不错,刚刚看我进来的时候不方便,他还帮了我一把。"

陈教授笑了一下:"现在这些学生素质都比较高一些,也是应该的。"

顾言点了点头:"别说,应该还是个挺帅的男生,高高瘦瘦,一米八几的样子……"

她自顾自地说着,没注意陈教授在听到她后面的描述后,神情有些怔住了。

他眼睛一眨不眨地望着顾言,瞳孔微微放大。

顾言的视线突然就看了过来:"陈教授,您应该没有什么印象吧?"

陈教授面部的皮下肌肉似有些僵硬,他扯了扯唇,没有立刻回答,而是拿起保温杯喝了一口水,等再看向顾言的时候,笑呵呵地说道:"这样的学生恐怕是有些多了,不过你有没有看清他的脸?"

他盯着她的面容。

顾言摊手:"那倒没有。"

陈教授抬手摘下眼镜,揩了揩鼻梁,再戴上眼镜的时候唇边带着些许笑意道:"你这个丫头现在是不是还没有男朋友?要不要我回头找监控看一看是哪个学生?你的确也该考虑一下人生大事了,不能总是……"

"教授,您误会了,我倒不是那个心思。"

顾言打断了陈教授的话,微顿了一下,再开口时淡淡地说道:"只不过是觉得他有点儿像我的一个朋友。"说实在的,她觉得那身影有点儿像沈津。

拜访过后,顾言也就没有再多留,在陈教授的再三关心叮嘱下,离开了学校。

　　两日后,叶清歌那个案子终于迎来最后的结局。
　　经过警方和法医多方面协作调查,真相终于被还原在世人面前。
　　徐志强死亡,凶手不是江城,不是叶清歌,而是一个令所有人都难以想到的人物——徐志强的亲弟弟,徐志文。
　　毕竟在他的前面还有两位自首的"凶手",谁又能想到真凶是他?
　　因为那勒索成功的五百万,徐志文不惜杀掉了奄奄一息的亲哥哥。徐志强虽然后来走上黄赌毒的道路,可曾经,是他因为家里贫穷放弃读书,在外面打工供养自己的弟弟上学。
　　他给了自己弟弟继续接受教育的机会,如今弟弟却……
　　徐志文的父母在得知这一切的真相后,悲痛欲绝,难以相信大儿子的死竟然是小儿子所为。
　　如今一个儿子死去,一个儿子被判无期徒刑,夫妻二人几乎要哭得昏厥过去。
　　只是在这种情况下,从小就溺爱小儿子的他们,依然没有对其斥责打骂,只是不断地求情,甚至还是不相信他的罪行,哭喊着羞辱警方拿了别人的好处。
　　顾言和沈聿打视频电话的时候,提起了这件事,沈聿无奈地搔了搔眉心,说道:"说句不该说的,有这样的父母,这两个孩子从小就注定好不到哪里去。"
　　顾言轻抿唇瓣,对他的话表示一定的认同。
　　其实在一个原生家庭中,家里贫穷不要紧,要紧的是父母偏心。
　　父母偏心会让受宠的孩子内心膨胀,无所拘束,更会对另一个孩子不公平,会让他极度自卑,自暴自弃,严重的话也会逐渐让他内心扭曲。
　　顾言微启唇瓣:"徐志文是真凶这件事的确令人想象不到,可要换一种角度去思考的话,那可是五百万,他一辈子都赚不了这个钱,所以说,永远不要随便去考验一个人的人性。"
　　沈聿:"哦?"
　　此时夜幕已然降临,沈聿在夜跑回来的路上,路边昏黄的灯光落在他身上。

他穿了一身黑色的运动服,额角的发丝有些被打湿,运动过后,那双修长的眼眸也像是浸了一层湿漉漉的水汽。

顾言望着他的模样,不自觉地有些避开视线,嘴上说道:"别说是他,你能保证你就不会那么做吗?"

沈聿闻言,突然就笑了。

或许是跑得有些热了,他拉了一下运动服的领子,咬住,随后那手又落在运动服的拉链处将拉链给拉开了些,隐隐露出了他里面清晰精致的锁骨。

他轻舔了一下唇瓣,含着笑说道:"不是,我说言言,有没有一种可能,我可能不像你想象的那样?"

"我想象的哪样?"顾言挑眉。

"我可能没那么穷?"沈聿。

"哦?"

顾言挑眉,视线看过来,突然就变得有些意味深长:"怎么,你想跟我自曝些什么吗?"

沈聿笑了,唇边漾起两个浅浅的小涡。

顾言微微眯起眼眸,莫非是距离产生美的缘故?这厮怎么看起来有几分撩人?

沈聿笑着轻咳了一声:"自曝倒不至于,在你的眼皮子底下关于我的一切本来就无所遁形。"他说着,微顿了一下,"不论是外面,还是衣服里面。"

顾言无视了他最后一句不太正经的话,轻哼了一声:"少来,我可没那么闲。"

的确,她在最初聘用他的时候,陆原是帮自己调查了他的身份背景的,陆原说一切正常,没犯过什么事。

那会儿对她来说,这些就够了。

"你早晚会知道的,我爸大寿,这次见到他,他已经在催促我结婚了。"沈聿有意无意道。

顾言怔了一下,结婚吗?

"你年纪的确也不小了,他催你结婚也正常。"顾言淡淡地回应。

沈聿:"那你怎么看?"

顾言:"什么我怎么看?"

沈聿望着屏幕里的她，唇瓣微动，内心里的那一句话差点儿就要脱口而出了。不过最后他还是捏了捏拳头，先忍了下来："算了，这句话等见面了我亲自再跟你说。"

她还能怎么看？他要结婚的话，新娘本人没点儿数吗？她竟然还想装糊涂？

只是这个话题，不适合电话讨论，他要在她面前说。她倘若说了一句让他心窝子疼的话，他就不让她好过。

顾言看他脸色突然就不太好了，轻咳了一声，转移话题："你什么时候回来？"

沈聿："怎么，想我了？"

顾言就那么静静地看着他，不说话。

沈聿扶额，哀叹一声："败给你了。"说完他又说道："我爸明天大寿，最快的话也得大后天，这边有些事情，有些人需要处理一下。"

说到这里，他脑海里不知道想到了谁，脸色突然变得有些微妙。

顾言察觉到了，但没直接问是什么人："事情棘手吗？"

沈聿用手指蹭了蹭下巴，眯起眼眸，但再开口，还是说道："放心吧，我能处理好。"

顾言听他这么说，也没再多问。

她想挂断电话处理一些工作了，沈聿却还缠着她东扯西扯，顾言难得有那个耐心陪着他。

谁让他之前为自己受了伤？

可某人洗澡的时候，竟然都不打算关视频，非要给顾言来个现场直播。

顾言见状二话不说挂断通话，引来某人微信发来一串消息："你玩不起。"

顾言很坦诚地回复："嗯，我是玩不起。"

激将法对她一点儿用都没有。

第四章
婚约缠身遭分手

其实顾言不得不承认,和他天天在一起那么久了,冷不丁分别好几天,她心里说不挂念是不可能的。

她自己不去主动想,可关于他的一切还是会无孔不入地涌上脑海。

她知道,这是思念一个人,思念到会觉得时间都变得格外漫长。

或许是夜里着了凉,没休息好,顾言第二天竟然发烧了。

翌日,顾言是被敲门声吵醒的。

她脑袋昏沉沉的,门外的敲门声似乎响了好一会儿,她迷迷糊糊的,还以为是在做梦,没想到真有人敲门。

她拿起手机一看,发现已经快中午了,电话短信的数量都有不少。

她点开未接电话,那是沈聿的号码,他还发了微信给她。

早上九点零五分:醒来了吗?给你叫了早餐,我不在你身边,自己要记得按时吃。

早上九点三十六分:言言,还没醒吗?今天我爸过寿,我白天可能会比较忙。

上午十点十一分:刚才来了一些客人,不想在那里客套,宝贝言言在干吗?

不得不说,顾言一大早上看到这些消息,有些头疼。

她忍不住抓了一下有些凌乱的头发,撑着手臂坐直了上半身,一时间内心不知是什么感觉,那个看起来雅痞不羁、慵懒淡漠的男人呢？

这会不会太黏人，也太肉麻了？

他不是说在忙碌吗？这消息半个小时一发，到底是谁比较忙？

伴随着门外继续传来的敲门声，一条短信发了过来：您好，您的外卖已经到了，没有人开门，我放在门口了，希望能给一个五星好评，谢谢！

片刻后，顾言打开门，看着门口规规矩矩摆放着的早餐和午餐两个包装袋，微微挑眉。

这午餐都已经到了，他还真的是有心了。

今天早上醒来后她就感觉嗓子不是很舒服，声音有些哑，脑袋也有点儿疼痛。

他点的食物都是来自当地五星餐厅大厨之手，可偏偏菜系有些偏大补，油腻，又或许是胃口不佳，她吃了几口就打住了。

顾言给他编辑消息回复道：我没事，醒得有点儿晚，你叫的餐都吃了，一切都好，忙你的。

这会儿他可能是真的在忙，好一会儿没回复消息。

顾言也去准备做一些复健运动，其实她这段时间恢复得还算不错，也没少锻炼，但今天撑着拐杖从轮椅上起身训练却觉得格外吃力，浑身的力气都像是被抽空了。

没一会儿额角都覆上一层薄薄的细汗，她累得坐在椅子上一动都不想动。

这是她给自己难得的假期，却不是让自己无所事事，要好好锻炼，可如今这样的效果，实在是让她有些气馁，却也有些不甘心。

她撑着拐杖再一次起身，然而刚走两步，突然膝下一软，伴随砰的一声，她整个人都重重跌倒在了地板上。

顾言痛苦地闷哼了一声，再看向自己的双腿时忍不住低低咒骂了一句。

她曾经一直习惯于独来独往，也应付自如，如今却发现，如果自己有点儿什么事，那真是和废人没什么区别了。

她讨厌这样的自己，所以才想尽快恢复，却偏偏事与愿违。

夜幕降临，偌大的卧室内，一抹人影躺在床上裹紧了被子，明明屋内有地暖,温度很暖,她却像是很冷。

当一个人脆弱的时候,无疑是最需要陪伴的,虽然她清楚,他这个时候无法出现。

"嘟……"

顾言意识模糊间,还是给他拨通了电话。

须臾,一个女人的声音从电话里传来:"喂,哪位?"

这声音听起来柔柔的、糯糯的,是很动听的年轻女孩子的声音。

顾言一听到这声音,昏沉的脑袋瞬间清醒了些,她拿开手机,眼皮微抬,看了一眼手机屏幕,似想确认一下自己是不是打错了电话。

然而她并没有打错。

她唇瓣微动,说出来的声音有些低哑:"沈聿在吗?"

她没有回答自己是谁。

岂料,手机那边甜柔的声音却道了一声:"你找我未婚夫啊,等等,他现在在伯父那里,我去帮你叫一下。"

这话音一落,顾言脑袋里嗡的一下,思绪都被打乱了。未婚夫?沈聿?

虽然她现在身体不是很舒服,意识也不是很清楚,但起码别人的话还是能听得懂的。

有那么一瞬间,她呼吸停滞了一下。

顾言闭着眼眸,蹙眉,揉了揉酸痛的太阳穴,试图让自己好受一点儿。

"不用了。"她吐出了三个字,准备挂断电话。

可就在这时,手机里突然传来了一个熟悉的男人声音,由远及近地传来:"谁打来的电话,你接我的电话了?"

说着,手机似乎重新回到了他的手中,他大概看了一下屏幕,立刻回应道:"喂?言言,我刚刚在忙,你打电话有什么事情吗?你那边一切都还好吧?"

顾言听着他的声音,沉默了一下,最后蹦出了两个字:"没事。"

她不知道他那边进行到哪一步了,只觉得人有些多,背景声音嘈杂,说话声、音乐声,此起彼伏。

"你感冒了?"沈聿像是察觉到了她声音有些哑,直接反问。

顾言下意识地清了一下嗓子,想让自己说话正常点儿:"没有。"

岂料,她声音哑得厉害,带着浓浓的鼻音,越说话越是明显。

她干脆平躺下来,纤细的手腕搭在眉眼上,声音淡漠地回复:"先不说了,我还有事。"说着,不等他在那边回应,她就直接挂断了电话。

事实上,这个电话就是给本就不舒服的自己徒增烦恼,他现在在沪上本身就不能来,更别提电话打过去自己还意外发现了他的"未婚妻"。

顾言突然觉得可笑。

她倒不是不相信沈聿,仅凭别人一句话就否定他们之间的一切,毕竟沈聿不顾危险救了自己很多回。说句难听的,如果没有他,恐怕她早就不在了。

只是事情怎么就那般荒诞?这未婚妻是从哪里冒出来的?

"嗡……"

手机开始振动,沈聿的电话打了过来,顾言却不想接通了,没有什么意义,再怎么样他现在也无法出现在她身边。

顾言拒接电话后,发了一条消息给他:我去局里忙案子,忙,先不说了。

沈聿发消息回复:好。

看到这个字,她觉得终于消停了,又莫名其妙地有些怅然若失。

时间一点点流逝,不知不觉已经到了深夜。

夜里两点的时候,下雪了,楼下矗立着一个个路灯,在夜里散发着昏黄的光,光晕将扑簌簌落下的鹅毛大雪笼罩在方寸之间,有些迷离梦幻。

顾言身体越发滚烫,意识模糊,浑身无力地昏睡在床上。

她像是在做梦,梦里有人在敲门。

那声音不断地传来,让她意识逐渐从虚幻的梦境之中挣扎出来,最后她是真的听清楚了,有人在敲门。

顾言艰难地撑起上身,精致冷艳的脸上此时泛着滚烫的色泽,她喉结滑动了一下,那如刀割的疼痛滋味让她眼泪差点儿落下来。

倒不是她想落泪,她的意志没有那么脆弱,即便是在这种情况下,只不过是她的身体生理反应不受控。

毕竟她都这般模样了,又是谁在三更半夜的时候敲门?

说实话,这个时间门外有人,她的内心是起了些许不安波澜的,

097

甚至是手机都先拿过来紧紧攥在手里。

她这辈子经历的危险，已经不在少数了。

不过这时，她脑海里不知想起了谁，下意识地低头去查看手机里有没有消息，却发现什么都没有，空空如也。

她的内心说不清是什么感受，哪怕她心底清楚，门外的人本来就不可能是他。

他还在参加他父亲的寿辰，大后天才会回来。

偏偏这时门外又传来了规律的敲门声："咚咚咚！"

不管对方是什么人，顾言干脆先打开了床头柜的第一层抽屉，从里面拿出了一把匕首。

她从匕首鞘里拔出银色的匕首，这才拿过墙边靠着的拐杖，艰难地起身，一步一步走了出去。

走出卧室后，客厅里有些许凉意袭来，她看向阳台，发现有窗户没有关严，凛冽的风贴着地面席卷而来，让她浑身发冷的同时，头脑中的意识也清楚了一些。

她这才隐隐反应过来一件事，自己发烧之后倘若就那般迷迷糊糊地睡过去，恐怕脑袋都会烧坏。

她动作很轻地来到门口，不过再轻，拐杖的声音还是能听得清晰。

终于来到门口时，她的额头上已经浮现一层薄汗了，鬓角的青丝也有几缕被打湿，粘在脸颊上。

她贴着门口，一手拿着匕首，一手紧紧握着手机，刚准备透过猫眼查看外面的情况，就听到一个熟悉低哑的声音传来："言言，是我。"

这几个字一出，顾言顿时怔住了。

是他？是沈聿！他回来了？

顾言刚下意识地要给他开门，可在那一刹那脑海里突然又闪过一抹人影。

准确地说，那是一抹背影，一抹和沈聿相似的背影。

她手下的动作停住了，莫名其妙地，一股寒意从脚底爬了上来，蹿上了脊椎，寒意在指尖上弥漫。

顾言也不知道自己为什么会突然想到另外一个人。

片刻后，她微动唇瓣，压低了声音询问："你怎么半夜三更过来了,出什么事了吗?"沈聿明明今天和她打电话的时候还在沪上。

她一说话,声音哑得厉害。

与此同时,她透过猫眼看着外面的情况。

只见走廊里亮着一盏灯,沈聿穿着一件黑色风衣,皱着眉又敲了敲门说道:"还能有什么事,你感冒发烧了自己不知道吗?快开门!我连夜坐飞机回来,给你买了药带过来了!"

这话一出,顾言紧绷的身躯骤然松懈了下来,可随之而来的,是鼻尖微微一酸,眼睛也有些肿胀酸涩。

那种情绪犹如排山倒海那般一股脑地涌来,全然不受控。

门口的他又在敲门了:"言言,你怎么了,还不开门?"

他已经明明听到,她就在门后了。

顾言喉咙微微滑动了一下,咽下去那些复杂的苦涩情绪,下一秒,抬手将门给打开。

门外的男人穿着一袭黑色及膝风衣,风尘仆仆,身上还夹杂着寒风的凛冽气息,手中拎着一个大药房的塑料袋。

他眼底满是紧张和担忧之色,顾言不敢和他对视,不想让他看见自己狼狈的模样,视线匆匆掠过,转过了身。

是他,是沈聿,他真的回来了,在他父亲的寿宴当晚回来的。

她刚转过身,手腕就被一把握住了。

沈聿上下打量着她,看着她拄着拐杖,脸色泛着滚烫的、不太正常的红,发丝湿答答地贴在鬓角,唇瓣苍白,整个人羸弱不堪的模样,那一刻,他无法形容自己内心的感受。

心脏疼痛得仿佛都要碎了。

"你都这个样子了,怎么不早点儿跟我说!"

沈聿落下的话音夹杂着些许恼火之意,与此同时,他攥紧她的手腕,二话不说就将她打横抱起。

什么拐杖,他直接给她丢到了一边。

他承认他是生气了,生气她把自己的身体糟蹋成这个样子,但看见遭受痛苦的是她,又不忍心责怪。

顾言被他打横抱起,根本无法抵抗,也再无力抵抗。

沈聿将她小心地抱到床边放了下来,再去抬起她的下颌时,倏然一滴滚烫的液体砸了下来,落在了他的手背上。

沈聿就那么看着那一滴液体，再微微抬眸，看着她含着泪的通红眼眸、泛红的挺翘鼻尖，他的心脏像是被一闷棍狠狠砸了一下那般，钝钝的疼痛感弥漫至四肢百骸。

他薄唇微动，原本那些想说的话，此时此刻，都再也说不出口了。

他转身起身，直接去厨房给她烧热水，让她准备吃药。

他在电话里的时候，果然还是没有听错的，她感冒了，不过让他下定决心回来的，是她说自己在局里办案子。

他后来直接打电话给陆原，想询问她的情况，怕她自己大事化小，小事化了，可怎料，陆原说她今天在家里休息，根本没有去局里。

到底是什么情况，让她找个借口搪塞自己，对自己说谎？

寿宴到后期，还不等结束，哪怕他还有很重要的事情没有做完，他还是先赶了过来。

等沈聿端着一杯兑好的温水，拿着退烧药过来的时候，顾言就那么靠在床头，宽松的睡衣松松垮垮地落在她纤细的身上，微合着眼眸，长而浓密的睫毛上，还隐隐挂着一滴水珠。

沈聿已经脱掉了外面的风衣，里面穿着一件茶灰色圆领毛衣，隐隐露出里面贴身的白T恤，穿着随性又休闲，而在此时，又似乎给人无限温柔的暖意。

"先别睡，把药给吃了。"

看她那样，他像是所有的脾气都泄了气，几乎是像哄小孩那样，哄她吃药。

顾言被叫醒，意识昏昏沉沉，按理说他的药已经送到嘴边了，她没有不吃的道理。

可她偏偏脸颊一偏，闭上眼睛，气息微弱地道了一声："我不吃。"

这话一出，沈聿还以为是自己听错了。

她是认真的？

沈聿盯着她的表情，看着她脸色苍白却依旧漠然的模样，心底突然就意识到，她说的是真的。

只是她为什么不吃？感冒发烧了，不吃药，她故意惩罚自己的身体？

沈聿脸色认真冷然了起来，一字一顿道："你不要拿自己的身体开玩笑好吗？你已经不是三岁小孩子了！"

这话音落下,顾言低垂着眉眼,鼻间轻嗤了一声,随后唇瓣抿成一条线,抬起纤细白净的手腕搭在眉眼上,不再去看他:"我累了,不想说话。"

她不想和他吵,也无力争执。

沈聿看着她这般模样,尤其是她冷漠轻蔑的语气,在某种程度上,狠狠刺激到了他的内心。

他风尘仆仆地从沪上赶回来,她就这样对待自己?

沈聿越来越气,心底对她的心疼都一股脑地变成了一团疯狂攒动的火,他微微咬牙道:"我不管你到底是因为什么,但今天这个药你吃也得吃,不吃也得吃!"

顾言移开搭在眉眼上的手腕欲和他争辩,可她一拿开,就见他直接将手伸了过来,一把捏住了她的下颌抬起。

她瞪大了眼睛。

沈聿趁着她错愕,唇瓣微张,将那感冒药直接塞进了她的嘴里,随后他喝了一口水,直接俯身——"嗯……"

顾言发出一声闷哼声,震惊地看着眼前近在咫尺的他。

沈聿根本不容她在这种事情上耍小性子,直接唇瓣对唇瓣,让她将药吞了下去。

清凉甘甜的水涌入,顾言喉咙下意识地滑动,那药尽数被咽下,不过沈聿似乎不打算就这样放过她。

他微合的眼眸再次睁开,看了她一眼,那漆黑的眼眸之中,已经凝聚起了黑压压的风暴,如同滚滚欲来的龙卷风,充斥着霸道和侵略性。

而他的举动,也一如他眼底的神色那般,充满了侵略性。

顾言挣扎着,可本来就体力虚弱的她怎么抵抗得了他,拳头在他的肩膀上捶打了几下就没力气了,最后还是被他一把抓住,压在枕头边。

他握住她的拳头,唇瓣在她的唇瓣上肆虐。

顾言呼吸都变得更加困难了,唇瓣也变得充血麻木。

等他终于离开的时候,她的唇瓣一片红肿,像是陡然间就给上了一层血色。

顾言大口大口地呼吸着,胸口不断地剧烈起伏,一头乌黑的青丝凌乱地垂散下来,那张巴掌大的脸精致又冷艳。

往日里素来认真正经的她,如今这般模样,平添了几分说不出的凌乱、脆弱美,和之前有着极大的反差感。

"啪!"

顾言纤细的手腕抬起,直接一巴掌打在了他的脸上,清脆的声音在二人身边响起。

这一巴掌清脆地在他的耳边落下。

她生着病,没使多大的力气,只是一巴掌打上来的时候,他的心脏远比挨这一巴掌疼得多。

沈聿脸颊被打偏了过去,时间也像是在这一瞬间静止了。

他一动不动,呼吸仿佛都屏住了。

顾言缓缓收回了视线,眉眼垂下,视线落在自己灰白条纹相间的被子上,没有焦距,唇瓣微动:"你走吧。"

她唇瓣苍白,没有什么血色,而这三个字的语气十分坚定。

沈聿没有说话,只是直接起身离开,不过就在他走到卧室门口的时候又突然站定了脚步。

拳头握紧,又舒展开,然后再次紧握。

"你是真的想要我离开吗?"

他没有转身,只是视线落在身侧的地板上,薄唇轻启。

地板上面映出了灯光下他仿佛可笑又倔强的影子。

到底问题出现在哪里?他问她发生了什么,她又拒绝说。他从沪上匆匆忙忙赶来,一路上连一口水都没喝,好不容易见到了她,她却这样对待他?

之前在视频通话的时候,她不还是好好的吗?

他不懂,更想不明白。

而在这时,身后传来了她有些虚弱无力却又讽刺的声音:"不然呢?别人的未婚夫在我这里,真的合适吗?"

在双腿受伤的不适、感冒发烧的侵袭之下,她狼狈脆弱得不堪一击。

再坚定的意志都开始摇摇欲坠,那一声电话里女人口中的"未婚妻",着实是给她泼了一盆冷水。

虽然她不信,不信他们有什么,但那女人终究是和他脱不了干系。

而她的那话音落下,沈聿身躯瞬间一僵,他突然有些错愕那般转身。

而顾言身为一个心理学家,一看他这副表情,心更是凉了半截。

她脸上看不出什么表情,只是被子下的手指用力地扣住自己的掌心,似乎在通过这种疼痛转移心脏处的钝痛感。

他知道这件事,也知道她说的那个未婚妻是谁。

"你……"

"你什么?你是觉得,在这里欺骗别人的感情,是一件令你很有成就感的事情吗?"

顾言唇边扬起一丝嘲弄的弧度,眼眶甚至都有些微微泛红。

她性子素来冷淡,不过这些只是源于她不敞开心扉去接纳一个人。

她一旦接纳的话,那这人必然是已经在她的心底扎根,想去除,会牵扯得血肉模糊。

"不是,你听我说,你知道我和你之间是认真的,我对你也是真的。"沈聿突然从门口转身进来,连忙向她解释。

他不知道她是从哪里知道了这件事,但显然,她知道这事让他一时间格外无措。

顾言却轻扯了一下嘴角,隐隐透着几分自嘲之意:"所以呢,真心又如何?真心就是你依然脚踏两只船,让我来当第三者?"这种事情,谁能想到有一天也会落在她的名头上?

这是可笑,还是可悲?

沈聿却上前一把抓住了她的双肩:"你在胡说八道什么?那个女人根本和我没有任何关系,我这次回去才发现我爸给我安排了一桩联姻,我根本没有同意!"

这是事实,自己回去之后,父亲甚至是有意让自己和一位世家名门之女联姻,不过这对自己来说,根本就形同虚设,他压根没有真正往心里去。

况且,他的命运,也只能自己来掌控。

不过这些话落入顾言的耳中,就和没说一样。

他的家人已经给他安排了另一半,自己打电话过去的时候,还是所谓的"未婚妻"接的,这让她怎么看?

顾言眼底透着些许疲惫之色,她的模样像是一时间冷然了许多,和他无形之中拉开了距离。

她唇瓣微动,冷冷清清的声音落下:"父母之命不可违,你家里人既然给你找到了另一半,你最好就赶紧回去吧,不要让对方等久了。"

沈聿一听到这些话,顿时只觉得太阳穴都突突直跳,被她的话刺激得胸口堵得要死,差点儿一口气没上来。

他再开口,一字一顿咬牙说道:"你开什么玩笑?你就要这样把我推给别的女人?"

"你以为你是谁?我每天事情那么多,那么忙,你觉得我会无聊到和一个不知名的女人去抢一个男人?"

说到这里,她缓缓抬头,眼神漠然地看了他一眼:"世界上的男人多的是,你又算什么?"

甚至是对男人这种生物可有可无,她最怕的是麻烦,是复杂琐碎的情感。

密密麻麻的钻心噬骨之痛,让人的内心和精神饱受折磨,她讨厌这种感觉,但也清楚地明白,这就是在意一个人的代价。

眼下,她那般强硬的话像是利刃无情地刺入了他的心脏。

顾言眼眸微垂,抬手推开他握着自己的肩膀的手。

沈聿修长白净的手指都在隐隐颤动,他再缓缓抬起眼眸的时候,眼底有些泛红,也似乎弥漫上了一层蒙蒙的水雾。

他没有看她,只是喃喃一句:"我明白了,原来这么长的时间,一直都是我的一厢情愿,我在你眼里,什么都算不上……"

他是个她说丢弃就可以随意丢弃的人,她对他没有任何情分。

顾言没有回应,像是默认他的话。

沈聿不知道自己是怎么离开她的房间的,当玄关处传来关门声的时候,终于一切再次陷入了寂静之中。

而顾言那显得格外漠然的眼眸此时也微微泛红,变得又酸又肿胀。她缓缓闭上了眼睛,那酸涩的滋味让她控制不住地从眼角滑落下来一行清泪。

她是一个理智的人,或许沈聿的确对那一切都不知情,但那一切都不重要了,重要的是,她不想陷入复杂的人际情感关系之中。

有人要跟自己抢他,他走不走,是他自己的事情。

她不想理会,哪怕再在乎一个人,也不会为了一个男人,去和其他女人争抢。她志不在此,也觉得烦扰,说她自私也好,无情也罢,可这就是真实的她。

只是,那些残忍的话,真的是出自她的本意吗?

或许,她这辈子都不会再想去接触任何有复杂感情牵扯的男性。

冬日的深夜,冷得彻骨。

顾言整个人埋在被子里的时候,浑身依然很冷,冷得让她整个人都在发抖,心脏也在抽搐着,最后甚至要干呕起来。

她这样推开一个自己爱着的人,何尝又不是对自己残忍?

沈聿走的时候,都要气疯了。

因为他在父亲寿宴结束后突然消失,家里的人还在找他,给他打了无数个电话都没有接通。

直到第二天早上,沈晴终于打通了他的电话。

她急忙询问:"喂?你昨天去哪儿了?老头找不到人,脸色可是很不好看。"

岂料这话一出,沈聿那边醺醺然的沙哑声音突然变得暴躁了起来,声音含糊不清地骂着什么,沈晴仔细听,才听出来他在说什么。

"我管他找不找得到。"

沈晴隔着电话线都能感受到他酩酊大醉般的模样,电话里他继续骂骂咧咧道:"要结婚他自己去娶,我才不会和那女人结婚!"

这话说到最后,他的声音听着恼怒沙哑极了,像是发生了什么令他无比痛苦愤恨的事情。

沈晴听到他说的这些话,心底瞬间了然了。

昨天父亲在生日宴上,给沈聿介绍了一桩婚事,说是介绍,更像是通知,因为对方一家似乎早就知道了这件事。

沈晴不知想到了什么,迟疑着问道:"她……知道了?"

她说的这个"她",那自然是顾言了。

她一提起这个"她",沈聿像是疯了似的,电话那头瞬间传来了乒乒乓乓东西混乱滚落的声音,随后他微微喘息着,又悲凉地低低笑出声来:"姐,她不要我了。"

她不要他了。

就这几个轻飘飘的字,狠狠地凌虐着他的心脏。

沈晴听着他的话，顿时噤声，一时间只觉得，她这个弟弟的心都要碎裂了。

"怎么会？你没有跟她讲清楚？"

她明白沈聿，他看似慵懒散漫，一切都无所谓，实际上他在任何事情上是最挑剔的那个人。

所以，他不喜欢那个女人，无论如何都不会和她在一起。

沈晴的话音落下，此时在安城的一个小区的楼道里，沈聿坐在楼梯台阶上，望着眼前一片狼藉的酒瓶子，通红的眼眶里的液体滚烫得惊人。

睫毛一颤，眼泪落下的时候，沈聿低下了头。

沈晴听到他的声音嘶哑地传来："她嫌弃我，嫌我是个麻烦……"

这话他仿佛不想说出口，可是事实摆在眼前，他又不得不开口。

"她怎么就那么狠心？"

"我对她别无二心，她却根本连我的解释都不在意……"

"为什么，为什么她就不能对我坚定一些？"

喝得烂醉的他干脆躺在了地上，一声一声地控诉着她的行为。

他已经奔着她走了九十九步，只是凭空多了一个障碍物，她就一步都不想再迈近。

沈晴听着平日散漫不羁的他此时像个疯子，在电话那头沉默了。

她该怎么可怜他好呢？

他说的话，她是信的。

她弟的女朋友，的确不是个温软的角色，思想冷静理智得可怕。

不过沈晴开口，嘴上却说道："既然你那么喜欢她，就应该再了解不过她是一个什么样的人。"

为什么她会那么理智，那么绝情？一切都是有原因的。

沈聿心底锥痛不已，他姐说得对，他的确是从一开始就清楚她是什么样的人，遭受过什么经历。

她母亲的悲惨离世让她内心不愿意轻易去接受外界的感情，只一心忙于事业。

只是他怎么也没有想到，她对自己竟然会那么残忍。

是他做得还不够好吗？

"你们的事情我不会参与，另外，她本来就对感情这种事情比较敏感,现在多出来一个未婚妻出现在你的身边,她难免会多想。"

话说到这里,沈晴停顿了一下,又说道:"如果是我的话,或许早就杀过去了,闹得满城风雨、尽人皆知,谁敢在我这里脚踏两条船,我就剁了他的腿。"

所以,现在一看,顾言只是撵他走,不想理会他了,简直是不要太温柔了好吗?

果然没有对比就没有差距。

"所以,你的意思是她这样还是对我留情了是吗?"沈聿声音沙哑地问道。

沈晴在电话那头煮着咖啡,耸了一下肩,说道:"不然呢,否则依她的性格来说,没动菜刀都是令我诧异的了,估计是她现在坐在轮椅上的缘故,无法动手。"

这话音落下,沈聿脑海里浮现她狼狈虚弱的模样……

那何止是仅仅无法行走的问题,她发烧了,整个人的状态都很不好。

"既然家族联姻的事你不同意,那就和父亲以及他们家说清楚,不要浪费彼此的时间,也不要让顾言继续误会下去。"

沈晴再次回应道。

"我知道了。"

电话里响起沈聿的声音,与之前的颓败痛苦不同,他像是知道该怎么做了。

杨小天打电话过来不久后,顾言也在下午准备出门了。

那小子还算有心,想着问她在家里一切都是否正常,需不需要帮助。

她凌晨吃了退烧药后,痛苦难受的情况在睡着后逐渐好转起来,第二天头也不疼了,身体也恢复了些力气。

她身体情况能好转,让她不免想到某个半夜三更来送药的人。

只是脑海里刚浮现他的身影,她就视线微沉,强迫自己不再去想他,唯留心底钝钝的疼痛在沿着四肢百骸弥散,让她呼吸都变得些许紊乱起来。

她打开门,刚好邻居家阿姨也出现在门口。阿姨一手拎着个打包好的垃圾袋，一手皱着眉在鼻子前扇了扇，嘴里嘀咕道："这是谁哟，在楼道里喝酒，弄得那么大味道，太不像话了啊。"

这话一出，顾言怔了一下。

她下意识地看向楼道的方向，那里安全门微微敞开，不断有风灌入走廊里，没有人。

那邻居家阿姨看了一眼顾言，又说道："哎呀，言言，早上你有没有听到有人在走廊里哭啊？好像是一个男的，谁知道是遭受了什么啊，一早上鬼哭狼嚎的，可吓死我了，我的乖乖。"

顾言闻言，表情又瞬间僵了一瞬，心也猛地跳了跳。

哭了？一个男的？鬼哭狼嚎？喝了一宿的酒？

这些信息传入她的脑海后，她不可避免地就想象出一个画面：某人在楼道走廊里不断灌酒，以至早上的时候耍酒疯。

只是这个"某人"，在她脑海里浮现的容颜，不是别人，正是沈聿。

顾言皱眉，表情微妙复杂，大抵是觉得这个画面……真的是他能干出来的事吗？

似为了印证她的猜想，她坐在轮椅上缓缓驶到楼道门口，进入。

她一眼望过去的时候，台阶上虽然没有什么酒瓶子的痕迹，却还有一些残留的酒精液体，以及……一些烟灰。

这人不仅喝酒，还抽烟了。

顾言的视线在台阶上停留了片刻，最后转身欲离开的时候，她却冷不丁地看到了安全门后面，地面上的一个东西。

那是一枚——戒指。戒指上面还雕刻着繁复的花纹，顾言过去，将其捡了起来。

她在他的手上见过这枚戒指。

如此一来，这人的身份便确定了。

"怎么样啊，小顾，你知道这人是谁吗？不然找物业询问一下吧，别再有这样的情况了，怪吓人的。"等电梯的邻居阿姨看她出来了，询问道。

顾言静默了一瞬，随后说道："这个人我可能认识，后面的事情就交给我吧，尽量后面不给大家带来麻烦。"

那邻居阿姨闻言，诧异地挑眉："原来是认识的人哪，那就好。"

顾言没再说话，低头摊开手心，看着手中的那枚戒指，陷入沉默。

这个东西，她要怎么给他呢？

杨小天来接她的时候，似乎感受到了她身上的一些低气压，很识趣地什么都没问，心底却暗自嘀咕，最近聿哥出差不在她身边，两个人不会发生了什么事情吧？

来到办公室后，顾言开始准备工作。

某个人消失，仿佛对她来说没有什么影响，可每一次外面有人敲门，有人打来电话，她想到的人，都是他。

这不会撕心裂肺地折磨着她，却会在无形中侵蚀着她的内心。

这样的日子一连几天过去，他果真没有再出现。

而他的戒指，她也没有主动去寻找他归还。

直到事情已经过去几天后，一个周五的傍晚，她下班后和林梓出来吃饭。

两个人来到一家越泰菜系的餐厅，餐厅装潢低调轻奢，光线迷离昏暗，在餐厅的一楼还有酒柜吧台，以及钢琴演奏区域，曲子优美，氛围极好。

林梓从医院赶到餐厅的时候，一眼就看到了坐在落地窗前的顾言。

她正微微低着头，目光落在她的手指上，不知道是在看什么。

林梓走过来拉开椅子时忍不住轻笑一声说道："真是难得啊，顾专家，之前约你能有几次准时的？今天你竟然来得比我还早，稀奇了。"

说话间，她又将自己的包包放好，不过，目光收回的那一刹那，她的视线冷不丁地落在了顾言的手指上。

顾言刚刚就一直在看她的手，果不其然，上面戴了一枚戒指，是自己从来没有见过的戒指。

说实话，那戒指的风格，偏向于潮流复古一点儿，和顾言这个一本正经的性子也不太搭配。

"男朋友送的？"林梓扬起嘴角，望着她笑得意味深长。

顾言没有看她，端起一杯水轻抿了一口，不咸不淡地来了一句："分了。"

"啊？"

那两个字一出，林梓直接愣住了，竟没有反应过来。

他们分手了?

"什么情况?你们感情不是很好吗?他对你那么上心!"林梓急忙询问。

顾言却没有立刻回复她的话,而是拿过菜单沉默片刻,不紧不慢地翻看着,最后才说道:"他对我是很好,但是架不住他家里人已经给他介绍未婚妻了,所以……"

她顿了一下,抬头看一眼林梓:"我就干脆主动退出,成全他们。"

林梓听她这话,顿时就恼火了,直接一拍桌子说:"他竟然有未婚妻了?什么时候的事情?究竟是什么情况,他是脚踏两条船吗?"

林梓听到那话直接就夯毛了。

不得不说,这种事情落在顾言的身上,比落在自己的身上,还令人愤怒。

她自己是"海王",男人对她来说只是一个消遣娱乐的工具,但顾言不一样,顾言因为原生家庭,自己本来就没怎么谈过感情。

所以,她这样的人一旦谈了感情,那必然是极为走心的。

这会儿顾言餐也点完了,招手让服务员过来。

林梓这才强忍着怒火,稍微压下来一些自己的情绪。

顾言淡淡地说道:"这些事我都不急,你急什么?两个人能在一起就在一起,不能在一起也不用强求。"

"不是,难道你的心就不会痛吗?你真的觉得自己是铁打的吗?"林梓再次愤愤地说道。

此时一个穿着制服、戴着领结的年轻帅小伙从林梓身后过来,刚好听到了她说的这番话,对方下意识地看了一眼顾言,眼底竟对她流露出了几分悲悯之色。

下了单,顾言这才说道:"他说联姻的事情,是家里人安排的,他这次回去给他父亲过寿才得知这件事。"

说到这里,她微微长叹了一声,又说道:"虽然他说自己是不会同意联姻的,只是我疲于面对这些事情,不想让我们的感情之中牵扯到其他人,索性就主动提了分手。"

林梓听着她说的这番话,心底一时间像是被什么东西堵住了似的,之前激动的情绪也逐渐平复了下来。林梓深呼吸了一口气,说道:"你要是说他这件事不知情的话,那他犯下来的错倒是没那么大了,重要的是看他如何去解决那个所谓的未婚妻。倒是你,就这样直接将他拱手让人,岂不是便宜了他人?"

这话说出口,顾言闻之,心底像是被针扎了一下。

林梓说着,视线又落在她戴着戒指的手上,扬了扬下颌,开口道:"这是他留下来的东西吧。"

顾言怔了一下,随后立刻将戒指摘了下来。

林梓却轻嗤了一声。

她手指微屈,敲了敲桌子:"掩耳盗铃有意思吗?你什么时候这样唯唯诺诺了?你要是真的不喜欢他了,想和他断干净,就把这个戒指扔掉。"

顾言脸色阴了下来。

林梓却眼底满是挑衅之色:"你扔哪!"

顾言攥紧了拳头,掌心被戒指硌得生疼。

林梓却冷笑一声:"你自诩这样的行为是果断潇洒,干净利落,可在我看来,你就是个懦夫,不敢去面对和他之间的情谊,也不敢去捍卫自己的感情。如果他爱的人是你,那些莺莺燕燕又算得了什么?"

这些话,一字一句灌入顾言的脑海里,刺激着她的神经。

顾言脸色难看,只是面对林梓的话,语气坚决:"如果他爱我,还会让他的身边出现那些莺莺燕燕吗?他就不该给任何人机会。"

"你!"

林梓被她一噎,瞬间说不出话来。

随后她气得拍桌子说道:"诡辩,你这就是诡辩,你怎么知道这些莺莺燕燕是他乐意看到的?他长得那么帅,别的女人又不眼瞎,怎么就不能主动贴上去啊?"

说着,她又背靠在椅子上,双臂环抱,瞥了顾言一眼,没好气地说道:"你就当他是个圣人吧,就你那性子,再好的男人也得被你逼走。"

听着林梓的这番话,顾言说不出话了。

准确地说,她是累了,也无心去争辩什么了,不管她觉得自己之前做得是对还是错,都已经来不及了。

林梓点的冷饮送了上来,她一口气喝了大半杯后,这才平复了一下心中极为波动的情绪。

"唉,我说言言你到底怎么想的啊?如果你后悔了,现在应该也不晚,趁着他还对你情深意切。"

在一段感情当中,谁付出得越多,谁就更深情,就越放不下这段感情。

这就是沉没成本,很现实。

顾言靠在椅背上没再说话,只是目光晦暗地看着落地窗外。

她知道自己一说出口,林梓肯定又会破口大骂,暴躁起来。

自己的这副模样,是她自己活该,她知道的。

沈聿很好、很好,是她自己不配。

这种性格,有时候她自己都容忍不了,更别说别人了。她这样对沈聿不公平,他值得更好的人。

林梓看她轻抿唇瓣,一言不发,高深莫测的模样,最后还是忍不住长长地叹息了一口气,无奈地摇头。

顾言这种总是把对她好的人往外推的性格,真是不仅虐别人,还虐自己。

陆原也是,沈聿也是。

她早晚会后悔的,一定的。

餐后,林梓推着坐在轮椅上的顾言准备离开餐厅。

然而,当她们出门的那一刹那,迎面直接走上来了两个人影。

一个身影修长,他穿着黑色大衣,气质淡漠,精致清冽的五官在餐厅门口昏黄朦胧的灯光下像是镀上了一层滤镜。

另一个,则是一个长发及腰的女孩子,模样漂亮又可爱,手里还拿着一款香奈儿的包包,浑身都是奢侈品高定,一眼就能看出来是个家世显赫,不谙世事,被家里保护得极好的千金小姐。

顾言出门的那一刹那,目光直接和迎面过来的男子视线相撞。

饶是她素来冷静镇定,也没有想到,能在这里遇到他,并且……

她看了一眼他身边的女孩子,眼底似微微闪过什么,却又转瞬即逝。

他不是一个人来的。

"沈聿哥哥,站在这里干什么?外面冷,快进去呀。"

是的，迎面来的男子正是沈聿。

女孩子的声音娇娇软软的，顾言落在轮椅扶手上的手僵了一些，几乎是瞬间，她就听出来了。

这是那天下午，她打电话过去时，接听他的电话的那个女孩的声音。

她已经来找沈聿了，两个人还一起出现在餐厅。

沈聿目光盯着顾言，而后者则是垂下眼眸，她转动着轮椅，低声对身后的林梓说道："腿不能着凉，我们快回车上吧。"

林梓也像是瞬间反应过来了什么，目光在沈聿身上看了又看，最后收回："好，我们这就走。"

这一刻，她倒是没了之前的气势，反而挺起腰板，头也不回地推着顾言离开。沈聿看着她们离开，下意识地侧过身伸出手，可是手心里满是寒冷空气。

他没有忽视顾言脸上的表情，除了意外对视上的那几秒，她脸上再也没有任何情绪，像是在看一个素不相识的人。

寒意从他的脚底蹿上来，一点点袭上他的后背、脊椎，甚至都要让他浑身的血液冰封。

"沈聿哥哥？你怎么了，那两个女人你认识吗？"

说话间，唐絮上前一步，拉上了他的袖子，目光顺着他的视线看过去。

而沈聿则直接甩开了她的手，动作像是有些失去了理智，再也没了任何礼貌和耐心可言。

唐絮被甩开后惊呼一声，整个人都差点儿跌入餐厅旁边堆放着的一盆盆花团锦簇的鲜花当中，还是门口的侍应生手疾眼快一把扶住了她。

她心底瞬间涌上委屈情绪，眼底湿润了，不明白记忆中那个礼貌矜贵的他上哪儿去了。

只是再看向沈聿的时候，她却见他眼眶竟有些红，眼底满是难掩的冷意和戾气。

下一秒，在她的尖叫声中，他一把抓过她的手臂，将人丢到了一边墙角，随后盯着她一字一顿地咬牙说道："第一！我告诉你，联姻是我父亲的决定，如果你执意嫁进来，你就嫁给他，跟我没有任何关系,知道吗?!"

唐絮被吓得胸口剧烈起伏。

"第二!我已经有了喜欢的人,不会是你,也永远不可能是你!"

话说到这里,他似又想到了刚才的画面,手指都微微地抖。

"最后一点,你最好立刻、马上、现在、赶紧给我滚回你的地方!本来看你过来想和你心平气和地把一切都说清楚,但现在看来已经不用了,我不想再看见你,滚!给我马上滚。"

说到最后,他像是再也压制不住了那般,大吼起来。

唐絮直接被吓哭了,周围不少人看到了这一幕,他这样对她也让她感觉无比丢脸,她直接捂着嘴哭着跑走了。

而留在原地的沈聿则是在原地来回踱步几下,最后恼火地一拳砸在了墙壁上。

该死!他怎么就能在这里碰到她?!

林梓从停车场开着车准备送顾言离开的时候,嘴里还忍不住嘀咕着:"这分了就分了啊,也没什么大不了的,男人多的是……"

她心情那叫一个复杂啊,谁能想到刚才在门口刚好撞上沈聿,那句"不是冤家不聚头"说得还真是不假。

"那女孩挺年轻的。"顾言沉默片刻,突然蹦出一句。

林梓一听这话就不乐意了:"怎么,年轻怎么了?虽然那女孩子年轻漂亮点儿,但一看就没什么脑子,单纯天真得很。"

顾言语气冷淡:"承认别人优秀没什么,男人应该都喜欢这种的。"

单纯,天真。

"我呸!你快气死我了,还是别说话了,听你说话我开车都开不好!"

林梓一边不客气地吐槽着,一边转动着方向盘,准备驶出这片商圈餐厅,嘴上还嘀咕着:"你不知道现在姐姐有多香,那种小女生娇娇滴滴的,看着就没劲。"

她知道顾言心态变化了。

顾言嘴上说着对方的优点,一副满不在意的模样,可内心一定不好受,怕是跟小虫子啃噬那般难受。

只是,车子刚开出这片商圈餐厅的出口时,二人就看见一个女孩子哭哭啼啼地捂着嘴跑了出来。

林梓顿时挑眉惊讶出声："欸？你快看，这是不是刚才和他在一起那小姑娘，怎么还哭着跑出来了呢？"

这话音落下，顾言的视线也下意识地看了过去。

只见莹润的路灯灯光下，沿着餐厅出来的路边跑出来了一抹粉色的身影。

小姑娘一手似在擦着脸上的泪，一手拎着包包，小跑着出来，情绪似乎有些崩溃，连路过的车都差点儿碰到。

是她。

顾言目光微微闪烁了一下。

"还真是她，不过这就奇怪了，她不是和那谁去吃饭吗？怎么这么快就走了，还这副模样跑出来？"

话说到这里，林梓悄悄觑了一眼副驾驶位上的顾言，挑眉："莫不是……他把她欺负了？"

看那样子，她还被欺负得不轻。

这大庭广众之下的，这是对人家小姑娘做了什么啊？

顾言移开目光，看向旁侧车窗外的车水马龙，语气里听不出什么情绪："走吧，这些都和我无关了。"

林梓却咕哝道："凡事不能这么绝对啊，万一他是知道你来这里，然后专门找个女的来试探你的态度，气你的呢？"

她怎么突然觉得这两个人有点儿戏了？

后面的日子，顾言几乎都日夜泡在了工作室里，外人看来，像是一个无休止的工作狂。

只有杨小天不辞辛苦地给她开车、买吃买喝。

顾言模样好看，坐着轮椅在电梯里出没的时候，照样会吸引一些男人的注意。

但他们一看到她身后推着轮椅的——脖子上都文着一些图案、模样看起来吊儿郎当、痞里痞气的社会人士时，顿时便没了敢上去搭讪的勇气。

一连一周过去，她出入还是坐着轮椅，仿佛身边接触到她的人，都已经习惯了她的这一点。

沈聿不在的日子，林梓担心她的身体和心理出现问题，和她来往得更密切了一些，经常会下班没事后，推着坐在轮椅上的她出去走一走。

只是这天，林梓下班过来，再一次带她出去的时候，却在路边遇到了一个人。

一个穿着白色小貂皮、咖色皮质长靴的女子出现在前方。

她长发散落着，手里拿着一款白色的包包，旁边的车道上还停着一辆玛莎拉蒂。

"你连这种事都瞒着我，你也太不够……"

林梓低头，正讨伐似的跟顾言说着什么，却见顾言突然抬手，打断了她的话。

林梓怔了一下，抬头，也看到了她们前方的人。

"这……"林梓有些愣住。

那女孩子正望着她们的方向，眼睛一眨不眨。

顾言微微侧头，对林梓说道："你先等我一下吧。"

她想，前面的那个女孩子有话要跟她说。

林梓微微撇了撇嘴，皱眉看了一眼那女孩子，随后对顾言说道："那行吧，我就在旁边，有什么事你喊我。"显然，她也认出了前方的女孩子是谁。

林梓离开了一些，那女孩子见顾言在原地不动，便主动上前。

顾言神色冷淡，脸上也没什么情绪。并且，即便是她坐在轮椅上，身上也自带一股清冷的气质，让人一时间不敢去看她的眼睛。

"你对我的出现，会感到意外吗？"

女孩子走到顾言面前，双手在前面拿着包包，缓缓来了一句。

顾言没有看她，语气淡然："你是哪位？"

那女孩子顿时一滞，似没想到她会这么说。

女孩子调整了一下呼吸，再看向顾言的时候，说道："我们已经见过面了不是吗？只是我当时不知道那个人就是你。"

她就是那天晚上和沈聿去餐厅，她们碰上的女孩子，沈聿所谓的未婚妻，唐絮。

这话音落下，顾言才缓缓抬头，目光落在她的身上。

女孩子的确长得漂亮，浑身透着富家小姐的气质，这样的女生，哪个男人不喜欢？

顾言移开视线："所以呢？有什么话请直说，我还有事。"

唐絮闻言，轻抿了一下唇瓣，目光逐渐变得复杂晦涩，说道："恕我冒昧打扰，我只是想知道，到底是什么样的女人会让他念念不忘，忘记小时候的青梅竹马，拒绝和我们家联姻，甚至是不惜当众和我决裂。"

说到这里，她似想到了什么，喉咙微微滑动，睫毛也有些颤动。

"我承认，我忌妒你，也讨厌你。我不知道你哪里比我好，你没我家有钱，没我年轻，甚至是——"她目光落在了顾言的腿上，眼底的情绪似更激动起来，"甚至是你坐在轮椅上无法行走，我都比不上他对你的执着。我不懂，为什么，到底为什么？"

她顶多承认这个坐在轮椅上的女人有几分姿色，但她自己也不差，追她的人也不少，沈聿为什么会偏偏喜欢这个女人？

顾言听着她说的这样一番话，一时间竟然说不出话来。

顾言以为，在见到她的时候，自己会听到她的一番挑衅言语，却没想到会是这样一些话。

而在这时，眼前这漂亮女孩竟泪眼模糊，直接落泪，哽咽着说道："我从小就喜欢他。我八岁那年，有一次我们几家人去郊外郊游，我不小心被其他小朋友推进了湖里，还是沈聿哥哥救我上来的……"

说到这里，她拿出帕子擦了擦眼泪，继续说道："他救了我的命，那个时候我就决定长大后要嫁给他……"

顾言听着她口中阐述的一切，竟什么都说不出口，也什么都不想说。

这是他们之间的渊源和过往。

"可是……可是这一切都被突然出现的你打破了，你打碎了我的梦，沈聿哥哥不要我了，他说再也不想看到我！"

说到这里，她似再也难以抑制痛苦，低低地啜泣了起来："他明明答应过我，说以后也会娶我的……为什么就变了？"

这话音落下，顾言眼瞳微微一凝。

这女孩子哭得很伤心，很悲痛，话也没有什么逻辑，想到哪里就说到哪里，也正是这样，让顾言觉得，这女孩说的都是真的。

女孩子不断地啜泣着，仿佛要将内心的痛楚都发泄出来，到最后，她抹抹泪，再看向顾言的时候，带着浓浓鼻音的声音传来："你……你别以为我今天过来是来妥协的。他答应过我的事情……他不给我一个交代，我是不会放过他的……他辜负了我的青春和感情……"

说着，这一次她不再逗留，直接转身就要离开。

而一直默默无言的顾言在她转身后，唇瓣微动，声音清清冷冷地来了一句："你多大了。"

这句话问得很突然，也像是没头没尾。

唐絮闻言，身子僵了一瞬，随后通红的眼睛看了过来："二十岁，怎么了？"

顾言闻言瞬间皱起眉头，脸色变得复杂凝重了起来。

她的表情看得唐絮不解，难道她很在意自己比她年轻？

顾言说道："他比你大六岁，那年他也就是十四岁。"

唐絮下颌微抬，眼睛红通通的，完全没有意识到问题的严重性，点了点头："是又怎么了？我又不觉得六岁差得很多。"

顾言却有那么一瞬间浑身发麻，汗毛竖起，脊椎发凉。

或许她的记忆力不该那么好的，但偏偏她的记性极好，别人说过的一句话、去过的每一个地方，她连路牌都能记得清清楚楚。

她还记得之前和沈聿在她家里吃饭的时候，她问他曾经过的是什么生活。

他说自己十三岁就去了外面一个人生活，最初她以为这个"外面"，只是离开父母，后来才知道，他说的"外面"是离开自己的国家，去了美国。

他被父母丢在那里，连饭都不会做，圣诞节学着做饭，还差点儿把房子烧了，消防员都出动了过来……

那些话都还历历在目。

所以说，如果十三岁的他已经在国外了，而这个女孩子口中说的十四岁的聿哥哥，又是……谁呢？

顾言盯着她沉默良久，目光凝重，看得唐絮喉结不禁滚动了一下，整个人也下意识地后退了两步。

干涸的泪痕还挂在脸上，她摸了摸自己的脸，通红的眼睛望着顾言，有些迷惑地问道："怎么了，你怎么这么看着我？我的脸上有什么东西吗？"

莫名其妙地，顾言眼底的视线幽深难测，让唐絮隐隐有一种说不出的诡异感，仿佛发生了什么可怕的事。

顾言又沉默片刻，最后再开口的时候，说道："你还有他那个时候的照片吗？"

"有……有的……"唐絮下意识地回答，但反应过来又问，"你问这个做什么？"

"拿来。"

顾言没有废话，直接让她给自己看看。

唐絮："……"

有时候就是这么神奇，虽然这个女人看起来还坐在轮椅上，但她的身上无形中自带一股强大的气场，让人对她的话，下意识地言听计从。

经过了她的一番问话，唐絮这会儿也忘记了哭，找出了自己小时候最珍贵的照片递给了她。

"喏，就是这个。"

顾言接过手机后，直接就看到了屏幕上的一张照片。

她微微凝眉，认真地审视着。

顾言一眼就看出来照片是偷拍的，绿色的草坪上几个同龄人在踢球，而一个十二三岁的少年，穿着一件白色T恤站在场外望着那一幕。

照片只拍了一个侧影，傍晚的余晖下，少年的侧脸都笼上了一层朦胧的金色的光。

少年模样虽还有些许青涩，但已经能看出来他侧面精致的轮廓。

顾言盯着他的脸，唇瓣轻抿。不知是不是她敏感，只是一张照片而已，她却隐隐从他的身上感到一股说不出的忧郁气息。

少年的身板有些清瘦，脸色略显苍白，但模样俊俏，也的确是最容易蛊惑那个时候的小女孩的心。

"怎么样，这张照片有什么问题吗？"唐絮看她的眼神那般专注，问道。

顾言没有立刻回答，而是拿出自己的手机将这张照片清晰地拍了下来。

随后，她这才不紧不慢、答非所问地来了一句："你对当年的他有没有什么特殊印象?"

唐絮虽然不想回答,但还是支吾地说道:"他很安静,温柔,不爱说话,身体还有些不好。"

"身体不好?"顾言皱眉。

和沈聿接触过那么久,她可没有听说他身体有什么不好。

唐絮点了点头:"具体什么情况我也不知,当时总感觉他呼吸困难,不过现在想来,聿哥哥应该早就好了。"

顾言继续询问:"你家和他们家是世交,那你知道他们家里有几个孩子吗?"

也怪她,从来没有向他了解过这些事。

"三……三个吧,不过他大哥早年去世了。"唐絮迟疑了一下,说道。

"那他现在就剩下一个姐姐,沈晴?"顾言问。

唐絮微微点头,神色有些复杂,大概是没想到顾言都见过那个脾气暴躁、作风不羁的沈晴姐姐了。

顾言略微深呼吸了一口气,一时间不知是不是该将真相告诉她。

这个少年不是沈聿。

这个事实的确匪夷所思,但事实就是如此,犯罪心理学不仅学的是心理,还有对人体四肢和五官结构的学习,以便于更好地从肢体动作和表情中获取重要信息。这个人,虽然和沈聿很像,但他们依然不是同一个人。

彼时,一辆黑色的奔驰轿车从顾言背后的方向疾驰过来。

车内的人在看到街道旁的两个人后,直接将车速放缓准备停下来。

就在车子停在路边,里面的男子皱着眉头打开车门准备冲下去的时候,却突然听到前方的顾言说:"我知道你应该听不进去我说的话,但我还是想告诉你,如果沈聿不喜欢你,那你最好不要再浪费时间在他的身上了,他是一个很顽固的人,耗下去,对你没好处。"

她语气认真地规劝着,疏离冷漠的态度也消散了许多,看唐絮的眼神,甚至多出了几分悲悯之意。

毕竟,她现在知道唐絮身上都发生了什么样的事情。

曾经看似美好的事情,其实背后都蕴藏着可怕的阴谋,但幸运的是她不是风暴的中心,所以要赶紧避开,而不是想要被卷入其中,纠缠不清。

而后面打开车门欲过来的男子听到这番话,身形突然顿了顿。

她的那一番话听起来,看似是忠告,可他听起来,竟觉得像在表明自己的所属权。

他,是她的。

是他理解错了吗?

这样的想法让他的心脏猛然跳动了一下,之前急切又愤怒的情绪在这一刻被打散,他站在原地没再动。

顾言隐隐察觉到身后的动静,再看到唐絮的视线向自己的身后看去,她眉头微皱,怔了一下,虽没有回头,但大抵也猜到是谁来了。

而唐絮看了看顾言身后的人,又将视线落在了顾言的身上,根本来不及细想她说的话,情绪就已经先激动起来,眼眶里有泪水在打转。

唐絮开始一步一步地往后退,唇瓣微动,声音沙哑地说道:"不论你说什么,我曾经的感情都无法被弥补,别人让我不好过,我又凭什么让他好过?"

说着,她又看向了顾言身后的人,微微仰起小脑袋,通红的眼睛看着他:"怎么,你是来找我算账的吗?看见我来找她,你也会害怕我会跟她说你的坏话吗?"

而随着唐絮的话,顾言的身侧也终于逐渐出现了一抹身影。

沈聿穿着一件黑色的风衣,他的碎发修剪得短了些,整个人显得更加清俊冷冽,下颌线的弧度清晰坚毅,狭长的眼眸漆黑深幽,如同暴风中心可怕的旋涡。

他面色冷然地望着唐絮,盯着她蹦出了几个字:"你不该来这里。"

唐絮的心脏开始隐隐作痛地抽搐起来,她咬着唇瓣,看着眼前这个无情又冷漠的男人。

曾经那个将她从水中救出来的温柔小哥哥,到底还是变了。

她即便是狼狈痛苦成这个样子,他也不会过问一句,而只是告诉她,自己来错了地方,不该来打扰这个女人。

唐絮痛苦得要窒息,泪眼模糊已经让她看不清一切,眼前只剩下一个模糊的虚影。

这犹如她的爱,一切也都是不切实际的。

她无法再面对这一幕,直接转过身跑开,一路擦着眼泪。

她跑到路边的豪车前,迅速进入离开。

车子启动,地面上还有一些残留的冰雪,轮胎转动之时,泥浆飞溅。

而在污渍要飞溅到顾言身上时,有人先一步挡在了她的身边,任由自己价值不菲的风衣落上泥点。

顾言却没有去管身边的他,而是坐在轮椅上缓缓转过身来,目光复杂地看向了唐絮离开的方向,目光晦暗难测,仿佛前方是什么万丈深渊。

那辆豪车疾驰而过,顾言就那么望着唐絮离开,面色沉重。

而这时,身侧也传来了熟悉的低沉声音:"对不起。"

顾言坐在轮椅上没有动弹,只是眉眼微垂,视线看向身侧,语气平淡:"别有下次就行了。"

毕竟这是他的桃花债,对方找上自己并不合适。

沈聿轻抿了一下薄唇,视线一直盯着地面上覆着的一层薄雪,微垂的眼眸也隐匿住了他眼底诸多复杂的情绪。

他踯躅了一下,说道:"我没想到她会来找你,我在这之前已经把事情都和她说清楚了,擅自定婚约的是我的父亲,不是我,我不会同意这门婚事,也已经让她赶紧离开这里。"

说到这里,他忍不住深呼吸了一口气,再开口时声音里多了几分疲惫和歉意:"不管怎么说,都给你带来了困扰,再次抱歉。"

顾言却自始至终,都没有看他一眼,只是面色平静,语气平淡道:"你说她会离开,我看现在的情况并不见得。我不管你们究竟是什么关系,只是在她身上,希望你留个心眼。"

但这个心眼,不是监视,而是保护。

她没有把话说得太清楚,因为现在身处迷雾中,无法确定身边的每一个人究竟是什么身份,迷雾散去后,又扮演着何种角色。

她只有暗中一点点解开这个谜底。

而在她的话音落下后,沈聿怔住了,随后果然开口道:"我会找人把她送走,盯着她的动态,绝对不会让她再影响到你。"

顾言:"但愿吧。"

她语气淡淡地落下这三个字后,内心却涌起无边无际的波澜。

她仿佛接近了真相,可是主动出现的信息,让她无法清晰地意识到,究竟谁才是谁的猎物?

谁的动作会更快一步?

沈聿看着她冷冷淡淡的神情。再次面对他,她面色平静,看不到丝毫异常,仿佛他根本影响不了她的情绪。

他清澈的眼眸里闪过一丝黯光,眼眸微垂,长而浓密的睫毛在他的眼睑处投下一小片阴影。

"你继续忙吧,我就先不打扰了。"

他说到这里,语气有些放缓了,喉结也微微滚动了一下。

随后他缓缓抬眸,修长清冷的眉眼中透着些许晦涩望着她,声音里平添了几分喑哑感:"以后,我也不会再来打扰你。"

这句话清晰地在顾言身边落下,她听闻后,坐在椅子上的身体像是静止了一瞬,随后她抬头,向他看了过去。

沈聿则是在那一瞬间从她身边走过,冲着自己的车子走去,头也不回。

仿佛在这句话后,今天一别,两个人便再也不会纠缠、牵扯,他不再像一个赖皮的狗、粘人的口香糖那般纠缠着她,愿意归还她于人海。

而顾言望着他的背影,微微挑眉。

这回,他是来真的?

不过他走得那么快,是怕被她看出来什么吗?

沈聿拉开车门上车后,视线终究是控制不住地看向了车载后视镜。

车载后视镜内,他看到顾言的视线看了过来。

不过她也仅仅是看了过来而已,没有上前,更没有来阻拦他,甚至是一句话都没有说。

沈聿眼神冷冽,低下头,喉结滚动了一下,唇齿间仿佛弥漫着苦涩的滋味,让他的心脏仿佛也撕扯了起来。

她不想挽留他,他已经开始怀疑自己继续坚持的意义。他不想让她觉得自己还在纠缠着,到最后让她厌弃。

露出点儿破绽吧,言言,让他知道,她的内心里还是有他的……

第五章
深入敌穴救孤孩

顾言为了恢复自己的双腿,抓紧锻炼,同时也在林梓的帮扶下重新站了起来。

在康复室,顾言缓缓松开两根拐杖的时候,她的双腿也已经可以完全站立起来,甚至还能缓缓地走动起来。

看到她这般状态,林梓开心坏了,直接扑上来搂住她的脖子:"太好了,言言,你的腿终于好了,后面你每天再试着做一些力量训练,会康复得更快的!"

素来冷静自持的顾言也嘴角微微一扬,笑了起来。

不过她现在拽开林梓搂着自己脖子的手腕,鼻间溢出一声轻哼:"我还不知道你的那点儿小心思?这段时间你怕是无聊坏了。"

林梓则扬眉,一脸惊喜表情道:"什么?你说腿好了以后和我一起去酒吧泡帅哥?"

顾言无语。

其实林梓虽然看似常年混迹夜场,手机里一堆帅哥的联系方式,但基本上是嘴上撩拨一下,打打嘴炮。

真要让她去随便找个帅哥做点儿亲密的事情,她还是会拒绝的。

她以前谈过一个多年的男朋友,结果要订婚之前男朋友出轨了,第三者还把两个人的亲密视频发给她看,那时的林梓看到之后,气得手都在颤抖。

不过她没有立刻一刀两断,而是等到两个人的订婚宴上,当着双方父母、朋友同学的面,毫不客气地将他们的视频放在大银幕上公开给所有人看。

甚至第三者还在现场,看到那一幕也傻眼了。

林梓在那场订婚宴上狠狠回击了多年恋人和第三者,自此之后,她就不再相信爱情了。

或者说,即便是真的有真爱,她也觉得她遇不到,索性就和其他帅哥一起玩,有的陪她吃烛光晚餐、有的陪她看展览,她觉得潇洒又自在,还省却所有的麻烦。

不过顾言心底清楚地知道,当一切浮华过去,剩下的,只有莫大的无力感和孤独感。

顾言一边继续做康复训练,一边继续说道:"虽然你工作压力很大,但那种地方也少去一些吧,会刺激神经,影响你的睡眠。"

说到这里,她顿了一下,又说道:"其实你还是适合安稳下来,找个喜欢的人踏踏实实地过日子。"

林梓早年父母感情就破裂了,虽然家庭富庶,在经济上没有亏待过她,但她在性格上是缺爱的,所以才不断地切换着恋爱目标,为了不让别人伤害她,便开始了一直伤害别人的道路。

林梓闻言,沉默了好一会儿,抬起手抠着指甲,慢悠悠地说道:"现在的社会那么浮躁,合适的人哪,也不是我想找就能找得到的。"

她突然轻笑了一声:"不过这话别人说也就罢了,你也来说我?你不接触外界,不喜欢社交,还把这么好的男朋友往外推,你想干什么呀,是想等待一场入室抢劫般的爱情吗?"

顾言不说话了,继续做自己的腿部肌肉锻炼。

林梓是真的不知道顾言究竟是怎么想的,但身为死党,深知顾言心底还是对沈聿有感情的。

她这般模样,不知是故意折磨他,还是折磨她自己,又或许说……她其实内心深处……另有安排?

顾言结束复健后,两个人准备一起离开去吃饭。只是走之前林梓要去上个洗手间,顺便把手机塞到了顾言的怀里。

偏偏她还没有关闭手机屏幕,坐在轮椅上的顾言就那么在厕所外面，听着手机里传来一个个"叮咚"的提示音。

顾言冷不丁地扫了一眼，发消息的人名字备注竟然是——三号选手。

看得顾言眉头不自觉地皱起，面带些许复杂之色。

因为不仅仅是备注的问题，这个酷酷嘻哈风的小帅哥还发来了一条消息：什么？我竟然是三号选手？

显然，不知道他们俩之前说了什么，对方不小心发现了自己在林梓这边的备注名字。

没一会儿的工夫，林梓从厕所里出来了，在洗手池边挤出洗手液搓手。

顾言语气淡淡地说道："有帅哥给你发消息了，不过对方好像发现他在你这里是个备胎。"

林梓正在洗手，听到这话愣了愣，反应过来后，哦了一声，随后像个没事人似的，拿出口红在镜子前凑近一些，一边涂抹口红，一边百无聊赖地来了一句："可能是我刚才给他发截图的时候，被他看到了。没事，问题不大，你可以帮我回复一下，怎么回复都行。"

顾言听闻，有些惊讶地挑起眉头。

她点开对话框，回复了一句："我现在改过来。"

她还是想在聊天无疾而终前试图挽救一下现状的，毕竟对方知道自己是备胎后，肯定会生气的，估计很快就要将林梓拉黑了。

不承想，下一秒小帅哥来了一句："改！给我改成一号！"

顾言唇瓣一抿，直接移开了视线，只觉得没眼看。现在这些小年轻都这样吗？用最凶的语气，说最没出息的话。

她不回复了，在林梓不急不慢地涂抹好口红后，顾言说道："消息你自己回复吧，他竟然说要当你的一号选手。"

林梓一听轻笑了一下，像是见怪不怪了，接过手机说道："这个弟弟啊，就是有上进心，凡事都想争第一。"

顾言竟无语凝噎，那也不能在这种事上争第一啊。

二人出门后，准备去附近一家新开的越南菜系餐厅吃饭，因为路途不远，所以两个人没有开车，在人行道上慢慢走着。

只是走着走着，顾言似乎感觉到身后有人盯着她，突然停下脚步回头看去。

后面街道上，车水马龙，络绎不绝。

人们行色匆匆,似乎都没有停留过。

顾言微皱了一下眉,收回了视线——难道是她的感觉出了问题?

而在她转过身后,不远处,沈聿从路边的一个巷子口走了出来。

他穿着一件宽松硬挺的深色系夹克,下面是一条藏蓝色牛仔裤,裤腿微微卷起一层,脚下踩着一双棕色的高帮马丁靴。

碎发乌黑,眉眼狭长清冷,鼻梁高挺,淡粉色的薄唇轻抿,就那么看着顾言离开的背影,脸色显得有些颓败和无奈。

而这时,路边一辆车开了过来,沈晴在路边降下车窗,摁喇叭嘀了两声,随后冲着他大喊道:"喂,你不是说下午去买烟吗?怎么买完就跑了啊,你小子搞什么鬼?"

沈晴无语至极。她将车子停在路边开着双闪,冷不丁地一抬头就看见她弟如风一般的背影迅速向前蹿去,似乎是在追什么人。

而眼下,沈聿看着顾言渐行渐远的身影,心脏不断地抽痛着。

在她说分手后,他想坚持,可看到她不想让自己纠缠时,他怕了,怕自己再出现会让她讨厌。

他也想强迫自己放下她,可事实证明,当她再次出现在他面前时,她还是会吸引他全部的注意力,让他的视线不受控制地追随着她的身影。

沈晴向他的方向看过来,见他脸色有些泛白,皱眉问:"你没事吧?身体不舒服吗?"

他看起来身体并不像有什么事情,有问题的,怕是他的内心。

沈聿的视线看了过来,摇了摇头,下一秒他大声说了一句:"你先回去吧,我还有点儿事。"说着,他就继续一路跟了上去。

沈晴听他这么说,有些无可奈何,不过还是踩下油门,直接自己开车先走了。

"这小子,也不知是看见了谁,跟丢了魂似的——"

嘴里嘀咕的话语还没说完,当她的视线冷不丁地触及路边的一个坐轮椅的女人时,顿时眼睛一亮,暗骂了一声:"好家伙,原来心病在这里啊。"

沈聿继续跟着顾言。他知道自己这样的行为很糟糕,可还是想远远地看着她。

毕竟,他现在想见到她,已经没有了正当的理由。

顾言身边是林梓，两个人进了一家路边的餐厅吃饭，不过顾言进去的时候，又突然回头看过来。

她看的正是沈聿的方向。

不过她看到的还是没有任何异样的场景，最后她只好收回视线进入餐厅。

而沈聿则是在她看过来的时候，再一次迅速闪身躲入了路边的一个胡同内。

他胸膛微微起伏，似乎被刚才她的回头动作惊起了一身薄汗。

的确，他没想到，她的敏锐性那么强。

不过就在沈聿准备离开胡同的时候，突然，上空掉下来了一颗小石头，正中沈聿的脑袋。

"咚。"

冷不丁地被砸了一下，沈聿顿时低咒了一声，下意识地抬头看上去。

只见胡同上方是一栋六七层的小楼，有些年代感了，为了迎合市容市貌新风，整幢楼还上了一层砖红色的颜料。

七层小楼侧方都有窗户，外面围着铁护栏。

沈聿从这个角度看过去，有三四家此时的窗户是敞开的，分别是三楼、四楼，还有六楼的两家。

不过窗户开着，却不见有人出现。

他皱眉，一时间找不到肇事者，也就先算了，不想过多计较，说不准是哪家的熊孩子搞的鬼。

他准备离开胡同，但刚走了没两步，突然——

又是一颗石子砸了下来。

石子砸中了他身体右侧的地面，堪堪避开了他。

沈聿身形一顿，脚步再次停下，本来就不甚美好的情绪直接就被点燃了，他抬头大吼了一声："喂，哪个浑蛋往下砸东西？！有种你给老子出来！"

上面安安静静。

沈聿微微咬牙。

这还敢做不敢当是吧？

他看着那几层敞开的窗户，肇事者无非就是这几户里的人之一。

他看了一下地上的石子，随后低头捡起，在手中掂量了一下重量。

根据砸下来的冲击力，以及他自身的疼痛感受来看，他首先排除了六楼的两家，那目前最大可能的就是在第三层和第四层的窗户中，有人进行高空抛物。

沈聿冷笑一声，对着上面大喊："第四层那人，我都看到你了，你再往下面扔东西，我就不客气了！"

再给对方最后一次机会，他真的不会留情。倘若是个熊孩子扔石子，那背后一定还有个熊家长，他一定要报警好好教育一番。

沈聿深吸了一口气，再次准备离开，可是这次——

"啪！"

假装转身离开的沈聿直接一个回头，目睹了楼上四楼一只小手从上面丢下石子，石子砸到了他的脚边，还骨碌碌地滚了几下。

目睹这一幕，沈聿顿时愠怒，直接二话不说迅速出了胡同，来到小区单元楼的正门，脸色冷冽地走了过去。

小区门口不远处有一个小卖部，旁边有个穿着长款厚棉衣、戴着黑色毡帽的男人正往那门口一戳，一手揣着兜，一手夹着根烟，在那里吞云吐雾。

男人绿豆大的眼睛滴溜溜地转着，环视着周围。

沈聿过去的时候，刚好看到有人从店里出来找男人说话，而下一秒，沈聿打开没有锁住的单元门，直接走了进去。

这里的确是有些年头的七层小楼建筑，没有电梯，楼道里昏暗，他踩上台阶走上去，每一层只有一个方方正正的小窗户，光线从外面渗透进来，映出了楼道墙壁上斑驳脏污的痕迹。

杂七杂八的涂鸦，七扭八歪的字体写着："娟，我喜欢你，我们要一直在一起""李超到此一游"诸如此类的话，剩下的就是贴得快满墙的小广告，修马桶、收二手家电、配钥匙等等。

沈聿手长腿长，还不到一分钟的工夫就直接一口气来到了四楼，根据胡同那边窗户的位置，找到了肇事者所在的房子。

他紧抿唇瓣，望着那扇绿色的防盗门，举起了手，有些不耐烦地敲起了门。

"咚咚咚！"

敲门声响起，略显急促。

门内很快有脚步声传来，伴随着咔嚓一声，防盗门被打开了，一个老妇人的声音从里面传了出来："这么快就回——"

不过当她目光触及门外那陌生英俊的面容时，嗓子里的话瞬间卡住了。

她拉住防盗门，眼底满是警惕之色："你……你是谁？"

门打开后，沈聿看着面前这个四五十岁、身材瘦小、皮肤皱巴巴的妇人，她的手中还拿着一个饭勺，上面挂着淅淅沥沥的糨糊一样的东西，他大抵猜到她正在做饭。

他蹙眉，竭力忍着一肚子气，冷静地说道："你们家是不是有孩子在家？叫他出来，他高空抛物砸了我。"

无论如何，他都要给那小孩一个教育，让对方知道做错事情要付出代价！

这话音落下，那妇人脸色瞬间变了变，下意识地回头看了一眼某个紧闭的房门，再转过头时，她支支吾吾，脸上满是歉意地说道："不好意思啊这位先生，小孩子不懂事，你不要跟孩子一般见识啊。"

沈聿哼了一声，眼底浮现冷意："所以呢？一句'不懂事'就要我原谅他了？因为他不懂事，因为你们大人不管教，我就要白白挨打是不是？他高空抛物砸了我三回，这是故意伤人知不知道？！快点儿让孩子出来给我道歉，否则的话我会报警处理！"

如果这个孩子继续死性不改，那么下一个被攻击的人会是谁？下一次这孩子又会使用什么工具从高空抛下？

所以他必须让对方长记性！

只是沈聿这话说罢，妇人身体微颤了一下，脸色也变得极为难看，她看了看沈聿的身后，此时楼道里没有任何动静。

沈聿本想孩子道个歉也就罢了，却不想那妇人竟红了眼眶，一副可怜憔悴的模样："这位先生，我孙子身患重病，不能下床，还请您原谅他吧。我会好好教育他的，您千万不要报警哪……"

沈聿闻言，眉头再次皱紧。

身患重病？不能下床？

可他被砸的时候，石子砸得那叫一个准，卧床不起的人能做到这个程度？

他想着，又看了一眼那妇人后面紧闭的房屋。

小孩子就是从那个房间里砸落的石子。

"所以，这位先生……还请您行行好吧，是我这个老婆子做得不好……"说着她还用拿着饭勺的手蹭了蹭自己噙着眼泪的眼睛，看得让人心生不忍，不想继续追究下去。

可偏偏沈聿面色不变，直勾勾地盯着她问了一句话："您在厨房做饭，一个重病在床的孩子，您有必要把门关得这么严实吗？"

那妇人闻言顿时一怔，下一秒，下意识地想关上防盗门，可她速度还是不如沈聿快，他脚下迅速抵住了防盗门，手上再用力一拉，直接打开了防盗门，二话不说走了进去！

沈聿直接奔着那个房间走过去，手在门把手上一压，门一敞开，瞬间一股馊酸的难闻气味传来。

面前的一幕不可阻挡地映入了眼帘，让他眼瞳一缩！

只见一个小小的房间内聚集了七八个小身影，小孩们衣衫褴褛，蓬头垢面，甚至多个孩子脸上还有肉眼可见的瘀青和鞭打过的伤痕。

他们看见门突然被打开后，有些身影明显紧张害怕地瑟缩了起来，蜷缩在角落里，一个个畏惧地看着他，小的孩子三四岁，大的七八岁。

看到这一幕，沈聿直接愣住了。本来忍了一肚子火准备上来讨个说法的他，此时仿佛整个人都受到了强烈冲击，心脏紧紧地收缩在一起，呼吸都停滞了。

几乎是瞬间，他就意识到发生了什么，这是绑架，是拐卖儿童！

刚才他被小石子砸，根本不是什么孩子淘气，而是他们在求救！

就在沈聿反应过来迅速拿出手机准备报警的时候，突然听到身后传来急促的脚步声，空中仿佛有什么凛冽的寒意从身后袭来，他下意识地一躲，一把菜刀直接从自己眼前闪过——

砰的一声，菜刀狠狠地砸在了门上，甚至砸出了一个豁口。

饶是沈聿这种练家子，看到这种阵势他都震惊了一瞬，整个人的注意力瞬间就集中了起来。

他这是不小心闯入了人贩子的贼窝，这帮人是动真格的，有菜刀是真的动手。

下手的正是刚才那个看起来黑黑瘦瘦的大妈，此时她脸上哪里还有之前伪装的和善样子，眼底都是几近疯狂的狠意："谁让你多管闲事？！来了你就走不掉了！楼下都是我们的人！"

这话落下的时候，她拿着菜刀再次要冲过来砍他。

倘若是一般人早就吓坏了，沈聿则二话不说迅速冲上去，一手擒住老太婆的手臂，一手化为掌直接砍在老太婆的虎口处，她手上一麻，菜刀直接哐当一声掉在了地上。

紧接着沈聿一个反手擒拿将她撂倒，膝盖死死顶住了老太婆的后背。

房间里的小孩子们看到这一幕都惊呆了，沈聿则对他们大喊："快，还等什么？门开着，你们赶紧先跑出去！"

那些小孩闻言，迅速赤着脚一个个跑了出去。

其中一个七八岁的小男孩跑到门口后回头看了他一眼，沈聿和他短暂地对视了一瞬，似乎意识到，这大概就是刚才在窗口拿石子砸自己的那个孩子。

趴在地上的老太婆看着皮包骨头，又黑又瘦，但也是真的有劲，沈聿找来绳子将她捆住的时候，她在地上不断地挣扎，冲着他不断地大骂着一些他听不懂的方言。

他直接抓起地上的抹布塞进她的嘴里，堵住她难听的话，脸色冷厉地说道："警察很快就会过来，罪孽深重的人贩子你们就等着坐牢吧！"

沈聿说罢直接迅速离开这里，一边迅速下楼去看那些孩子的情况，一边掏出手机打报警的电话。

下楼的时候发现一个浑身脏兮兮的三四岁小女孩扶着楼梯下得太慢，他直接俯身抱起她冲了下去。

而在楼下，那些年纪小的小孩子被困在单元门内，等那个七八岁的小男孩去打开沉重的单元门，等他费劲地将门一推开，小孩子们瞬间争先恐后地跑了出去。

在这时，外面突然传来一阵怒不可遏的大吼声："喂！不许跑！"

那一声大吼夹杂着震惊和怒火，大概对方是怎么都没想到这些孩子竟然从上面的房子里逃了出来。

沈聿抱着那三四岁的小女孩出去的时候，就看见先前在小卖部门口穿着长棉袄抽烟的男人朝着那几个孩子迅速冲了过去。

一个五岁小男孩被他抓住，直接薅住了稻草样的头发一扯，将小男孩粗暴地甩在了地上。

就在他迅速冲向另一个惊恐尖叫着的小女孩时，突然后腰被狠狠一踹，他直接一个狗啃泥飞趴在了地上。

"去他的！是谁不想活了？！"对方啐了一声后，一边费力地挣扎着起身一边骂骂咧咧。

然而，就在他刚转过来的时候，眼前突然一黑。

一个黑鞋底直面而来，重重地踩在了他的脸上，剧烈摩擦的疼痛感瞬间刺激着他的神经。

"我看是你不想活了！"

沈聿怀里还抱着那个三四岁的小女娃，看着这男人丑陋的嘴脸，不客气地踹在了他的脑袋上。

这人贩子绑架了孩子不说，还对他们一个个进行惨无人道的虐待行为。

周围有路过的人听闻打斗声看过来，可一个个都不敢停留，脸上露出惊恐之色，生怕伤及他们。

沈聿转身拉起地上那个被薅头发、隐忍着眼泪的小男孩准备迅速离开，而迎面而来的道路上突然开来了一辆面包车。

从面包车上面下来一个寸头黄毛小子，他眼睛直勾勾地盯着沈聿，嘴角勾起一丝狞笑，手腕一抬，直接从面包车里揪出来一个刚才逃跑的七岁小男孩。

下一秒一把匕首就架在了小男孩的脖子上。

"打，你再打啊。"

他挟持着小男孩，声音阴冷地叫嚣着。

沈聿不由自主地屏住呼吸，眼底的神色越发凌厉。

他已经报警了，按照这个距离的出警速度，警察至少还需要几分钟才能到，他必须拖延时间。

看着眼前被挟持的孩子，他也不能快刀斩乱麻。

沈聿缓缓放下那两个孩子，让小男孩拉着小女娃赶紧往自己后面跑，而他则是看向寸头黄毛，面色冷厉："你想怎么样？"

而在他这话音落下的时候，之前被他打过的那男人此时跟跟跄跄地爬了起来，顺便还捡起了立在墙边的一根棍子。

沈聿余光瞥了他一眼，身体没动。

染了黄色寸头的男子冷笑了一声:"我告诉你,你小子摊上事了,现在你再敢动一下,我就立刻抹了这个男娃的脖子,让他死在你面前!"

沈聿站在原地,修长的身影挺拔笔直,只是望着那一幕,双手攥得死紧,手背上都隐隐看见青色的脉络。

而在这时,后面站起来的狼狈男人看着沈聿的身影,愤怒地举起了棍子——

"砰!"

伴随着一声闷响,沈聿的脑袋骤然传来一股剧烈的疼痛感,钝痛感瞬间席卷全身,让他眼前的景象仿佛都在晃动,似乎也有一股热流顺着额头流淌了下来。

"啊!打人了,打人了!快来人哪!报警哪!"

纵然是被面包车挡着,还是有人看到了这一幕,顿时吓得尖叫了起来。

眼见越来越多的人围观起来,这两个人赶紧上车准备逃跑,但沈聿看着那要被带走的小男孩,眼前有些晕头转向的他还是直接不管不顾地扑了上去。

他压倒寸头黄毛男,也死死抓住了对方的手腕,要抢走匕首。

"臭小子,还不放手?!你等着我回来宰了你!"

寸头男说话间还狠狠地踹了沈聿几脚,而后者只是闷哼一声,额头上有细密的汗珠溢出,强忍着疼痛一言不发。

终于在他的阻挠下,被塞回车上的小男孩趁机从车上跳了下来,在地上滚了一圈,沈聿见状,紧悬着的心这才放了下来。

不过他不打算就此罢休,警察很快就到了。

面包车启动了,沈聿抓着那人想要将他从车上扯下来,可之前脑袋挨了一记重棍难免有些昏沉。再被那寸头男一刀子划过来的时候,他手下一松,脑袋一避,对方直接砰的一声关上了车门,溜之大吉。

他胸膛剧烈地起伏,人从地上踉跄地站起来时,明明原本是那般帅气逼人的模样,穿着一件硬挺的皮夹克,鼻梁高挺,眉骨清晰,可眼下——

他额前有鲜红的血液顺着他的眉骨流淌下来,身上也沾染了些血迹和打斗过的痕迹。

沈聿站在路边捂着后脑勺,只觉得眼前一片刺眼的白光。

"叔叔,叔叔你没事吧?!"

从车上逃下来的小孩看他身形一晃,直接拉住了他的手。

沈聿低头去看他,可眼前似乎只能看到小男孩的嘴巴一张一合,似乎在对自己说着什么话,可具体是什么话,他耳边嗡鸣着,什么都听不清了。

随着人影重叠,路面扭曲,他只觉得眼前的整个世界都在旋转,下一秒……

"砰!"

沈聿倒在了路边,昏迷了过去。

"叔叔!"

眼前变得漆黑的前一刻,他看到了一个小孩子眼底的惊恐和忧心之色。

但他想,无所谓了。

担心他的人,也不是她。

就在这个街道的斜对面一百米处,一家餐厅生意惨淡,店里人不多,顾言和林籽坐在靠窗户的餐桌边,正不紧不慢地吃着东西。

林籽拿刀叉叉了一块小羊排塞进嘴里时,冷不丁地瞥到了远处对面的路边,微微皱眉,嘴里含糊地咕哝道:"欸?那边是发生什么事情了吗?"

听闻这话,呷了一口茶的顾言回头,透过落地窗看过去。

远处围着不少人,水泄不通的模样,不知是发生了什么事情。

"刚才还好好的不是吗?事发挺突——""啪!"

"然"字还没说完,顾言在收回手肘的时候不小心将一个杯子碰在了地上,瞬间水晶杯四分五裂。

顾言看着一地的狼藉,突然就皱起了眉。

不可否认,早在这之前,她的内心就开始不适,仿佛有些不安。

"没事吧?(碎碎)岁岁平安,我来让侍应生收拾一下。"

林梓说着就直接招手,让侍应生过来。

而顾言再回头望着远处外面那一幕时,呼吸微微凝住。

不知为何，只是一个人群围观之处，却将她的目光紧紧吸住，仿佛那边发生了什么重要的事情，又或者，有什么重要的人在那边。

侍应生很快过来收拾打碎的水杯，而在窗外，这时警笛声四起，警察很快出现在现场，将人群疏散。

林梓无奈地摇了摇头："朗朗乾坤，光天化日之下，这是谁又捅出了什么娄子？"

顾言眉头微蹙："你去看看。"

林梓仰了仰下巴："警察都来了，我们还操什么心？你啊你，工作和生活能不能分得清楚一些？再说这事也用不着你出手。"

一个犯罪心理学专家，警方遇到疑难问题才会找上她。

顾言没再说话，下一秒手落在了自己的轮椅扶手上。

林梓见状，立刻放下杯子说道："好，好，好，我去。"

说罢林梓无奈起身，真是拗不过她。

林梓虽是嘴上吐槽，却也是行动派，很快前往了事发现场。她走了一会儿先拉住一个从那边过来的行人，打听着什么。

行人回头看了一眼后方，跟她说道："好像是有人打架斗殴，那边有个男人躺在地上昏过去了，满脸都是血，怪吓人的。"

说到最后他忍不住摇头。

林梓闻言瞬间变了脸色，加快脚步赶了上去。

毕竟她是一位医生，有人出事她不能袖手旁观。

不过她抵达的时候，却在警察中看到了一抹有些熟悉的身影。他正在忙前忙后，身边是好几个衣衫褴褛、蓬头垢面的小孩子。

只是在她要再上前的时候，其他警员拦住了她："小姐，警察办案，这里现在不允许过去。"

林梓急忙翻出医生执照给他看，说道："听说有人受伤了，我是一位医生，另外我认识你们队长。"

就在她解释时，刚好陆原的视线看了过来，他紧皱着眉，神色凝重阴沉，林梓见状迅速挥了挥手，大喊着：

"陆队，是我！我是林梓啊。"

陆原的视线落在她身上，神色犀利，上下扫视了一下她，大抵想到了她是谁，他便抬了一下手，让队员将她放进来。

"救护车什么时候过来？"

林梓一边询问，一边奔着地上伤员的身影就过去了，不过当她来到他面前单膝跪在地上看到伤者的那一刻——

林梓愣住了。

这……这不是……沈聿吗？

身后传来沉稳的脚步声，她身侧出现一片黑影，遮挡住了她头顶炽烈的光线。

随后，她听到他低沉严肃的声音落下："救护车马上就到了，他还有呼吸，但头部受伤严重，我们不敢轻易碰他。"

话说到这里，陆原迟疑了一下，还是询问道："顾言也在附近吗？"

林梓跪在地上小心地检查着沈聿的伤势，看他后脑勺处破损严重，面色凝重地点了点头，回道：

"在的，她行动不便，是她让我看看这里发生了什么事，可谁能想到出事的人竟然……竟然是沈聿……这到底是怎么回事？"

陆原环顾了一下四周，视线定在沈聿的身上，语气沉重道："这是一个从南部边境地区过来的人口拐卖团伙，姓沈的这家伙不知道是怎么发现他们的，他误闯了进来，救了这些孩子，也和他们的人发生了激烈的冲突。"

这话一出，林梓心中大骇。

拐卖儿童的团伙吗？要知道做这些事情的人都是穷凶极恶的，沈聿一个人要救这些孩子，还要和他们单打独斗？

她脸色有些难看，摇摇头低喃道："要命，顾言知道了肯定要担心坏了。"

虽然顾言和沈聿分了手，但林梓清楚，顾言心底还是有他。

陆原微偏开了视线，让人看不清他此时的神色。

就在林梓为沈聿做一些基础的伤势处理时，救护车也终于赶到了，医护人员立刻抬着担架下来，将他小心翼翼地放在了担架上，送上了救护车。

救护车上跟了一个警员，有什么情况他能立刻报备，林梓便没有继续跟上。

只是看着救护车离开的画面，她微微叹息了一声。

这事弄的，她该怎么和顾言开口？

137

可偏偏这时她的手机铃声响起,她拿出手机一看,正是顾言打过来的电话。

"是她?"

陆原刚好看了过来,询问。

林梓点了点头:"是的,她还等着我回消息。"

"给我吧,我来跟她说。"

说话间他伸过来了修长的手指。

林梓的视线在男人宽厚的手掌上的薄茧上、疤痕上停留了一瞬,最后她还是把手机递给了这个遭受残酷经历的男人。

陆原拿过手机去接听电话了,林梓看着昏黄的日暮下他高大笔挺的背影,听着他低沉的声音时不时地传来,心底突然油然而生一种复杂的感觉。

这个陆队长,喜欢顾言已经很多年了吧。

哪怕她有了男朋友,他还是不能完全从她的世界中消失,不是顾言的生活没有他,而是他的世界中,还需要有她一席之地。

哪怕不打扰,他只是远远地观望着。

就在她望着日光下他的背影有些恍惚的时候,突然一辆电动小摩托车在躲避行人的时候东扭西歪地撞了过来。

"啊!"

就在她差点儿被撞上的时候,手臂突然被人猛地一拉,她猝不及防地撞在了对方的身上。

陆原一手攥着她的手臂,一手还拿着电话,对那骑电动小摩托车的大妈语气严肃认真道:"麻烦骑车时注意安全!"

那大妈慌张极了,生怕警察抓住她罚款似的,忙不迭地点了点头,骑着小电驴跑路了。

林梓就那么站在原地,手腕还被他紧紧地攥着,胸脯还微微起伏。她都不知道刚才究竟发生了什么,就被他突然拽了过来。

明明他面色沉重严肃地打着电话,却还能注意到周围的动静,这观察力和敏锐程度,果然一绝。

只是整个人逐渐缓和过来后,林梓看着自己细白的手腕上——他还未松开的大手,微微挑眉。

他攥得很紧,仿佛紧绷的神经还停留在刚才的危险一刻上。

陆原在电话里将情况和顾言说明，顾言那边回复了几句就匆匆挂断了电话。陆原将手机递回给林梓，见她视线一直盯着某处——

他视线看过去……下一秒，林梓的手腕瞬间被松开。

陆原抬眸，视线平淡，像是什么都没发生过，声音低沉："顾言说你不用回餐厅找她了，她直接去医院。"

林梓点了点头，这也在预料之中。

"不过她自己一个人能行吗？"陆原询问。

毕竟顾言还坐着轮椅。

林梓知道他在担心什么，只是对顾言的身体，尤其是双腿的情况再清楚不过的她，心底自然是有分寸的。

不过她还是说道："我会过去找她的，你先放心去忙吧。"

有些事情，她自己清楚就行了。

陆原闻言，只好微微点头，先赶着回去了。林梓目送他们的警车离开，随后视线微垂，落在了自己还有些泛红的手腕上。

啧，这人力气是真的大啊。

顾言这边去了沈聿所在的医院，只是抵达医院门口的时候，没有立刻进去。

这个季节，北方的风正是寒冷的时候，一到了晚上更是寒风呼啸，路边的树叶有些凋零，医院的大门外人们进进出出，有的手里还拿着医院的检查报告单。

顾言坐在轮椅上，微微抬头，看着医院楼上亮起的灯光，呼吸之间，睫毛沾染上些许冰晶，放在轮椅扶手上的手微微扣紧。

她知道在里面的某一盏灯是为沈聿而亮，在抢救他的性命。

事情原本在正常的轨道上运行，可总是会有一些突发事件来试图打破这一切，她陷于其中，已经不知道这是意外还是人为。

但不可否认的是，他一个人捣毁了一个拐卖人口的犯罪团伙，救出了那么多的孩子，这是再真实不过的事实。

"姑娘，你就自己一个人吗？是不是想进医院里？我帮你吧。"

这时拎着一个保温盒的老婆婆突然出现，上来询问她的情况。老婆婆看着顾言在这里一动不动，望着医院大楼，还以为她遇到了什么困难。

顾言本想下意识地婉拒,但不知想到什么,对那老婆婆微微点头,礼貌地致谢:"麻烦您了。"

沈聿在医院里抢救,急救室门外还有一位警员在等待他的情况。警员见她出现,走过来询问她的身份。

"小姐,你认识急救室里的人吗?你是他的家属吗?"

顾言望着急救室上方亮着的红灯,气息微微停顿了一下,随后从唇齿间蹦出两个字:"朋友。"

警员闻言挑眉。

他们仅仅是朋友?

警员想再问些什么,顾言却不说话了,似乎不想被打扰。

不知多久过去,急救室的门才终于被打开。

警员询问沈聿的情况,顾言坐在轮椅上望着这一幕,周身的气流似乎微微凝住。

医生摘下口罩,对他们说道:"病人的情况不太好,虽然性命抢救回来了,但头部受到剧烈伤害,可能会造成中度脑震荡,你们还是要有个心理准备。"

这话一出,警员立刻问道:"脑震荡?那会不会对他的记忆造成影响?"

医生大抵也是知道他们警察对这个病人肯定是有办案需求的,但还是认真说道:

"这个不好说,具体情况得等他醒来了才能知道,不过第一天还是要让他好好休息,不要用脑过度。"

而听着他们这一番对话的顾言,唇瓣紧抿,脸色复杂了些。

警方将沈聿转入了普通病房,顾言目送着推车上的他离开。

只是那匆匆一瞥,她看到了他棱角分明的容颜上透着的苍白之色,看到了他的额头上包扎的纱布,那一刻,她的眼底像是一粒石子坠入湖面,水花四溅,荡起层层波澜。

可是转瞬之间,那些复杂的情绪又隐匿于深沉的神色之中。

一夜,沈聿都没有醒来。

他只觉得自己仿佛睡了一觉,睡了沉沉的一觉。

这段时间来,他内心疲乏不堪,失眠已经是家常便饭,今天难得睡一个好觉,并且在这个睡梦中,仿佛所有的痛苦都消失了。

他梦到了顾言,一切似乎还和曾经一样,他跟在她的身边做事,早上接她上班,夜里二人一起办案,甚至还去路边吃麻辣烫。那些点点滴滴,像是电影画面迅速地从他的脑海里掠过一遍,让他仿佛又亲身经历了一次。

他感觉安心和满足,觉得真实,真实到仿佛他都可以闻到她在自己身边的气息,那淡淡的,属于她的独特清冷香味。

一抹鱼肚白从天际亮起的时候,医院外面也逐渐变得热闹起来。

医院附近有个地铁口,清晨的地铁口挤满了早餐摊贩,卖着豆浆、油条和生煎包等,来往的人熙熙攘攘,发出的噪声犹如二月早春的虫鸣。

不知何时,沈聿是被一股浓郁的韭菜味刺激醒的。他先是皱了皱眉,随后下意识地屏住了呼吸。

他经历过创伤,尤其是脑震荡后,生理反应会尤为明显,胃部不适也是正常之事。

他微微睁开眼,视线逐渐变得清晰起来……

这普通病房是三人床位,中间只隔着一道帘子,他在靠窗户的位置。

此时一大早,隔壁床病人的家属已经过来了。

沈聿刚睁开眼,就看见对面墙壁上靠着一个小伙子,小伙子手里拿着牛皮纸包裹的早餐在吃着,不知在吃什么,味道大得很,让沈聿一时之间都有些接受不了。

而小伙子冷不丁地看到他醒来后,顿时冲着他龇牙乐了一下,随后又咬了一口手里的食物,走了过去,声音有些含糊地说道:"这位哥你醒了啊,你啥情况?什么时候来的?昨天我走的时候还没看到哥你嘞。"

沈聿就那么眼睁睁地看着他走过来,冲着自己说话,顿时一口气都要上不来了,也顾不上先看看这里是什么地方,先强撑着身体坐了起来,打开窗户透透气。

沁人心脾的清新凉气涌入后,他深呼吸了一口气,胃部的不适感这才好受了些。

随后他皱着眉，抬眸看向这小伙子："你吃的韭菜？"

小伙子："是啊，韭菜合子，可香了，哥鼻子挺好使，你要不要来点儿？"

沈聿见状，连忙抬手挡住他送来的食物，转开了脸来了一句："和鼻子没关系，是你牙上有韭菜。"

小伙子啊了一声，舌尖连忙在唇齿间扫荡了一圈，尴尬地干笑了两声："不要在意这些细节。"

随后，他看向了沈聿床头的柜子上的一个袋子，又抬了抬下巴来了一句："也是，我早上来的时候，嫂子刚好出去，我看她给你买了早餐，一看就比我吃的好多了。你看那包装上的名字，好像还是一家五星餐厅。"

沈聿正坐着，呼吸着新鲜空气，脑海里想着自己所处的环境，完全没认真听身边的人说什么，直到两个字眼闯入了自己的耳朵——

沈聿愣了一下，视线唰的一下转了过来，问："嫂子？什么嫂子？"

那小伙怔了一下，随即挑眉："就是那个长得很漂亮，身板瘦瘦的，皮肤白白的女人哪。"说着他又差点儿忘了什么那般，来了一句，"哦，对了，她还坐着一辆轮椅，我来的时候就看见她在你身旁。还是有人疼好啊，估摸着她照顾了你一晚上。"

起初沈聿还是迷茫的，可当对方说出越来越多的特征，尤其是"坐轮椅"那三字的时候，他的心脏骤然收紧了一下，周围的空气仿佛也在一瞬间凝滞了。

因为他意识到，这个小伙子说的人，竟然是……顾言。

她……来了？

在他受伤被送到医院后，是她在照顾、守候着自己？

沈聿喉结微微滚动了一下，心底已经掀起了风浪。

她心底是还有自己的，对吗？

他就知道，她肯定不会那么狠心，不会狠心地说抛弃他就抛弃他。

而自己在梦中所梦到的那一切，也不全部都是虚幻的，她的确来到了他的身边。

"你知道她去哪里了吗？她人还在医院里吗？"

沈聿急忙询问着，视线望向了他，眼底像是浮现了一丝希冀的光亮。

　　小伙子抓了抓脑袋，有些不明所以："这个我就不知道了，我和她说话她也没搭理我，不过她不是你的老婆吗？你找不到人咋不打电话给她啊？"

　　这话一出，沈聿内心突然被狠戳了一下，让他心脏有些疼痛起来。

　　他说不出话了，唇齿间都弥漫着苦涩滋味，随后他干脆摘了手背上正在输液的吊针，掀开被子踩着拖鞋就要下地。

　　脑袋还很昏沉，刚踩下来身形就突然晃了一下，他差点儿没站稳。小伙子见状连忙扶住了他，皱眉嚷嚷着："欸，欸，你这是要去哪里，怎么说下床就下床？"

　　可他再怎么说也无济于事，沈聿扶着缠绕着纱布的脑袋缓了片刻，等气息稳定后，拉开了和小伙子的距离，径直走向病房门口，穿着一身蓝白条纹的病服，在走廊里四处寻找着那一抹熟悉的身影。

　　他怎么不知道联系顾言？

　　可她早说过，不要再骚扰她，给彼此留点儿体面。

　　只是如今，她还是来了，在他毫不知情的时候。

　　她偏偏在自己要醒来之前离开，是不是不想面对他？

　　病房内的小伙子看怎么劝说沈聿都不听也不管了，直到听到外面传来砰的一声，以及护士的尖叫声，他这才连忙冲出了病房，果不其然看到刚才那病床上的男子这会儿晕倒在了走廊上。

　　他哎呀了一声，连忙冲过去帮忙。

　　"哥们你这是干啥啊？不让你下地乱走你就是不听，这回好了吧，又摔倒了。"

　　他一边和护士扶起沈聿，一边吐槽着。

　　而等他们再将沈聿送到病床上躺下的时候，脑袋昏沉、脸色发白的沈聿却突然死死地抓住了他的手腕。

　　小伙子满脸疑惑，下一秒就见躺在病床上的沈聿唇瓣一张一合，来了一句："帮……帮我个忙……"

　　小伙子满脑袋问号。

　　沈聿虚弱的声音缓缓传来："她……她再来的话，你告诉她，我失忆了。"

　　他这话一出，那小伙子直接傻眼了。

"哥，这……这是什么操作？"

这人怎么还要装失忆了呢？

可沈聿这会儿脑袋疼得说不出话了，只能死死地攥着他的手腕，疼得小伙子连连应下："好，好，好，我答应你，你先别太激动了。"

沈聿听闻这话，泛白的脸色这才稍稍有所好转。

小伙子是个会察言观色的人，安抚了他一会儿，扬眉对他说道："哥，是不是嫂子跟你闹脾气了，你想通过这种手段获得她的原谅，但这毕竟是作假，不太好吧？"

他还是有所顾虑的。

沈聿缓缓睁开眼，看了他一眼，唇瓣轻抿了一下，抿去唇齿间的涩然滋味，缓缓来了一句："她说不想我再叨扰她，所以我想，如果我失忆了，她是不是就会轻松了？"

这话一出，小伙子顿时眉头一敛，小心脏深处的敏感一隅都被触及那般，他又伤感又感动地说道："哥啊哥，没想到你是个这么深情贴心的人。你放心吧，你交代的事我肯定给你办好了，剩下的事就看你自己了！"

这么帅的哥们都在感情上遭遇了波折，某种情况下小伙子一下觉得无比平衡了起来。

其实沈聿所言，还真不是诓小伙子。

她来看他，却不愿意在他醒来时露面，说明她不想直面自己，自己给她带来了负担。

所以，他"失忆"了，她在内心一定会松一口气吧，也不至于再对自己……躲避。

后面的时间里，沈聿一直在医院里休息。

他虽然没有真的失忆，但他的情况也不是很好，头晕，胃部不适，脑震荡波及的情况并未全部好转，医院要求他住院一周。

随后的时间里，他都在等着顾言再来，甚至是晚上都不敢熟睡，生怕自己错过了什么。

可他没有等到顾言，当天等来的是警察，警察过来跟他了解当时发生的具体情况，还说这次多亏了他才能抓住这个人口贩卖团伙，回头他状况好点儿后，还要去公安局指认那些团伙人员。

而顾言那边,她其实不打算再去医院看他的,却从陆原的口中得知了一个消息:"犯罪团伙的头目不在,抓住的都是从犯,现在没人愿意供出团伙的主谋。"

她知道这消息后,内心一沉,脸色瞬间就变得严肃了起来。

深谙犯罪人员心理的她,很清楚这意味着什么。

头目没被抓到,他的团伙遭到重大打击,团伙成员又不愿意提供他的任何消息,说明这个人有着每个同伙成员的把柄,是个狠辣又报复心极强的人。

而沈聿掀翻了他的团伙……

医院内。

直到晚上十点多病房已经熄灯的时候,一抹坐在轮椅上的人影终于再次出现。

沈聿隔壁床的小伙子晚上带了张折叠床在病房内陪睡,这会儿出去上厕所了,打着哈欠迷迷糊糊地再回来的时候,冷不丁地看到沈聿床边的那一抹人影,顿时一惊,整个人都激灵了一下。

而顾言也察觉到了身后有人盯着她,回头看去。

那小伙子顿时浑身绷得更紧了,不过想到自己的任务,顿时还是有些牵强地龇牙笑了一下,对她道:"你……你好,你是他的家属吧。"

顾言不着痕迹地打量过他,淡淡地嗯了一声,收回目光问:"他醒来了吧,人的情况怎么样?"

"好,挺好的。"小伙子抓了抓后脑勺,下意识地回道,随后顿了一下,又来了一句:"就是失忆了。"

顾言坐在轮椅上的身子僵了僵,下一秒她再次回头看过来:"你说什么?失忆?"

面对她的目光,小伙子突然有些心虚了,好在晚上天黑,她看不清他眼底的慌乱之色,他忙不迭地说道:"我上午问过他叫什么,他说不知道,我跟他说你来看过他,他说也不知道你是谁。后来医生过来检查,说这是失忆了,是脑震荡后的正常反应之一。"

顾言听闻这番话,看了看小伙子,又看了看躺在病床上的沈聿,以往平静的面容上终于发生变化,眼底也浮现了惊愕之色,似一时间难以相信这个消息。

毕竟失忆,可不是什么小事情。

更重要的是,他忘记了所有,甚至是……

顾言脑海里控制不住地浮现两个人曾经在一起的画面,一起在夜晚查案,一起去密室,一起去海边,乃至在她家里发生的点点滴滴……

她望着沈聿,纤长浓密的睫毛轻颤动着,看着一言不发,可内心深处像是已然掀起了巨大的风浪。

小伙子看她格外安静,浑身都僵住了那般,他咳了一声,又不忘说道:"不过他好像不是全部都忘记了,记忆有些混淆,说不定他看见你,就记起你来了,我跟他说你是他的老婆。"

说到这里,他哎了一声,突然疑问道:"这位小姐,我没说错吧?"

顾言望着沈聿的身影,久久沉默。

他忘记了自己,如果真的是这样,这是不是未尝不是一件好事?她不是一直都想保持一个单身的状态,不想有人来烦扰自己吗?

可……

顾言再开口,唇瓣微动,来了一句:"我是他的女朋友。"

小伙子一听,瞬间大喜,但他很快掩住自己眼底的激动情绪,拳头放在唇边咳了两声:"我就知道,你对他那么关心,肯定是他的重要的人。"

顾言没有再说话,只是目光复杂晦涩地看着沈聿。

在他身边又坐了片刻后,顾言突然起身离开。

小伙子悄悄跟过去,在门口观察,竟发现她去找医生了,拦住了夜里值班的医生,大概是在询问屋里这哥们的情况。

哟,这女人果然够警惕。

而事实也的确如此,有些事情她要亲自去认证。

在护士站旁,一个医生双手插在白大褂里,脖子上还挂着一副听诊器,正神色认真地和顾言说着什么。

"顾小姐,失忆也是脑震荡的后遗症表现之一,这个持续的时间、记忆缺失多少我们都不得而知,但家人多多陪伴,肯定能帮助病人恢复记忆的。"

顾言听到这样一番话,内心再次掀起波澜。

多多陪伴吗？

事实上，现在的情况也容不得她置之不理，拐卖人口组织的头目还在逃窜中，那种心狠手辣的人，又怎么会放过沈聿？

如果他现在记忆混乱，她怕他会被有些人乘人之危，欺骗他、伤害他。

顾言内心复杂，心事重重。她欲重新返回病房，可就在返回的时候，突然看到刚才还在病房里睡觉的那一抹人影竟出现在了病房门口。

她瞬间瞪大了眼眸。

那一抹修长的身躯此时后背微微弓起，他低着头，正一手撑着墙壁，冲着她的这个方向慢慢走来。

顾言脚步顿在原地，就那么看着沈聿的身影一步步走过来，羽睫微微轻颤。

沈聿，真就这么……失忆了？

顾言看着他沿着墙边慢慢走着，看着他脑袋上包扎的纱布，看着他视线抬起时——

她的胸口倏然传来锥痛感。

他抬起眼眸时，眼神不能说平淡，更像是空洞，没有焦距，甚至是浑身还透着些孤独的警惕感。

他根本就没有注意到她。

顾言望着他，看着他一点点靠近自己的位置，表面不动声色，内心却仿佛有什么被撕裂。

等他的视线像是捕捉到自己的目光再次看过来时，她转开了视线，看向走廊的尽头。

她失去了继续观察他的勇气，不想相信他忘记了她。

她攥紧拳头，眼眶微微泛红。

她在强忍着自己的情绪波动，不想被人察觉。

她以为自己可以控制自己的情绪，可目睹他走在眼前，却不认识她的时候，她内心深处的痛楚还是溃堤，在她的每一条脉络里蔓延。

她承认，自己和沈聿说分手，一部分是对他有未婚妻这件事的反击，不想让自己深陷其中失去自己在事业上的理智，可还有一部分，是她发现沈聿的身上有谜团，她离得近了，会看不清。

只有拉开距离的时候,她才能将隐匿在他附近的魑魅魍魉找出来。

毕竟,她母亲去世的事,每揭开一层面纱,她越能从中发现关于沈聿的蛛丝马迹……

她不愿意相信母亲的离开和他有关系。

只是在这个时候,他失忆了。

倘若他不记得之前的事情了,也不会再出现在她的周围。

顾言低头,余光中他的身影从眼前缓慢走过,而她的眼眶里,突然就有一颗打转的眼泪掉了下来,在那一刻模糊扭曲了他的影子。

她内心开始紧紧地绞在一起,呼吸间,四肢仿佛有些僵硬麻木。

所以,如果他真的忘了自己,她发现自己也是会心痛的。

"这位小姐,你没事吧?"

一位小护士路过,看到她眼睛通红的模样,内心惊了一下,忙问道。

顾言抬起头,早已泪流满面。

"没事。"她说罢,转动轮椅离开。

他去了洗手间,她就在外面等待。

等沈聿再出来的时候,他突然就看见那一抹纤细的身影出现在自己的面前,她正眼睛一眨不眨地望着他。

只是她眼眸泛红,一看便是哭过了。

他心底蓦地疼了一下,像是被针刺到了那般。

他眼底的情绪几乎就要暴露出来,可他还是硬生生地忍住了,望着她,缓缓来了一句:"你好,我们……认识吗?"

顾言坐在轮椅上,走廊的窗外有风涌入,长发被发卡随意地夹起,几缕发丝在风中徜徉,在她的眼前凌乱飞舞。

泛红的眼眸就那么望着他,湿润的眼眸里暗含了对他太多复杂的情感。

就在这时,一个声音传了过来。

"先生,您可要慢点儿啊,上厕所家属怎么让您一个人出来了,忘记自己之前摔在走廊里的时候了?"从其他病房里走出来一位护士,看到了沈聿的身影,她立刻跑了过来,伸手扶住他说道。

沈聿长得帅,五官精致得无可挑剔,浑身透着一股子散漫高冷的贵气，很难让这些小护士看见后不心动。

不过，沈聿刚被小护士搀住，就见对面轮椅上的顾言过来了。

她看都没看一眼小护士，直接从对方的手中拿开了他的手臂，然后望着他低声来了一句："我是你的女朋友，你说我们认识吗？"

这话音落下，小护士顿时有些讪讪的，把人交给了顾言后，立刻走开。

沈聿则是浑身僵在原地。

——我是你的女朋友。

其实在病房里的时候，他已经听到了她说这样的话，可还是不敢确信。

他甚至不明白，自己"没有失忆"的时候，她说二人已经分手，不要再纠缠，可当他"失忆"后，她却主动上来承认是他的女朋友。

沈聿的确是错愕的、震惊的，顾言泛红的眼眸微微转开，她握住了他的手，缓缓说道："我们回去吧，你还需要好好休息。"

说着，他就这样脚步木木地被坐在轮椅上的她牵着回去。

他有很多事情想询问她，但"失忆"不是那么容易掩饰的，她是一个犯罪心理学家，他稍有不慎她就会发现他是装失忆。

再回到病房的时候，沈聿躺了下来，看了她一眼，目光又落在病床上，踟蹰道："你的腿怎么了？"

顾言听闻，目光落在自己坐在轮椅上的腿上，沉默一瞬，再抬起头时，唇边轻不可察地扯动了一下："看来很多事情你都忘了。"说到这里，她微顿，继续说，"之前出了车祸，现在还在恢复中，不过你不用担心，我瘸不了的。"

这话音一落，岂料沈聿立刻脱口而出："瘸了也没事，不管你变成什么样子我都要，要——"你。

眼看着即将暴露了什么，他口中的话硬是那么卡在了嗓子眼里，随后他皱着眉，假装脑袋疼起来了那般，扶着脑袋问道："药，有没有止痛药啊？我头有些疼。"

该死，哪有人失忆后，还对别人那么情深意切的？

顾言看着他这般，眉头微挑，随后转动轮椅要出去："你先忍一下，我帮你叫医生。"

沈聿看她转过身，这才捂着胸口轻轻舒缓了一口气。

他差点儿就暴露了。

医生很快到来,拿着灯照了照他的瞳孔,又检查了一下其他地方,确认问题不大后,简单开了些止痛药便离开了。

顾言看似很虚弱疲惫,帮他掖了掖被子,声音柔缓道:"这段时间你先好好休息,至于记忆上,你不用着急,顺其自然吧。"

她现在更在乎的,还是他的性命安危。

沈聿眉眼微垂,脑袋上还缠着绷带,看着可怜又颓败:"顺其自然……这怎么能行?这对你不公平。"

顾言:"嗯?"

"关乎你的事情,我已经都不记得了,但是你不同,你什么都记得。"

沈聿缓缓说道。

顾言听闻,沉默片刻,再开口,声音轻缓道:"我们的关系,是不是给你带来负担了?"

他失忆后,伤心的人是她,他却忘记了她,如果还要和她在一起,是不是被她的情感绑架了,有了沉重的负担?

沈聿不作声了。其实他不是这个意思,只是觉得看她难过,内心在自责。

他的初心,不是为了和她复合,而是觉得,她既然讨厌自己,那他就假装失忆,让她不再那么抗拒他。

顾言看他沉默,却误会了他的意思。

她轻扯了一下唇,露出一丝淡淡的笑:"既然如此,那我也不会逼迫你去面对我的感情,你就当我是你的朋友就行了。"

沈聿:"我不是那个意思。"

"不是?没关系的,你不用安慰我,其实很多事情换位思考一下就可以理解的,如果我失忆了,一个男人对我说他是我的男朋友,我想,我的内心应该会比你更抵触。"

顾言缓缓说道。

沈聿听闻这话,只觉得有话卡在嗓子眼里不上不下,憋得他难受。

他是不是玩过头了?

本来他只是不想让她再抵触自己、躲避自己,却不想,她不但不躲避了,还说自己是他的女朋友,那么岂不是后面要长期陪伴在他的身边照顾他？

这么一想，沈聿突然就有些怕了。

他怕她知道自己说谎后，对他的态度再次急转直下。

"好了，你先休息吧，今天时间不早了，我明天再来看你。"顾言说道。

说话间，她还细心地把被子给他盖好，让他简直有些受宠若惊。

他没"失忆"的时候，可都没这个待遇。

顾言随后就转动轮椅要转身离开，可她一动，胳膊肘就被他拉住了。

她回头，就见他有些支支吾吾地说道："那……那个什么，这么晚了，你就自己回去吗？"说着，他又打量了一下她的腿："你现在也不方便。"

顾言望着他，淡笑了一下："不用担心我，有司机在楼下接我。"

沈聿动了动唇瓣，还想说什么，顾言却拿开他的手臂放回了被子下，再次说了声晚安，就离开了。

"晚……晚安……"

沈聿望着她离开的身影，唇瓣里轻吐出这两个字。

只是她离开后，他也情不自禁地掀开被子下了床，直到她的身影一点点消失在自己的视线里，他这才深深地叹息了一声，有些失魂落魄地回到了病床上。

他不知道自己该不该后悔。

他贪恋着她的温柔和陪伴，又害怕被她发现自己在撒谎。

隔壁病床陪护家属的小哥见状，上去拍了拍他的肩膀："哥，你干什么啊？这跟丢了魂儿似的，愁眉苦脸。"

坐在病床边上的沈聿不着痕迹地拨开他压在肩膀上的手腕，神色略带几分沉重地说道："我怀疑自己做了一个错误的决定，如果她知道我是假装失忆，肯定对我非常失望……"

"哎呀就这事？哥你别想太多了，嫂子不一定能知道呢，而且就算知道了又怎么样？你就说自己突然想起来了，你这失忆也不是全部记忆都忘了。"

小伙子一边分析一边安慰道。

沈聿微微扶额，重新躺在了病床上。但愿吧，但愿他后面不会再傻傻地暴露。

有时候事情就是这样戏剧，计划赶不上变化。

顾言这几日都过来看他一下，时间不长，每次都坐着轮椅，过来时不是带着水果就是一些清淡的饮食。

沈聿觉得自己感受到了前所未有的关怀和照顾，有些受宠若惊。不过在表面上他装得不动声色，仿佛这一切都是他早已习以为常的。

时间过得很快，也基本上到了他可以出院的日子。

这天下午，顾言又去做复健，她的身体的具体情况只有林梓是最清楚的。

林梓出现在锻炼室的时候，一边看着顾言现在的身体行动能力，一边拿着笔记本和笔记录着。看着顾言做完一切运动后，林梓走了上去，递给了她一条蓝色的干净毛巾，说道："我说言言哪，你现在恢复得很好了，其实已经完全不再需要……"

"不，我需要的。"

顾言打断了她的话，坐下来喝了一口水，微微仰头，露出白皙纤细的脖颈。

林梓闻言，瞬间挑眉。

她看了一眼门口放置的轮椅，再看向顾言时，眼底倏然闪过一丝深意。

这么说，这是顾言故意为之，自有安排？

林梓记录完今日顾言的复健情况，这才收起笔来，倚靠在墙边，意味深长地看了她一眼说道："话说，你们俩怎么样了？我看你最近天天过去找他。"

这之前他们不是还在闹分手，还是很绝情的那种吗？

顾言沉默了一瞬，随后就见她直接起身走到了窗户边，看着窗外的车水马龙，下颌微抬，抬手捏了捏有些酸痛的后脖颈，深呼吸了一口气，说道："他失忆了。"

"什……什么？！失忆？"

林梓闻言瞬间瞪大了眼睛，这是在开玩笑吗？沈聿怎么突然就失忆了？

顾言眼眸微垂，语气淡淡地解释道："医生说是脑震荡导致的后遗症，后面情况好些应该能逐渐恢复记忆。"

她微顿了一下："所以，我不能在这个时候将他一个人放在医院不管。"

林梓闻言，一巴掌拍在了自己的脑门上。

好家伙，这沈大帅哥也是真够拼的，捣了个犯罪团伙的窝把自己都弄失忆了。

不过面对顾言的话她也只是耸了耸肩，没再说什么。

因为顾言的行为已经告诉了她答案。

如果顾言真的一点儿都不在意沈聿，一点儿不喜欢他，又怎么会在这个时候对他心软？

这不过是他们之间和好的一个契机罢了。

顾言准备离开复健训练室了，林梓就这么眼睁睁地看着她的身影一步步走到门口的轮椅旁，手在轮椅的椅背上一转，轮椅就调整到了一百八十度对外的方向。

最后她自己安安稳稳地坐在了上面。

林梓看了看外面，确认这一幕只有她自己看到。

她问："大佬，用我推你出去吗？"

顾言双手落在扶手上，一副残疾大佬的模样："不然呢？我现在可是一个行动不便的病号。"

林梓给她一记白眼，谁知道她整这出，背后是要搞什么事。

第六章
失忆同居撩人心

晚上,顾言再来医院。

她坐着轮椅出现在沈聿所在的病房门口,手中还拎着从餐厅里打包好的食物。

只是她进了病房后,却发现病床上空无一人。

她微微皱眉,转身询问隔壁病床上的人:"您好,我想请问一下这张病床上的患者去哪里了?"

之前的小伙子陪着家属出院了,如今这隔壁的患者也换了人。

床上是一位身上还插着两根管子引流的老大爷,他闻言,一时间有些有气无力地说道:"你……你说的是旁边的小伙子啊,他……他刚才被人带走了。"

这话一出,顾言心底蓦然咯噔了一下:"被人带走了?什么人,什么时候被带走的?!"

她的脑海里几乎是不受控地浮现了那些南部边境地区拐卖人口组织的人员的身影。

这也是她每天都过来看他的一个重要原因。

老大爷鼻子里还插着输氧管,费力地抬了抬手说道:"就……就在十分钟,大概十分钟之前……"

顾言一听这话立刻出去了,手中带来的晚餐都掉在了地上。

出了病房门口,她开始着急忙慌地打电话。

之前和陆原提起过沈聿可能会遭到报复的可能性,所以这附近的区域增加了很多监控探头,她需要和他们取得联系。

直到这一刻,顾言才意识到,在沈聿可能会发生危险的时候,自己不可能做到完全镇定。

只是就在她将电话拨过去的时候,突然,一个男性磁性动听的声音从前方传来:"言言?"

顾言手中的动作倏然一顿,随后她缓缓抬起了头。

她前方的走廊处,距离自己五六米的位置正站着一抹身影。

他里面穿着一件白色衬衫,外面是一件黑色大风衣,一打眼望过去,眉眼冷峻,身影笔挺修长。

他整体状态看似不错,只是微微泛白的脸色还提醒着她这是一个刚出院,身体需要注意休养之人。

他的手中拎着一个白色的袋子,里面像是装了七七八八的药盒。

顾言就那么看着沈聿突然出现在自己眼前,有些错愕地盯着他看了好一会儿。

直到他一步步走到了她的面前,她这才艰难地润了一下嗓。

纤长卷翘的睫毛微颤,胸口开始逐渐平稳地起伏了起来。

沈聿走到她的面前后,不自觉俯身,一手撑在她的轮椅扶手上,长眉微皱,眼睛一眨不眨地看着她:"言言,你怎么了?你的眼眶怎么红了?"

她看起来仿佛发生了什么大事似的,整个人周身的气息都压抑紧绷着。

顾言看着近在咫尺的容颜,听着他的话,极力压下自己复杂紧张的情绪,微微移开视线,回道:"我没事,就是你刚刚去哪里了?还有,你怎么把医院的病服换掉了?"

沈聿闻言,抬了一下手,给她看自己手中的袋子:"医生昨天就跟我说今天要出院了,所以我刚才去楼下把医生开的药买了回来。"

顾言听闻,心底一时间竟不知是什么滋味。

还好,她担心的事没有发生。

看着眼前平安无事的人,她觉得莫名其妙地有种失而复得的感觉。

沈聿这会儿却轻扯了一下唇:"怎么,你是不是以为我不见了,消失了,所以有些被吓到了?"

顾言看着他唇边的笑,顿时对他有些羞恼了。

他竟然还笑得出来。

恐怕他永远都不知道,自己到底是在担心什么。

她转身回到病房里,有些没好气地说道:"既然医生让你出院,那你就抓紧收拾吧,该拿的东西都拿好。"

"我早收拾好了,就等着你来医院接我。"

沈大爷大言不惭地笑着说道,只是他笑着笑着,目光落在病床边掉落在地面上的餐袋上时,他修长的身躯突然顿了一下。

随后,他弯腰缓缓将东西捡了起来。

这是她订的一家他爱吃的餐厅的菜,袋子里是保温盒,现在尚存余温,就这样直接掉在了地上。

沈聿眉头微微皱起。

他再看向顾言的时候,却发现她脸色苍白,眼底也有些躁意,一改往日的淡然样子。

毋庸置疑,她是真的担心他出问题了。

沈聿的睫毛微颤动了一下,他拿着手中的晚餐,再看向顾言时微扯了一下唇,说道:"这么好吃的饭菜怎么就随意地丢在这里了?不如我们在这里先吃掉吧。"

这不是一顿普通的饭菜,是她的心意,还暴露了她对他的紧张和忧虑之情。

顾言本想拒绝,但不知突然想到了什么,没有打断他的举动,而是缓缓地转动着轮椅来到了病床边,问了一句:"你现在住在哪里?"

这么长时间以来,她都没有去过他的地盘,一次都没有。

沈聿:"我就住在市中心的一所公寓里,怎么了,突然问这个做什么?"

顾言微微松了一口气,视线看向他处,语气淡然:"那就好,虽然有后遗症,但你还没有忘记自己的老巢。"

说罢,她又看了回来:"你要出院,我总要知道你的地址,好送你过去。"

这话一出,沈聿突然就沉默了,手中摆放美味佳肴和筷子的动作也迟缓了下来，片刻后，他咳了一声，一脸正色地踌躇道："送我？难道我们之前不是住在一起的吗？"

什么，他们住在一起？

她锐利的视线夹杂着几分审视意味，看了过去，却见他帅气的容颜上一副正经的模样："怎么，你为何用这种眼神看我？难道我说得不对吗？"

说着，他放下了手中的餐具，一手撑在小桌板上，微微倾身靠了过来，眼神里突然就多了些说不清、道不明的东西。

他薄唇轻启："你这个态度和表情，会让我很好奇，我们之前究竟发展到哪一步了……"

不知是他精致帅气的容颜直接逼近，近在咫尺，还是他说的那一句话，瞬间让顾言噤声了，羽睫颤了颤，她一时哑然。

他们发展到了哪一步？

面对他越发逼近，顾言的视线忍不住避开了些。

"嗯？这个问题很难回答吗？你怎么……"说到这里，他微微顿了一下，随后指尖在她的下颌处轻挑了一下，声音有些低哑蛊惑地落下了几个字："你脸红了。"

顾言顿时有些羞躁了，一把打开他的手，说道："你到底还吃不吃？不吃我走了！"

沈聿却抬起手失笑道："好，好，好，我吃，我吃，看你这个样子，我大概也知道我们之前的进展了。"

顾言唇瓣都染上了一丝樱色，轻抿成一条线，她对他是又羞又恼却又万分无奈。

在医院交代好一切事宜后，沈聿便跟着顾言出院了。

一路上，顾言都坐着轮椅，而沈聿虽然是个刚出院的人，但还是很自然地推着她出去，两个人前往停车场。

顾言大概说了一个方向，沈聿就推着她去找车子了。

顾言眼睁睁地看着他推着自己的轮椅走向了前方的吉普车，那一辆牧马人正是她的车子。她安静地沉默着，没有吱声，只是随着他越发靠近，她眼底的神色越发深沉。

只是，就在他走到车子跟前的时候，顾言察觉到他突然动作一顿，站在原地僵了一两秒，随后他的声音踌躇了片刻才落下："快到了吗？你的车子停在哪里？"

这话一出，顾言眼皮微抬，冲着旁边那辆吉普抬了抬下颌，不咸不淡地说道："就是你左手边的那辆。"

这话音落下，他在她的头顶发出了一声轻笑："呵，老远我就觉着这辆车眼熟，可没想到真的是这辆车。"

顾言淡淡地嗯了一声："看你刚好走到这里停下来，如果不是知道你失忆了，也不能想到你会找得这么准。"

沈聿闻言，嘴角的笑容瞬间凝滞。

看着她的视线再转过来，他修长的手指蹭了一下鼻尖，语气颇认真诚恳地说道：

"失忆了也不是所有的事都忘记了，和你有关的事情，我在拼命地去回忆，想要记起来。"

说话间，他走到她的身边，将她从轮椅上横抱了起来，动作小心又熟练，就像是之前已经做过无数次了。

顾言搂住他的脖颈，路灯下的光晕让她恍惚了一下，这一切都很熟悉，他们像是回到了最初的二人相处时光。

将轮椅收起来放在了后备厢里，他上车坐在了主驾驶座的位子上。

手落在车载导航上要输入目的地时，他偏头看她："地址？"

顾言目光坚定地看着他："去你家。"

那么久的时间以来，她还一次都没有去过他家。

沈聿微微挑眉，随后收回目光的时候，轻扯了一下唇，说道："也是，不管是去你那里还是去我那里都一样，床都是一样睡。"

这话音落下，他直接启动了车子。

顾言却神色有些微妙。

床都是一样睡？

车子很快离开了医院，疾驰在路上。

这段时间他在医院里休养一切安好，自己担心的事情还没有发生，可是前面没有发生，不代表后面不会发生。

可偏偏他还是一副漫不经心、吊儿郎当的模样，甚至还想着晚上要和她怎么睡。

坐在副驾驶位上的顾言望着车窗外，一手环胸，一手偏头挂着下颌，车外的景色转瞬即逝，唯独她眼底的忧虑之色久久不散。

很快，二人抵达了市区中心的高档公寓区。

直到看着高档住宅区富丽堂皇、奢华迷人的装潢时，顾言才微微挑眉，转过头看了一眼沈聿。

其实这一切早在她的意料之中，毕竟他对太多事情的见识和他身上与生俱来的气质早已将他暴露，只是她在之前根本不在意他背后是个什么人罢了。

因为她和他在一起，和他背后的价值无关。

沈聿推着她的轮椅上了电梯，手还在楼层按键处纠结了一会儿，仿佛一副有些头疼，突然忘记楼层的模样。

他按下四十五层的按键，随后挤出一丝笑看向顾言："你看看，我这事儿闹的，差点儿连家在哪里都忘了。"

顾言沉默不语，不知她是不是早已洞悉什么。

他用指纹锁打开门后，映入眼帘的是一系列华丽的复式豪宅。看着顾言进去后，目光环顾着四周，他喃喃道："这房子我没记错的话，应该是好久没回来了。"

这套房虽豪华，但相比顾言的房子内的简约清新装饰，他更喜欢她的。况且当初买下这套房子的时候，是已经有设计师布置好了一切，他没那么多心思放在这些事情上。

顾言望着这套华丽的美式风格的复式房子，偌大的客厅内，壁炉里的火苗从他们进门后跳动了起来，开放式的厨房还分为西餐区和中餐区，入目的岛台都是大理石制成，一排酒柜上摆满了各种品类的酒……

顾言再次理解，为什么他的父亲要给他联姻了。

什么家庭才联姻？豪门家族。

沈聿将还在打量房子的顾言一把打横抱起，随后就要往二楼走去。看着她倏然有些绷紧的身子，他轻扯了一下唇："怎么，如果你是我女朋友的话应该来过这里，为什么看你好像一副不太熟的样子？"

顾言双手搂住他的脖子，唇瓣轻抿了一下："没什么，我只是觉得这里应该要有保姆来打扫一下了，四处都落了灰。"

沈聿闻言说："小事儿，一个电话就会有人来收拾的，我先送你上楼休息。"

二楼是卧室区和书房休闲区,主卧里有着落地窗和独立的卫浴,沈聿动作轻柔地将她放在床上,随后顺势双手也撑在了她的身子两侧。

暧昧微妙的氛围瞬间就萦绕了上来,在她周身流窜,也让她有些不自然起来。

仿佛她是个落入了狼口的小羊。

顾言微微屏住呼吸,看着近在咫尺的他,唇瓣微动了一下:"你……要做什么?"

她难得地迟疑了一下。

沈聿狭长的眼眸一眨不眨地望着她,随后距离很近的他突然收回了手,微微笑着起身后退了一步,声音透着几分慵懒之意:"我只是在想,你等一下自己洗澡方便吗?嗯……用不用,我帮你?"

说罢,他的视线迅速扫了一眼她的双腿。

顾言双手立刻攥紧,可望着他唇边的淡笑,下一秒,双手缓缓舒展开,一反常态地来了一声:"也好。"

是的,也好。

这猝不及防的两个字着实让沈聿意外了,他微微挑眉,表情诧异。

顾言没有忽略他的神色变化,脸上一副泰然自若的模样,语气轻飘飘的:"怎么?以前又不是没有一起洗过澡,该不会现在失忆了,你就不敢了?"

沈聿顿时呵了一声,舌尖顶了一下腮帮子,视线闪烁着。

好家伙。

她说的这可是认真的?他什么时候给她洗过澡?

看着她平淡宁静的目光,倘若他真的失忆了,说不定还真的听信了她的话。

顾言冷艳的眉眼里平添了几分戏谑之色:"看来失忆了,你就不是之前的你了,有一些事情还是要慢慢来,不能吓到你。"

她承认,她就是故意的。

他敢趁机调侃她,她就敢继续拉他下水,看他是不是敢真的走到那一步。

沈聿抬手忙不迭地蹭了蹭自己的鼻尖,踯躅着说道:"别,那个……已经给你带来了麻烦就不能再委屈你了。"他说着，喉结滚了滚，再开口，声音有些低哑，"洗澡是吧，没……没事，以前能洗，现在我也能。"

说到最后，他已经不好再和她直视了。

顾言坐在轮椅上，微微偏头看着他，眼神意味幽深，说道："那好，你来。"

沈聿闻言，只觉得后脖颈处的那根弦都绷紧了，连带着后背被激得发热。他佯装淡定，拳头虚握在唇边轻咳了一声："你先进去吧，我去楼下拿条新毛巾就上来。"

随意找了个借口，他就头也不回地离开了，还不忘记给她关上了门。

而就在关上门的那一刻，沈聿修长挺拔的后背立刻贴在了门上，胸膛深深起伏着，手下握紧了门把手，心底涌出无尽复杂的滋味。

他要亲自帮她洗澡。

不知道是觉得刺激，还是太刺激了，总之他浑身的血液都有些灼热沸腾，细胞躁动。

但在这其中，还夹杂着些许难为情，以及一些快被淹没的愧疚感。愧疚他装作失忆，误打误撞地遇到了这一切。

房间内。

顾言见他离开后，坐着轮椅不紧不慢地进了浴室。

她关上门后，磨砂浴室门上影影绰绰地映出了她的身影……

只见一抹纤细的身影缓缓从轮椅上站起来，抬起手，手大抵是落在了自己的脑后，在绾起的发上一碰，瞬间长发散落下来。

光磨砂玻璃上的影子，都清冷迷人。

沈聿拿着干净的毛巾再上来，打开了卧室的门，望着浴室的门，一步步走到门口，手落在门把手上时，他不自觉地深深呼吸了一口气，不断地在给自己做心理建设。

"不要慌，沈聿，你专心爱慕她一人，真心待她，给她洗澡算什么？这是你应得的'报应'！"

毕竟这是他第一次给她洗澡。

哪怕是之前真正好好在一起的时候，两个人也没有进展到这

161

一步。

浴室内开了暖灯,热意萦绕。

沈聿敲了敲门后便缓缓推开了浴室的门。

浴室的轮椅上坐着一位清冷的美人,长发散落,穿着一件黑色高领毛衣,下身为了方便起见是一件咖啡色的百褶长裙,隐隐露出一截细白的小腿,再下面是一双棉质纯色袜子,脚踩在拖鞋上。

她双手搭在轮椅的扶手上,在昏黄的暖灯灯光下,望着他呼吸莫名其妙地屏住的模样,微微偏头,挑眉。

"还不进来吗?"

她的手指在轮椅扶手上轻点了点,声音沉静。

沈聿闻言立刻轻舔了一下唇,避开视线,神色有些不自然地咳了两声,声音低沉着说:"那个,你的衣服……衣服……不要自己先脱掉吗?"

顾言望着他静默了片刻,脸上一点儿也没有不好意思的模样,而是盯着他,大言不惭地说道:"可是之前洗澡都是你帮我脱的,我都习惯了。"

她说得不紧不慢,语气平淡,仿佛在说"今天是个好天气"那般一本正经和寻常。

沈聿却忍不住深呼吸了一口气,头皮都发麻了。

她这般模样,一再说起些根本不存在的事情,让他真的心虚。

不管她是不是想验证他是否真的失忆了,他现在骑虎难下,无论如何都要继续下去。

沈聿抬手蹭了蹭鼻尖,一边慢吞吞地走过去,一边低着头避开她的视线,有意无意地含糊道:"嗯……言言,不好意思,其实我是不太相信我之前会做出这样的事情的,现在我们还没结婚,我怎么……不过也怪我失忆了,这些事都不记得了,竟然一点儿印象也没有……"

这会儿沈聿来到了她的跟前,顾言抬起眼扫视了过去,语气泰然自若道:"哦,这么说,你难不成是怀疑我说谎了?"

沈聿:"不,不,不,怎么会呢?言言怎么会拿这种事来撒谎,这可是关乎你的清白。"

他显然话里有话,懂的人自然懂。

顾言却显然不吃那一套,轻耸了一下肩,声音清雅淡然:"清白?我们在一起那么久,早就有了肌肤之亲,怎么,你难道想趁着自己失忆的时候,连对我之前做过的事情都不想认了?"

这番话一出,沈聿整个人都僵住了,心跳停滞,呆愣在那里。

"肌……肌肤之亲?"

他艰难地蹦出这几个字,差点儿咬到自己的舌头。

这是他想的那样吗?

下一秒,她的声音缓缓地继续传来:"对啊,因为当初你说你会娶我。"

好家伙,沈聿听到这话,差点儿就想转身往墙上撞了。

开什么玩笑。

沈聿涨红着脸,手都微微攥紧了:"不可能!"

顾言:"什么不可能?"

沈聿喉结滚了滚,坚定地说道:"虽然我失忆了,但我认为我不是那种没品的人。情侣之间情到深处发生那种关系也能理解,但我绝对不会像个渣男一样,在那种时刻还不忘记先给你'画个大饼',说娶你这种话来得到我想要的东西。"

他说得义正词严,格外笃定自己的人品。

顾言定定地望着他:"行吧,我算是听明白了,你这么相信自己的人品,看来是认为我在欺骗你了。"

沈聿:"不,我不是这个意思,我……"

顾言:"你不必解释,我不想听。"她语气颇为不善,说到最后她胸口微微起伏了一下,清冷的眉眼间透着几分慢悠悠的凉意:"我也不是缺男人,追我的人多了去了,对你这种不负责的男人,该换就得换。"

沈聿闻言,溢出一声哼笑:"好,既然从你口中得知我们已经有过肌肤之亲,那……"

他微微俯身下来,双手落在她的轮椅扶手上,面容逼近她的,和她处于咫尺之间,甚至是鼻间的温热气息都融为了一体……

二人对视着,直勾勾地看着彼此,无形之中,仿佛两个人在暗中较劲,看谁更胜一筹。

下一秒,沈聿哑哑的又透着些蛊惑气息的声音落下:"不如,今晚就让我再重温一下之前的软玉在怀，鱼水之欢？"

顾言呼吸一滞。

看着他那双狭长的眼眸正一眨不眨地盯着她，目光隐隐带着压迫性，顾言的胸腔内瞬间有什么在翻滚，他的眼底似有洪水猛兽要张牙舞爪地扑上来那般。

她羽睫微扇动了一下，压下心底某些情绪，声音冷冷淡淡："现在想那么多，不如先把你眼前的事给做了？"

她扫视了一眼自己身上的服饰，微微摊开双手，一副等着他伺候的模样。

沈聿半眯着眼眸，点了点头。

好，很好。

他撑在轮椅扶手上的一只手缓缓拿开，逐渐靠近她的上衣，最后落在了她的黑色高领毛衣上。

他的手指修长白净，骨节分明，在莹润的暖灯灯光下，在黑色衣物的衬托下，泛着光泽，漂亮得像是白玉雕刻的工艺品。

顾言想，这个傻子在最初的时候是怎么想的？这样一双看起来十指不沾阳春水、养尊处优的手怎么隐瞒得了他的身份？

他的手落在她的肩头，然后又像是无所适从般继续往下滑。

他睫毛微垂着，微微遮挡住了眼底幽深难测的视线。

察觉到他的手指顿住，顾言抬眸："怎么，需要我教你吗？"

她视线平静，可无形中似透着几分挑衅意味那般。

嗖的一下，沈聿的后背被激得发热了，像是着了火。

沈聿像是无头苍蝇似的在浴室里背对着她走了两圈，像是找什么东西那般，顾言看过去的时候，只见他走到洗手台旁突然抓过一条毛巾就往自己的鼻子处蹭着。

"你怎么了？没事吧？"顾言问。

沈聿拿着毛巾擦了擦鼻子，看着毛巾上刚才随着一股热流突然涌出来的鼻血，暗自低咒了一声，随后又捂住鼻子，含糊着往后匆匆瞥了一眼应道："没事，马上过去。"

他非要在这个时候掉链子？

他胡乱地又擦了两下，使劲吸了吸鼻子便再次走了过去。

为避免自己再出状况，他全程低着头，不敢看她一眼，尽量让自己的脑海里"四大皆空"。

他单膝半蹲了下来。

她的脸、发梢、脖颈、手指,无一不诱惑着他,哪怕两个人在一起什么都不做,只是安安静静地手拉着手,勾着手指,他都觉得心潮涌动。

"沈聿。"

低哑而清澈的女人声音落在他的耳畔。

"嗯。"

他后知后觉地缓缓抬起头。

她微微倾身过来,一根素白的手指捏住他的下颌,大拇指缓慢地在他的鼻子下摩挲着,姿态像个女王:

"你的鼻子流血了。"

盥洗池前,沈聿打开了水龙头,脑海中的画面挥之不去,像电影画面般重复着——

水哗啦啦地流着,他洗去了模糊的血迹,腥甜的气息充斥鼻间。他又抹了一把脸,甩甩头,水花四溅。接着,他双手撑着水池,胸膛剧烈地起伏着,大口大口地呼吸着。

最后他像是确定了什么那般,再次深吸了一口气,缓缓睁开了眼睛。

而此时,他身后也传来了她轻飘飘的,像是羽毛落在心上的声音:"罢了,我自己也能洗的,你先出去吧。"

这才刚开始他就没法子了,一切都在她的意料之中,也在她的意料之外。

可偏偏这时沈聿转身阔步地打开浴室的花洒,瞬间浴室的温度开始一点点上升。

随后他缄默不言地来到她的身边,直接将她打横抱了起来。

浴室里有一个下沉式的浴缸,他将她放进去的时候水刚好没过她的胸前。

沈聿在她的背后拿着干净又浸满了水的毛巾擦拭着她的肩,水珠顺着白皙的肌肤滑下。

顾言垂眸,眼神平静地望着水面,嘴角微微上扬,显出几分说不清道不明的戏谑感，还有点儿小讽刺之意。

"沈聿。"

他手中的动作顿了顿："嗯？"

他的声音听起来低沉，他尽量让自己表现得很平常，仿佛这不是第一次给她洗澡。

顾言唇瓣微动："你其实没有失忆，对吗？至少……没有完全忘记我。"

如果他真失忆了，在面对一位心仪的女子，又得知和她有着亲密的情侣关系时，在这样合情合理的背景下，他又怎么克制得住？

他表现得太克制，反而暴露了自己。

他从手肘滑到她的肩头的手指定住，食指和中指无形间加重了些力道，陷在她的肩颈处。

片刻后，他调整了一下呼吸，随后嗓音低哑地说道："或许吧，我记忆中有一个女子模糊的身影，她似乎和我经历了很多事，只是许多画面我记不清了。醒来后看见你，我才知道那个女子应该就是你。"

顾言眉头微动，没再言语。

信不信自然有她自己的定夺。

只是很显然，她有些不悦了，好看的眼眸弧度上扬，透着些许锋芒。

她又唤了一声："沈聿。"

后者停下动作，向她看过来。

顾言微微侧过脑袋，身子从水里探出些许，双手勾住了他的脖子，直接吻了过去。

他手中的毛巾脱手掉了下来，坠入浴缸里。

她怀疑了他，猜到他可能是假装失忆，纵然他想思考如何应对，可此时此刻大脑无法转动。

他的一切本能都跟着身体反应走，整个人的魂魄仿佛出窍了似的。

他玩不过她，也猜不透她的想法，只能任由她对他为所欲为。

夜里静悄悄的，冷冽的风在窗外涌动，屋内壁炉里的柴火在噼里啪啦地燃烧着。

窗帘没有拉严,外面矗立的一幢幢楼宇亮着光,清冷的月华照了进来。

衣服、毛毯凌乱地散在地上,床上的人躺在一起,陷在柔软舒适的大床上。

沈聿缓缓睁开眼眸。

他知道自己不该撒谎,说自己失忆了,只是没想到,在所谓"失忆"后,反而会得到那么多东西。

毕竟之前他趁她睡觉的时候偷亲了她一下,被打了一巴掌不说,还被她炒了鱿鱼。

就在他视线一直落在她的容颜上时,却见她睫毛微颤了一下,随后她睁开了眼。

顾言白皙纤细的手臂映在黑色的被子上,带来的反差感更平添几分清冷之意。

她望着他,眼神有些疲惫,唇瓣一动,声音也哑哑的。

"你一直看我做什么?"

即便是浅睡,她也知道他一直在注视着她。

沈聿挪开视线,看向了天花板,然后嘴角微微咧开:"我觉得这一切太美好了,像是在做梦。"

顾言又闭上了眼睛,轻轻地哼了一声:"或许吧。"

她也没想过要和他发展得这么快,尤其不久前还是分手的状态,如今却躺在一张床上。

虽然她以腿还没好利索为由拒绝了更亲密的行为,但现在的情况已经超出了她的预想。

当看到他被推进手术室抢救的时候,她内心某个坚硬的地方就崩塌了。

她觉得她根本不是怕被伤害,而是懦弱,连和喜欢的人轰轰烈烈地相爱都不敢。

人生漫长,却也无比短暂,变故太多,谁知道今天想见的人,明天还能不能见到?

所以她要拥有他,不顾一切地得到他。

他将脑袋埋入她的颈窝处,声音低沉沙哑:"什么叫或许吧,能不能别对我这么冷漠？"声音透着几分说不出的委屈之意。

顾言蹙眉，抬眸看他一眼，她冷漠吗？

沈聿声音闷闷的："难不成你现在就对我没兴趣了？"说着，他微顿了一下，"你以前也是这样对我的吗？"

顾言心头一滞，一时间竟无言以对。

为什么一个在外面看着痞帅不羁的纨绔公子哥，在她这里会显得如此"可怜弱小又无助"？让她都要怀疑，他是真的委屈，还是在扮演一朵无辜纯情的"小白莲"。

但无论如何，她却是将欲望释放过后无欲无求，超然的态度展现得淋漓尽致。

顾言淡淡地说道："你先去洗澡吧，让我安静一会儿。"

看着她毫不犹豫地转过去的身影，他心脏像是瞬间被捅了一刀，难受得无以复加。

她莫不是发现了自己没有失忆，所以对他的所作所为生气了？

就在沈聿胡思乱想的时候，殊不知顾言根本没有在思忖这些，她满脑子都是更重要的事情。

沈聿趿着鞋子裹着睡袍去浴室后，顾言的手机震了一下，她拿出一看，是杨小天发来的消息。

上面写道：根据最近一周的观察，他看起来没有任何问题，就是上学、兼职，晚上回自己在学校外面租住的房子。

看到这些话，顾言敛眉，手下迅速地编辑着信息：他的同伴呢？他接触的人也都正常吗？

杨小天回复：是的，也都是学生，从之前那个出事的剧本杀馆离开后，他现在晚上十九点到二十四点一直都在距离学校两个街区的一家咖啡厅兼职，客人也多是学生，社会上的人不多，但也都有迹可循。

眼下他们说的人，不是别人，正是和密室案有过关系的林安拓，一位还在上大学的学生。

杨小天说着，稍微思虑了一下，又回复道：老板，和他接触的人，线上的我不得而知，但是线下的肯定逃不过我的法眼。我不是一个人在盯梢，附近街区都有我曾经认识的哥们，我都打点过了。

有些事情不方便他的老板出马，那就由他全权代劳。

顾言打了语音电话。

杨小天也不管现在是什么时候，立刻接通电话，电话那边他的顾老板连呼吸都屏住了，随后有些沙哑的声音落下："你刚刚说了什么？线上？"

杨小天愣怔了一下："啊，是啊，线上我没有办法，就只能——"

"不，你有。"顾言打断了他的话。

杨小天傻眼："什么？不是，线上我怎么搞，难不成要让我去偷……去抢他的手机？"

顾言声音变得舒缓又温和："嗯？小天，虽然我很想知道这小子背后在搞什么秘密，是谁的同伙，又害死了多少人，毁了多少个家庭，但你怎么会去偷呢。"

杨小天摸了一把后脖颈子，点了点头："得，我明白了。"

有些话不用说得太直白，这是他这个小弟和老板之间应有的默契。

只是要挂断电话的时候，他不知想起什么，又来了一句："对了老大，这小子不知是不是身体有些问题，我看他有时候会拿出什么小瓶子来吸。"

顾言皱眉，还有这事？

沈聿再出来的时候，顾言已经睡了，静静地侧趴在床畔，纤瘦的身影微微蜷缩着，乌黑的长发柔软地贴着她白净的脸颊。

他缓缓地在她的旁边坐下，静静望着她，也不说话，只是看着，仿若外面如何风吹雨打、地动山摇，他这里都可以安定着，岿然不动着，只因为他的身边有她。

又是去医院复健的一天，顾言在尝试着做腿部肌肉的拉伸动作。穿着白大褂的林梓推门而入的时候，顿时崩溃了似的把档案夹往桌子上一摔，骂骂咧咧道："服了，我真是要被烦死了。我决定了，这一辈子都不要结婚，不生小孩！小孩子都是魔鬼吧！"

额角微微渗出细汗的顾言看了过去，呼吸还略微紊乱着。她瞟了一眼后，回头一边继续拉伸着自己的腿，一边说道："这是怎么了，你以前不是还挺喜欢小孩子的吗？"

林梓顿时翻了一个白眼："最近不知怎么的，刮起了一阵流感风，儿童特别容易中招,现在儿科的医护人员都不够用了,让我一个外科医生去帮忙。"

说到这里,她又拂了一下额边有些凌乱的发丝,深呼吸一口气说道:"如果我有罪,请让护理部惩罚我,而不是让我在儿科给这些小魔王扎针,让那些小屁孩嗷嗷哭着要叫奥特曼来炸死我!"

顾言:"……"

也是,林梓这样的性子,她忍不了几秒钟。

林梓平息了一会儿情绪后,又挑眉问:"对了,你认识的那个陆队长还有个小外甥呢?之前怎么没有听你提起过?"

顾言到底是个脑袋转得快的人,稍微思索片刻,突然反问:"哦?所以是陆原带着一个小孩子来打针,小孩哭着说要让奥特曼炸死你?"

林梓一听这话忙抬手打住:"得,得,得,你可别再说了,我都尴尬死了。我好歹也是我们外科一枝花好吧,年纪轻轻的姐姐好吧,去外科帮忙竟被叫成老巫婆!"

林梓越想越气,被叫成老巫婆也就罢了,关键还是当着那个叫陆原的警察的面被这么叫,当时她真想找个地洞钻进去。

顾言轻扯唇,笑容难得温温柔柔的。她起身走到窗户前打开保温杯喝水,轻抿了一口后说道:"陆原有个姐,他姐结婚好多年了,他外甥应该有三四岁了。"她没怎么见过,但应该是皮实得很,没想到这次来医院让林梓给碰上了。

林梓烦躁地拿手掌扇了扇风,不想提这一茬子事了,目光瞥向顾言眼下的青黛色,问:"还在担心沈大帅哥?他不是已经从医院平安离开了吗?现在也平安无事。"

顾言闻言,唇边浅淡的弧度瞬间僵滞,随后唇逐渐展平。

沈聿现在是平安的,起码从住院到出院,周围都没有发生任何异常的事情。

或许,是她想多了。

警方还在追踪调查沈聿所遭遇的拐卖团伙一事,顾言下午回到自己的工作室后,忍不住打电话给陆原再了解一下具体的情况。陆原那边说道:"他们是南部边境地带的犯罪团伙,和境外的犯罪势力还有牵扯,虽然抓了不少人,但真正的大鱼还没有现身。而且根据我们的审问和调查,这些人从某种意义上都不是自己一个人,他们有把柄或者亲人被组织内的人控制,所以根本不配合。"

顾言皱眉:"那下一步打算怎么做?你觉得这些人会报复吗?毕竟他们这一次的损失那么大。"

陆原抚额微叹息了一声:"下一步计划肯定是有的,但是属于保密的,我现在还不能透露。至于他们会不会报复……坦白讲,可能会,但我们正在高度关注这些人的动静,他们可能会潜伏一段时间,避避风头。"

后面的事情什么都不好说,但对这种拥有跨境能力的拐卖人口组织,里面都是要钱不要命的狠人,所以他猜测他们不会就这么算了。只是他们何时动手,什么时候动手警方就摸不准了。

陆原听着那边顾言的沉默,喉结滚了滚,略微踌躇道:"没事,你不用担心我被打击报复,这种事多了去了,我们一直都是警惕的。"

顾言低低地嗯了一声,声音像是蚊子一样,却顺着电话线飘到了他的这边。陆原心底一颤,刚欲再说什么,就听她冷淡的声音继续传来:"我相信你们的能力,所以,我担心的人是沈聿。"

他喉间一窒,胸腔瞬间憋闷住了,脸上的表情都僵了僵。

不过很快,陆原搔了搔眉头,像是不以为意地含糊道:"嗯,说得也是,不过他身手不错,需要警方保护吗?"

顾言:"所以能批下来?"

陆原:"并不能。"

这也是事实,警方都很忙,不会因为未发生的事情、不能百分百确定的事情就出动资源保护一个人。

顾言:"谢谢,再见。"

下一秒,陆原看着已经被挂断的手机陷入了沉寂状态,表情复杂。她就这么直接?这么现实?

不过他内心也再次掀起苦涩的涟漪。

原来,她在乎一个人的时候,是这样的。

所以,她不是不能去爱一个人,也不是不会爱,只不过,那个人不是他罢了,他再怎么执着也没有办法。

陆原走到公安局的办公窗口前,掌心微拢,火苗蹿起。他低头点燃了一支烟,再望着墨蓝色的天空时,一只手插在裤兜里,徐徐

171

地吞云吐雾,脑海里思绪翻飞。

或许,他的确应该放过自己了。

他这样执着,对她和自己都不好,是负担,是累赘,是压力。

因遭遇"报复"这件事一直没动静,顾言也不想疑神疑鬼地折磨自己了,开始做自己的工作。思绪再从那些案子里抽离出来时,她这才注意到窗外天色已晚,街道上已灯火通明。

她拿起手机,下意识地扫视了一眼微信消息,微微蹙眉。

嗯?他一下午都没有联系她?

微信上除了一些工作的消息外,竟再没其他消息了。

轮椅在工作室内缓缓移动着,她心底莫名其妙地有些不安的感觉。顾言准备给他打个电话,轮椅来到门口,却突然发现外面的公共区域沙发上坐着一个人。那人靠坐在沙发上,姿态慵懒,手里拿着一个iPad,似在处理着什么工作。

倏地,他的手机响了起来,他立刻拿出了手机接通,视线看向了她的工作室这边。

"喂?"

与此同时,他的目光和她隔着玻璃对上。

顾言听到手机里传来他低沉动听的声音,再望着外面的他,心底掀起的不安波浪这才被逐渐抚平。

"没事,下班了,我们出去吃饭吧。"

说完这话,她就看见他已经起身向她走了过来。

顾言挂断了电话,没想到他没有发消息给自己,是因为他就在自己的工作室外面一直等待。

不管他是不是失忆了,她都能看出来,他看自己的眼神根本不像是刚刚恋爱时的模样,反而是有些……

失而复得的庆幸感。

是的,所以在她这个犯罪心理学家面前,他要怎么掩饰才能瞒得住?

可她也不打算计较了,现在情况有变,她只能将计就计,时刻和他保持联系,确定他的安危。

沈聿订了一家餐厅,车子在路上疾驰。

提起下午的时光,他一边开着车一边含糊地解释道:"送你来的时候就知道你在这里上班了,而且这里的保安都认识我。"说到这里,他顿了顿,颇为可怜地说道:"言言,你看,我受伤后也只有你一直陪在我的身边,我的家人都不见踪影,我的生命里只有你了⋯⋯"

所以,这样他刚好光明正大地粘着她。

毕竟他说的也是事实,他那个家族里都是钩心斗角,有谁会真正关心他?他出事了,其他人多分一份财产。

除了他那个同父异母的姐姐,起码能让他走得体面点儿。

"你还认识沈晴吗?我觉得你有必要和她联系一下。我没有她的联系方式,所以她应该还不知道你的情况。"顾言目视前方,表情淡定地说道。

沈聿一听这话,顿时倒吸了一口凉气,微微皱眉,一副难受的模样说道:"不行,我不能去想了,一想就头疼。我有点儿印象,但是不知道她是谁,不过既然记不清,那应该也不是什么重要的人吧。"

他只能先对不起他姐了,少一个人和他联系,他暴露的概率就小一点儿。

顾言视线微微转向车窗,看着窗外的车水马龙,嘴角轻扯了一下。

呵。

拙劣的演技。

她觉得她像是在看一场个人秀,看他怎么继续表演。

二人吃完饭后,沈聿送她回去。

本来要带她回他那边,但是顾言没同意,她还有工作要处理,沈聿没强求,乖乖地将她送了回去。

可就在车子回到顾言所居住的老城区,经过一个岔路口的时候,突然一辆小面包车从右前方冲撞了过来——!

沈聿瞬间眼瞳一紧,轻点刹车向左边以一个半弧形的方式流畅避开,车子在窄窄的道路上来了个漂移,车身向左倾。顾言只觉得一阵头晕,随后砰的一声,吉普车右边的轮胎重重落在地面上,灰尘扬起。

"吱——"

擦着吉普车堪堪过去的小面包车也随着轮胎在地面上摩擦，发出了急剧的刹车声。

沈聿他们在吉普车内，也是一阵惊魂未定，顾言攥着车内的把手，呼吸都有些紊乱。

"该死！"

沈聿恼怒地低咒："这人是找死吗？怎么开的车？！"

他透过后视镜死盯着斜后方的面包车，眉头紧紧皱着，言语之间是掩饰不住的戾气。

要不是他开车多年形成条件反射，否则难逃这一场猛烈撞击。

尤其是，先撞上的人会是他身边的顾言！

而顾言显然也很清楚这一点，喉结滚动了一下，视线瞥了一眼车载的后视镜，看到后方的小面包车没多停留，很快便调整了一下车头方向，重新离开。

她见状，眼神瞬间变得锐利冰寒。

差点儿撞上来发生车祸，小面包车就这样走了？一点儿表示也没有？

沈聿尽力平息下自己的怒火，视线看向顾言："还好吗？有没有哪里不舒服？"

顾言摇头，收回自己注视着那辆小面包车离开的视线，但脑海里留下了那一串车牌号码。

"罢了，我们先回去吧。"

沈聿在这种事情上没什么好脾气："这种马路杀手迟早会被自己撞死。"说罢，他启动车子离开。

顾言缄默了片刻，随后拿出了手机，给陆原发去了一条消息：查一下这辆车牌号背后的身份信息，皖AHB790，其他的先不要多问。

陆原先发来了三个句号，接着蹦出了几个字：知道了。

显然，她预判了他的预判。

沈聿继续送顾言回家，不过他不知是故意还是无意，开错了两个路口，多绕了七八分钟才送她回到家里。

送她到家里后，就在沈聿准备离开时，顾言突然转向他，来了一句:"要不,今晚你留下来?"

即将关门的沈聿愣了愣,愣愣地看了她两秒,随后轻扯了一下唇,开口道:"舍不得我了?"

顾言:"不愿意?那算了。"

他爱极了欲擒故纵的那一套,以及给点儿阳光就灿烂。这在往常,他早就赖着想要留下来了。

可偏偏,沈聿这一次一反常态。

唇边的笑缓缓敛下,他神色有些认真地说道:"今天还真是有点儿事要处理,明天吧,明天一早我就过来接你。"

说着,他走向玄关,俯身一手落在她的轮椅扶手上,一手扣住她的后脑勺,猝不及防地印上了一枚吻。

她伸手推拒:"喂,你——"

"砰!"

还不等她骂上两句,他直接头也不回地关上门离开了,关门声都略显急切。

他走后,房子内一瞬间安静了下来。

顾言胸口还微微起伏着,只是她的眼底没有什么羞恼之色,有的是隐隐的担心。

下一秒,她从轮椅上利落地起身,抬手揉了揉后脖颈,神色凝重地来到了窗户处。

夜黑沉沉的,看起来没有任何风浪,她却有些不安,仿佛有什么魑魅魍魉隐匿于这些静谧夜色之中。

但愿……是她想多了,不会有什么事。

翌日。

一大早顾言就被一通急切的电话铃声吵醒了。

电话是陆原打来的,顾言揉了揉酸痛的眉心,微合着眼睛让自己的意识更加清晰些。

"喂?"她声音沙哑地出声。

陆原那边没有过多的废话,他直接说道:"查到你昨晚给我发的车牌号码了,对方是个普通的上班族,出什么事情了吗?这个人的信息看起来没什么可疑的地方。"

车主没有前科,近期也没有违反交通规则。

175

顾言听着他说的这番话,脑子从昏沉也变得越发清醒了。

这人什么问题都没有吗?难道是她多虑了?

她撑着手臂坐起身,背靠着床头,半扶着额头说:"那算了,就是昨天晚上下班回来的时候,有一辆车差点儿撞上我,一点儿都没感受到对方刹车的意愿,还是我们避开才躲过一劫。"

说到这里,她微顿了一下,才继续说道:"后来他将车子停下的时候,也没有任何表示。"

那种感觉怎么说,一般差点儿撞上别人,不是连连道歉,就是会降下车窗说上几句,可这人立刻离开的姿态,就像是……见事情失败,立刻逃跑那般。

陆原听闻这番话,顿时低低骂了一句,随后关心地问:"你们没事吧?受伤了吗?"

顾言喉咙滚动了一下:"没事,不过他的身份没问题,那就算了,麻烦你了,我先挂电话了。"

说着,她就要挂断电话,可就在手指要落在屏幕上的时候,脑海里突然浮现了一个词。

他最开始说过的字眼。

"等等!"顾言忙叫住他。

陆原怔了一下:"我在,你说。"

顾言心头猛跳了起来,她急忙问道:"上班族?你之前说这个人是个普通的上班族?那他开的什么车?"

刚才刚睁眼,意识还不够完全清醒,直到此刻,她才发现自己似乎差点儿遗漏了什么。

上班族开个面包车多少有些违和?

手机那边的陆原盯着眼前的显示屏,皱眉道:"是一辆普通的本田轿车,黑色的。"

果然,这话一出,顾言心底骤然一沉,事情被她猜中了。

她深呼吸了一口气,说道:"是套牌车,撞我们的是一辆银色面包车。"

这话一出,陆原的脸色也瞬间沉了下来。

套牌车?又差点儿撞上他们?

"你昨晚和沈聿在车上?"陆原问。

顾言嗯了一声。

所以这如果是巧合的话,那也太巧了,偏偏是在这个敏感的时候。

陆原:"你把昨晚出事的地点告诉我,我去查一下附近的监控。"本身套牌车也是违法的。

顾言将街道区域告诉了他,随后拿开手机,看着屏幕上显示的是早上八点多,心底觉得有些惴惴不安。

匆匆挂断陆原的电话后,她给沈聿拨打了电话过去。

今天是工作日,按理这个时间他已经在接自己的路上了。

可她打电话过去,没有人接通。

顾言耐着性子,一连打了四五次电话。

昨晚沈聿去哪里了?是真的有自己的工作要忙吗?

就在她内心不好的预感越发加重的时候,她的手机突然接收到了一条信息,她点开短信,里面没有文字,只有一张图片:

一个人被捆坐在椅子上,嘴巴被胶带粘住,垂着头,额头上带着红到发黑的血痂,浑身满是伤痕。

这人,是沈聿。

是的,哪怕她不想相信,哪怕被捆坐在椅子上的人已经被血污沾染得看不清原本的样貌,但她还是一眼就能认出来,这就是沈聿。

而他这般半死不活的样子,也绝对不像是刚被处理的,起码是——一整夜。

顾言睫毛轻颤着,呼吸已经紊乱了起来。

所以,他昨晚说的自己有事要去处理,就是这件事?可结果呢?他单刀赴会,一个人落入对方的手中,惨遭这些非人的折磨……

顾言想着那张照片,心脏都像是被一根银线紧箍着,勒得她难以呼吸,疼痛万分。

她拨打了电话过去,听筒里却提示拨打的电话号码不存在。

顾言下了床,紧攥着手机在房间里来回踱步,让自己竭力冷静下来。

对方将这威胁的照片发给了她,自然是知道他们之间的关系,也一定会再联系她!

顾言顾不上其他了,立刻给陆原拨打了一通电话。

电话很快就被接通了,她立刻急切地说:"出事了,沈聿被绑架了,绑匪给我发了一张他被殴打过的照片,其他的信息都还没有发,电话号码是虚拟的无法联系,我后面该怎么做?"

电话那边的陆原一听这话,脑袋也嗡的一声,没想到沈聿竟然真的出事了。

他忙说道:"等……等一下,阿言,你先别着急,先告诉我他的电话号码,我们先定位一下他的手机信号的位置。"

顾言将沈聿的电话号码告诉了他,随后走到门框旁,一手撑在了上面,深深地呼吸着。

这一刻,她感到后悔,后悔昨晚为什么没有强硬一些把他留下来。

陆原那边又问:"是他们吗?是边境拐卖人口的那些人吗?"

现在最有可能的就是他们在对沈聿进行打击报复,毕竟他让这些人损失惨重!

顾言感到一阵无力,自顾自地摇了摇头,想说不确定的时候,突然,手机又是一振,一条信息传送了过来。

顾言连忙点开,而上面的内容瞬间让她浑身一僵,随后后背像是蹿起了一股火苗那般,逼得她心里燃起了无穷尽的怒火。

上面的消息如下:不要报警,不想他死的话,一个小时内按照发的地址过来,只能你自己来,否则后果自负!

随后落款还有一处地址,位置是东城区南水镇东郊的一家废弃加工厂。

陆原察觉到她的停顿,立刻反应过来了什么:"他们是不是又发消息过来了?他们说了什么?顾言我告诉你,你现在最好赶紧来公安局,一起配合我们的调查工作!"

沈聿被绑架了,她也就不再是绝对安全的,只有在公安局,警方才能更好地保护她。

可下一秒,陆原听到她低声来了一句:"晚了,对方给了我一个地址,不让我报警,让我立刻过去。"

这话一出,陆原内心骤然像塌陷了一块似的,他一时间都说不出话来了。

他深呼吸一口气,说道:"你先不要轻举妄动,把歹徒给你的地址发给我,我们这边已经锁定到了沈聿的手机信号的位置。"

只是,这话音刚落下,陆原就听到她砰的一声关上了门。

第七章
言姐救他惊众人

听到这关门声,陆原头皮一麻,整个人都不好了。

她真的去找绑架犯了?

她现在还在坐轮椅,去找他们岂不是遇到危险手无缚鸡之力?

陆原急切的声音通过电话传来:"顾言!你听我说,越是这个时候你就越不能着急。你把地址给我,我立刻带人赶过去救他!"

顾言:"没用的,他们要我亲自过去,并且不让我报警。"

报警她是肯定会报的,本来陆原已经知道了,但关键在于,他们怎么做到不让敌方发现。

所以,她顿了一下,和陆原又交代了一些重要的事。

一辆的士在前往东城区的路上,路上的沥青地面有些颠簸,没有关严实的后备箱内隐隐可见一辆轮椅。

初春,顾言穿着一件咖啡色大衣,里面是一件深色衬衫,领口处的黑色纽扣微微解开,露出了她白皙纤细的脖颈。

衬衫纽扣的第五颗颜色略深,但并不明显。

她全程神色凝重,目光看向窗外,所经历过的路,眼睛一眨不眨,看不出她在思索什么。

经过三十多公里,四十多分钟左右的车程,的士终于即将抵达目的地。

顾言凝望着远处,高架桥下是一些高低错落的自建楼房,远远还能瞥见几处蓝色广告牌上石建材厂的字样。

这里已经抵达郊区,车子下了高架桥后,就进入了人烟稀少的工地区域。

公安局内,监听装备已经开启,一群警察围在旁边,与此同时,警方的人员也在赶来的路上。

车上,顾言的视线向一闪而过的车窗后方扫了一眼,据她所知,来到这个区域的道路目前只有这一条,下面的人对上面经过的车辆一目了然,行踪尽在掌握之中。

一旦顾言这边有什么风吹草动,绑架了沈聿的人会立刻潜逃。

车子弯弯绕绕,最终顾言在距离目的地还有百米左右的地方下了车。

她打开车门的那一刻,空气中弥漫着并不算清新的味道,哪怕是郊区,也架不住建材厂多,灰尘大。

在司机的帮助下,她坐在了轮椅上。

的士绝尘而去,顾言看过去,发现路边都印出了轮胎痕迹。

她收回目光,轮椅跟着导航继续走。

路边种植着一些新迁过来的树,不知是不是没有成活的缘故,枝丫光秃秃的,一排排列在路边,蜿蜒曲折的枝丫宛如黝黑干枯的手臂。

在前往的路上,她看到有工人戴着电焊面罩,手中拿着电焊的设备在工作着,刺刺的声音传来,火花四溅。似察觉到她的目光,工人起身拿开面罩的时候,瞥了她一眼,目光凶悍。

她继续往里面走,切割机的声音也响了起来,这种砂轮切割机是专门用来切割一些金属的,比如槽型钢、碳素钢。

两个工人在忙碌着,叼着烟,面露戾气。

自然,这种钢都能切割,其他的东西更是不在话下。

兴许是环境的缘故,顾言只觉得自己所经之处遇到的人莫名其妙地给她一种全员恶人的感觉。

轮椅继续行驶了几十米后,在一处空旷的废弃加工厂附近,她停了下来。

一辆黑色的桑塔纳停在不远处，旁边站着一个男人。

对方不高，一米七左右，又黑又瘦，寸头，颧骨突出得明显，目光精明且有些猥琐，此时视线上下打量着她，似乎没想到她竟还坐轮椅。

随后他拿出手机，拨打了一通电话过去，视线时不时瞥向她的腿，似乎在向电话那边的人求证一些事情。

顾言坐着轮椅过去，眉头微蹙："我来了，他人在哪里？"

她语气沉静，似乎面对这样的情况也不畏惧。

寸头男耳边的手机里不知传来了一句什么，下一秒他哼笑了一声："先让我看看你是不是真残废。"

话罢，他直接一脚粗暴地踹向了她的轮椅的轮子。

"啊！"

轮椅直接侧翻了过去，顾言也惊呼着从上面摔了下来。

寸头男就那么望着她——她双手费力地想要撑起上半身，双腿在地上僵着无法动弹的狼狈模样——又拿着手机操着方言说了几句什么，最后才挂断了电话。

顾言额前的发丝凌乱着，掩住了眼底的几分凌厉之色。

这人在电话里说的话像傣语，她心中已经有数了，这应该就是那帮在边境地带拐卖人口的团伙里的人。

对方挂断电话后，紧接着，她的下颌一把被人捏住了。寸头男盯着她，露出狠戾的笑："你是个残疾还敢自己过来？看来你真的很在乎那小子！"

说着，他瞥了一眼远处的高架桥："你报警了对吗？警察是不是在赶来的路上？"

顾言眼底透着几分猩红之色，喉咙滚动了一下，说道："我没报警，但是不代表我后面不会报警，我给警方的号码设置了定时语音留言，如果在后面的两个小时内我没见到人，或者他死了，那你们也跑不掉。"

按理说，这话音落下，倘若不想被警察追查的话，他应该会立刻冷了脸色，带着她去找沈聿，或者是询问他上面的人如何处理此事。

可偏偏，对方听到这话后脸上出现一丝讽刺神色，仿佛根本不把警方当回事。

他直接将她拖了起来，拖向车子的方向。

顾言死死攥住他的袖子，稳住身体的重心，呼吸还有些凌乱地说道："要把我带走吗？他人不在这里吗？"

她的视线迅速扫了一眼旁边偌大的废弃加工厂，难不成这里只是一个幌子？

"急什么，现在就带你过去找他。"

寸头男说着，直接将她塞进了他们的车内，再出来的时候，顺便一脚将她的轮椅踹飞了。

顾言狼狈地被塞进后面的座椅上，这才发现车里还有一位司机，对方是个四十多岁的男人，满脸皱纹。看她被弄上来后，他丢给了寸头男尼龙绳、黑色头套，还有一卷胶带。

这意思就再明显不过了。

顾言深呼吸了一口气，哪怕早预料到可能会有这种情况，还是在被捆绑时发出了明显的挣扎声。

"啊，动作轻点儿，我的手疼！"

"我的腿已经骨折了，没必要捆起来！"

"你们要带我去哪儿？我要见他！"

公安局内的警察监听着这些声音，突然听到传来男人的询问声："你身上藏了窃听器吗？废话这么多！"

随后，胶带"刺啦"一声被扯开，她的嘴巴被堵住了，只剩下了嗯嗯的声音。

公安局内，警方听到这些声音，眉头紧紧皱了起来，随后将这里的实时情报传递给了陆原。

这次案件涉及拐卖人口团伙，以及目前两位人民群众被绑架作为人质，所以警方已经出动了特警进行营救。

一辆警车内，陆原等人全副武装地前往建材厂，收到了局内警员的通知："喂，队长，顾专家那边的歹徒现在怀疑她藏了窃听器，她被捆绑了起来，嘴巴也应该是被胶带粘住了。另外，顾专家在这之前提供了消息，她被车子带离了那里，目前不知要去哪儿。"

听着蓝牙耳机里传来的通知，开车的陆原攥紧了方向盘，他立刻说道："通知相关部门，在附近高速收费站处对每一辆车进行仔细排查，不能让他们离开这一区域！"

之前他们查到沈聿的手机信号定位，显示就在建材厂区域，顾言也是在那里被带走的，这里一定要着重检查！

眼前一片漆黑，嘴巴被封得死死的，双手被捆在身后，顾言很快让自己变得冷静了下来。

当部分身体感官暂时失去作用后，其他感官会变得更加敏锐，譬如耳朵。

她坐在车子的后座上，车窗的隔音并不是很好，前几分钟她还听到了之前听过的切割机声，所以他们应该是返回到了她之前来过的公路上。

漆黑的环境下，她在竭力地找回自己的方向感，想知道他们是带自己去哪里。

车子在经过减速带时颠簸了一下后，她耳边也传来了他们的说话声："收到消息，条子们快到了。"

这是司机的声音。

顾言身上僵了几分，他们果然能及时知道警察的动向。

她故意嗯嗯了几声，似乎想表明不是自己报的警。

却不想，寸头男哼笑了一声："就怕警察不会来，一群找死的人，抓了我们那么多人，现在就让他们付出代价！"

这话音落下，顾言心底一震。

他们要给警方一个代价？他们早预料到警方会来？

所以，建材厂……

她的身上刚才被怀疑有窃听器，但他也只是那么一说，并未真的发现她身上有，所以，这番话也通过窃听器传到了警方的耳中。

根据车厢内的风噪，她判断车子大概在八十迈的速度疾驰。

这段路线对车速的控制很严格，他们应不会在这时超速打草惊蛇。

她心底一直在默数着时间，现在已经过去 551 秒，等于九分多钟，八十迈的速度一小时 128.744 公里，九分钟差不多行驶了 20 公里左右。

他们不可能往城区的方向开，据她所了解的路线，继续沿着高速疾驰，这边的公路能抵达的城区有七八个，她现在根本无法很好地判定他们要带自己去哪里，而此时，顾言离开过的建材厂内。

一批特警训练有素地出现在了这里，就在他们进入准备行动之际，陆原的耳麦里突然收到了队里的消息："副队，副队，情况特殊！这里恐有埋伏！"

陆原立刻和特警那边进行沟通，特警队队长那边表示了解。

下一秒，头戴式热成像仪吸附在头盔的护目镜上，特警将头盔拉下，再看向这废弃加工厂时，这幢楼体内的生物体顿时一览无余。

特警队队长比画了一个行动的手势，立刻有两位特警先进入了废弃的加工厂。

他们身上都携带着监控记录仪，随着行动，画面有些动荡。

沈聿的手机最后发出的信号是在这里，他们要找到信号源。

眼下，通过热成像仪的扫描，他们发现在废弃加工厂内三处感应到了生物体。

生物体产生热量，在红外热成像仪下会将其转换成电信号，在显示器上生成图像和温度值。

图像呈现为人形，但显示器上他们并未进行移动。

一名特警从加工厂的上方用索降的方式下来了，拉着绳索在外墙上一寸寸下降，逼近一个产生热能的生物体处。

最后他抵达目标所在的墙壁外面，从外面看到一个人背对着他站在墙边，双手都被捆了起来。

"砰！"

伴随着军靴一脚踹碎了玻璃，特警持枪顺势滚入其中，稳稳落地后，低喝："转过身来！"

站在墙边的人浑身在发抖，双手都被绳子捆绑住了，听到动静后缓缓转了过来，而在他转过来后，特警队员瞬间眼瞳放大。

那人身上是炸弹。

只见一个中年男人身上被绑了炸药，目测一公斤左右，身上还捆着一个计时器，现在倒计时还有不到五分钟三十一秒。

这人满头大汗，整个人慌乱得腿几乎都在打战，唇瓣哆哆嗦嗦地嗫嚅道："救……救救我……"

特警立刻通知上级："找到了一位人质，他身上捆着炸弹，一旦炸弹爆炸，这工厂的一层都会倒塌，时间还剩……"

然而还没等这位特警说完,他就听到上级说了一个噩耗。

他们在加工厂内找到了三位人质,都是当地干活的工人,身上全被捆了炸弹!

专业防爆人员已经赶来,加工厂内没有发现其他歹徒,更没有找到沈聿和顾言的痕迹,只有她的轮椅狼狈地倒在路边。

眼下,除了三位在拆除炸弹的特警,其他的队员被要求立刻先行撤离,并且紧急疏散周围的群众!

然而事情还远不止这么糟糕。

这些炸弹的拆除难度很高,众人承受着巨大的精神压力。

陆原作为刑侦队的副队长也申请前去拆除炸弹。曾经他在其他区做特警,后因身体问题调职到这边,应对炸弹的拆除,曾是他熟稔于心的操作。

此时,另外一边,车子开了十来分钟后,从高速路进入了一条山林小道。车子颠簸着,顾言强忍着胃部的不适感,在猜测自己被带到了哪里。

终于,三五分钟后,车子驶入一处平地,随后停了下来。

副驾驶的车门被打开,紧随其后,她这边的车门被打开。

下一秒,她被人从车里毫不客气地拖了出来,她发出嗯嗯嗯的挣扎声。

她不知道自己在哪儿,可很快,她就听到船艇疾驰在水中的声音。

"走,上船,带你去见他!"

他们要带她上船,附近是水域,顾言在脑海里迅速地回忆着曾经看过的地图,几乎是转瞬间的工夫就锁定了附近的一大港湾——盐田港。

只是这个港湾太大了,他们要带她去哪个方向?

伴随着头晕的感觉传来,顾言闷哼一声,紧接着整个人被摔在了快艇上,坚硬的快艇甲板撞痛了她的肩胛骨。

并且,她的衣料被水打湿,贴在了她的身体上。

很快,她被人捞了起来。

顾言坐在快艇上。从车内出来后,她能感受到一些光亮,黑色的头套能隔绝她的视线,但不能阻止她判断哪个位置的太阳光线更盛。

知道哪个位置光线强烈,她就能判断太阳位于哪个方向。
　　此时不到早上十点,春分前后时节,日出的方向是正东,再根据车子在路上疾驰的时间、速度,顾言大概算出了她在港口的位置。
　　眼下,歹徒的交流声隐隐传来,顾言屏气凝神,感受着风向。
　　在下车的时候,她站在地面上是没有感受到空中有什么风的。
　　很快,快艇启动了。
　　她此时正背对着炽烈的太阳光线,快艇已经在海面上疾驰起来,在原本相对静止的参照下,飞驰的快艇陡然让她感受到了强烈的风。这个方向是西风,所以他们前往的方向也是西向。
　　大约估算着出发的位置,顾言脑海里判断出了所在位置往西方的一个区域是什么地方——一处山林地带,人烟稀少,不过那附近明显的地标是一条铁轨。
　　是的,那些地图里的区域和路线都刻画在了她的脑海中,那边是铁轨,列车经过的地方。
　　顾言靠坐在船舱内,被捆住的手贴着快艇的甲板,随着快艇在海面上疾驰,她的手指微屈,贴着船艇有规律地轻敲了起来。
　　远在城区内的公安局内。
　　戴着耳机的探员听到这隐隐的敲击声,瞬间眼瞳放大,迅速提醒同事:"快!是摩斯密码,快记录下来!"
　　在知道顾言无法说话后,他们紧密地关注着她那边的一举一动,确定她应该是上了船,在某处海域上,但具体去哪里他们不得而知。
　　而如今,他们收到了摩斯密码,队员们很快将其破译,得到的线索如下:盐田港、正西方向、东岗区、铁轨。
　　得到重要线索的他们立刻派人出发前往搜寻!
　　顾言这边还在路上,所以给的是几个路上经过和抵达的大概地点坐标,希望警方收到信息后,能在关键时刻赶来。
　　毕竟,她应该很快就会见到沈聿了。
　　时间争分夺秒地过去,而在废弃加工厂那边,由于爆破难度极高,拆弹人员拆开了一位人质的炸弹后,还剩下两位人质身上线路更复杂的炸弹待拆除。眼看时间只剩下最后一分钟了,特警队员收到了上级要求立刻撤离的消息。
　　周围已经做了防爆处理,沙袋层层堆积起来,以免爆炸时对周围带来毁灭性的巨大冲击。

陆原这边处理炸弹时，神经高度紧绷专注，额角都布满细密的汗水。终于在还剩下58秒的时候，他屏气凝神，咽下满腔的紧迫感，做出了最后一步——

剪刀落下，他剪断了一根蓝色的线。

倒计时58、57……戛然而止。

显示器上的数字最终停留在了"57"上，没再变化，陆原骤然深呼吸了一口气，整个人舒缓了下来，随后去帮人质小心地拆除炸弹衣。

而他这边顺利，隔壁同伴的任务还待彻底解决，他眉头一皱，忙完这边过去接手。

快艇抵达，顾言上岸了。

她的腿不方便，整个人是被架起的，她嗯嗯叫着挣扎，提示窃听器那端接收信号的人。

不过很快，事情变得不一样了。

附近似乎有几个人走来，随后架着她的寸头男说着他们的方言："胡哥，人带来了，就是她。"

下一秒，顾言只觉得眼前骤然一亮，是头套被摘了下来。

明亮的光线骤然浮现，让她一时间还有些不适应，她皱眉缓和了片刻，看向了前面站着的几个人。

打头的是一个穿着夹克的男人，断眉，额角有疤，皮肤偏黑，身强体壮，面露凶相，一看便是个练家子。

以及，这人应就是寸头男口中的"胡哥"。

他身边还跟着两个弟兄，两个人都非善茬。

不用想也是，那做出拐卖人口这种丧尽天良之事的人，哪个会有仁义之心，都是亡命之徒。

顾言在看向对方的同时，那胡哥也在死死地盯着她。

视线上下打量了一下，他脸上露出几分哂意。

他上前了两步，一把捏住了顾言的下颌，抬起了她的脸，幽幽来了一句："比照片上还漂亮，啧，这么漂亮的脸蛋和身材还真是可惜了。"

顾言发丝凌乱,她一把挣开他的触碰,气息微紊乱地说道:"他人在哪里?"

她明艳的眼眸中透着犀利之色。

那胡哥冷笑一声,随后一挥手,身后的小弟立刻送上来了一个长条的黑色东西,像个检测仪。

顾言眼神一凛。

这是窃听检测仪。

"想知道他在哪里,得先让我检查一番,看看你身上有没有藏一些不该藏的东西。"

话是这么说,眼底却透着几分讽谑之色,他似乎是想借机做些什么。

顾言喉咙滑动了一下,她知道自己身上有窃听器,如今有了这检测仪,肯定会被发现。

她的肩膀被一手按住,那所谓的胡哥拿着检测仪开始从她的脖子处一点点地往下扫描,居高临下的视线一眨不眨地盯着她的胸部。

顾言穿着一件暗色衬衫,领口解开两颗纽扣,越发显得她肌肤白皙。

锁骨清晰,衬衫下包裹着她玲珑的曲线。

检测仪故意贴着她身前擦过的时候,她抗拒地躲闪着,那胡哥死死摁住她,狞笑了一声,就在想趁机多占一些便宜之际,后方却突然有人大喊了他一声。

随后那人招了招手,似乎是想让他动作快一些。

他眼神阴沉了几分,虽似有些不满,但手上的动作还是加快了,检测仪自上而下,蓦地——

"嘀嘀……"

在检测仪经过她的衬衫下摆时,突然发出警报声。

众人脸色一变。

这是发现了窃听器?

寸头男脸色难看起来,他上下扫视了她一圈,最后目光落在了她的衬衫的倒数第二颗纽扣上。

下一秒,他直接伸手将纽扣拽了下来。

发现那黑色的小圆片背后暗藏玄机,还闪了下红色的光,他顿时恼怒了起来，一把揪扯起她的脖领子，骂骂咧咧地说道："你竟然真藏了窃听器！说，是谁在监听？！是不是警察？！"

顾言下颌线清晰地拉扯了一下，眼神冷冽，缄默着，似乎即便是被发现也丝毫不畏惧。胡哥则从寸头男手中拿过那枚窃听器，倏然低低地笑了起来。

画面一转，公安局内，监听的警员们只觉得这笑声让人阵阵头皮发麻。果然，下一瞬间他们就听到一个男性的声音缓缓传来："正在监听的警察们，中午好，加工厂给你们的礼物喜欢吗？别急，还会有更大的惊喜等着你们……"

话音刚落，监听中的一位警员就听到一个尖锐刺耳的声音，急忙将耳机摘了下来，神色变得紧张又愤怒起来。他起身踱步："疯了，疯了，他们就是一群疯狗！"

顾言那边，她眼睁睁地看着那所谓的胡哥将窃听器嘎嘣一下直接摧毁，又扔在地上狠狠地踩了几脚。

随后，叫胡哥的人再向顾言看去时，冷冷地讥笑道："你以为自己藏个窃听器就行了？这地方警察可不好找！"

顾言眼底带着愠怒之色，还有些不甘，以及还透着些蔑视之意。

那种轻蔑的眼神骤然深深刺激到了他，他恼羞成怒起来，突然扬手，一巴掌就打在了顾言的脸上。

这一巴掌下去，顾言哪怕被两个人架住还是摔倒了，她手臂狼狈地蹭到地面上，发丝凌乱着。她抬手轻触了一下嘴角，视线落在那一丝刺目的血迹上时——好，很好。

寸头男和开船艇的司机过来扶起她，在不可避免的肢体接触中，顾言手指尖上闪过一丝黑影。趁着寸头男将她拉起时，她将那拇指大的黑色东西粘在了他的外套下摆内部。

微弱的红光一闪而过，那赫然是另外一枚新的微型窃听器。

是的，她这次早就有备而来，特意准备了两枚窃听器，一枚显眼容易被检测到，另一枚则藏在衣服内部。她就是在赌，赌他们不会想到，自己身上藏了两枚窃听器。

看着寸头男和船艇司机架着她前往目的地，她知道，她的计划成功了。

他们怕是怎么都不会想到，她会在他们的人身上藏窃听器。

公安局内，几名警员继续监听着，听着那边陆陆续续传来的声音。他们知道，她做到了。

顾言在经过胡哥时，一眼也没看他，下颌微抬着，冷艳又倨傲。

虽然，她被打得很惨，但她知道，她绝对会让对方付出百倍代价……

很快，顾言被带到了最终的地点。

在被架过去的路上，她一眼就看到了不远处躺在地上双手双脚被捆住的男人。

她眼瞳骤然紧缩。

那是沈聿！

沈聿的旁边还站了五六个人，个个面色不善，最前面的一个中年男人身高一米七左右，脸颊凹陷，颧骨突出，吊三角眼，看着就暴戾恣睢。

她没猜错的话，他应该就是拐卖人口团伙的头目。

而沈聿……则被捆绑着双手倒在地面上，额头上鲜血和漆黑的碎发粘在一起，身上衣衫凌乱，狼狈不堪，整个人还陷入昏迷中。

"沈聿，沈聿！"

顾言在被带过去的时候，忍不住大喊他的名字。

寸头男一松开架着她的手，她便顺势跌在地面上，摔在沈聿的身旁。

大抵是听到了熟悉的声音，沈聿沾着血迹的手指隐隐轻颤了一下。

顾言看着沈聿身上的伤势，目光所至之处，几乎没有什么好地方。

饶是她猜到他受伤严重，可看到他此时依然神志不清、满身伤痕的模样，她的内心还是狠狠地被撕扯着那般，让她呼吸都觉得疼痛。

"沈聿，我来了……你醒醒……"

顾言鼻尖控制不住地发酸，眼圈微微泛红。

昨晚到底都发生了什么？他一个身手不凡又警惕的人怎么就落到了这种境地？

脑袋昏沉疼痛的沈聿只觉得自己似乎感受到了什么熟悉的气息和声音，但觉得这可能是个幻觉。

不过，他希望这是个假象，因为知道自己现在身处何处。

可那熟悉的轻唤声时隐时现，让他心底深处陡然生出惧意，最后他硬是强撑着自己的一点儿精神气儿缓缓睁开了眼眸。

他多希望她没来，一切都是幻觉。

可当粘连着血迹的睫毛轻颤了一下，眼眸缓缓睁开，望着眼前出现的再熟悉不过的容颜时，他整个人瞬间怔住了，也清醒了。

"言……言言……"沈聿有些难以置信，眼底还流露出沉痛之色。

她怎么会出现在这里？

而这时，那胡哥半蹲下来一把扯住了沈聿的领子，逼迫着他抬头，随后冷笑了一声："好一对恩爱鸳鸯，看来她对你还真的是真爱，一条短信一张照片，就把她叫来了。"

这话一出，沈聿眼眸里瞬间充斥着猩红的血色，被捆住的手攥得紧紧的，他似恨不得将这些人碎尸万段！

他咬紧牙关，咽下唇齿间弥漫的血腥气息，一字一顿道："有什么你们冲着我来，欺负一个女人算什么？更别说她还不便行走！"

胡哥闻言倏然哧哧地笑了起来，随后再看向沈聿的时候，逐渐敛去唇边的笑意，眼神变得狠戾起来："你害得警察抓了我们那么多同伙，还放走了那么多孩子，你知道你惹了什么人吗？把你们两个人掏空了都不够赔的！"

说着，他顿了一下，随后语气幽森地说道："这女人不是你最在乎的人吗？那好，我就让你看看，你做出的那些事会给你身边的人带来什么报应！记住，这一切都是你们自找的！"

话音一落，胡哥一挥手，顿时过来两个人将顾言拉开了，而那胡哥起身，看向她时，眼底露出了几分淫邪之色。

"你小子眼光不错，她脸蛋漂亮、身材也好，我们一帮哥们这段时间被你小子害得四处躲避，好久没碰女人了，刚好给弟兄们慰藉一下。"

说着，他看着被拖到铁轨旁边的女人，手落在了自己的皮带上。

胡哥的那番话音落下，手也抽出了皮带，他冲着顾言走了过去。

沈聿目眦欲裂，顿时大吼："畜生！你敢碰她我杀了你！我要杀了你！"

胡哥脚步一顿，回头看着被捆绑住双手，满身伤痕的沈聿，

191

眼底透出讥诮之色："想杀我？哈哈，好，你尽管来杀我，否则的话……"

他说到这里，微顿了一下，继而神色越发狂妄起来："你杀不了我，就会眼睁睁地看着你的女人被我糟蹋。"

沈聿整个人犹如被火烧那般，有那么一刻，他仿佛忘记了疼痛，太阳穴在突突地跳动着，青筋浮现，而他被捆在身后的手竟硬生生被掰断，要从绳索中挣脱出来。

顾言则望着那个人群中站在前面的男人，大喊道："等等！我要和你们老大说话！"

胡哥一把捏住了她的下颌，邪笑道："别浪费时间了，都是无望的挣扎！"说着就要俯身去撕扯她的衬衫。

可就在这时，一个冷漠的中年男人的声音传来："等一下。"

胡哥身躯一僵，扭头看了过去。

那人群中的中年男人走了过来，从始至终，他脸上都是阴冷的表情。他，半蹲下来盯着她，缓缓说道："我知道你是个心理学专家，所以我有些好奇，你会对我说什么？"

顾言此刻跌坐在地上，绳索捆住了她的手腕，他们完全把她当成一个手无缚鸡之力的弱者，也对她放松了警惕。正是如此，所以他们毫不知道她身后的手指却早已摸出了藏匿在袖口里的一枚刀片，尼龙绳正被锋利的刀片一点点割裂开来。

倘若是别人，面对这种情况可能早已慌乱不已，她却竭力保持着镇定，望着他一字一顿道："我就想知道，你自己有没有孩子？"

他的表情一凝，随后视线显得越发犀利："你问这个做什么？怎么，试图唤起我的良心？"

顾言鼻间溢出一声轻嗤声："我知道这当然不可能，因为你有孩子，却还做着拐卖儿童这种该天杀的事情，所以你这种人又怎么可能会有良心？"

他听闻这番话，神色乍一看没有什么变化，但他越是这般，顾言则更认定自己的想法。

他在控制着他的细微表情，不想让她从中再获得蛛丝马迹。

这也说明，她说中了。

这老大盯了她片刻，倏然冷笑了一声："你说得对又如何，错又怎样？没有任何意义。"说着，他狭长的眼睛盯着她，又说道，"你在批判我的时候，有没有想过，我是怎么走上这条路的？"

对视之间，顾言几乎是瞬间就察觉了过来，望着他："你是被拐的？"

这话虽是问句，语气却是毋庸置疑的。

那中年男子倏然大笑了起来，笑到最后，盯着顾言，一点点敛去自己唇边的笑，来了一句："你的确非常聪明，所以呢，当年我被拐卖，被殴打，被虐待，是九死一生才活下来的，那个时候有谁来救我？"

他说到最后，眉宇间尽是阴鸷之色。

顾言瞬间明白过来，他这就是典型的报复社会，想把自己曾经受过的痛苦也加在别人身上。他对那些幸福的孩子、幸福的家庭只有厌恶和憎恨，哪怕他和他们无冤无仇。

中年男人冷笑着问："怎么样，顾小姐，你在临死之前，还有什么想问的？"

顾言余光瞥了一眼旁边的铁轨，再过约莫半个小时的工夫，会有火车经过这里，他们是想她和沈聿葬身于此吗？

这并不难猜到。

顾言目光再转向他时，说道："既然如此，我还想知道，你的名字。"

这里的一切都在被监听，她要获取他承认自己犯罪的证据。

这中年男人闻言，忍不住低低地笑了起来，随后倏然伸手一把掐住了她的脖子，表情逐渐变得阴寒狠毒了起来，目光盯着她，落下的话却是在问他人："她身上都检查利索了吗？"

那吴哥看老大变脸色，立刻说道："检查完了老大，不过如您所料，在她身上找到了窃听器，过来之前已经将其销毁了！"

那中年男子闻言，这才将掐住她的脖子的手微微松开，这一放缓，顾言立刻大口大口地呼吸着，脸色都变得苍白。

而她的背后，绳子即将被划开，只不过经历这突然的行为，她的手背也不可控地被划出了一道伤口，鲜血隐隐渗出。

顾言攥着刀片，竭力克制着自己的情绪，缓过来后继续手中的动作。

"我知道，你怕了……"她说着，唇略微讽刺地扯动了一下，眼底透着不屑之色，"哪怕在你看来，我们是将死之人……"

那老大盯着她，眼睛越发黝黑，最后他干脆一字一顿道："我不会说第二遍，你记住了，我叫周大开。"

说罢，他直接起身离开，顺便给姓胡的一个眼神，示意其动作麻利点儿。

姓胡的早已等不及了，立刻搓了把脸，一脸淫笑表情地走了过去。

顾言衣衫凌乱，几缕发丝也垂落下来，透着凌乱、清冷又脆弱的美感，姓胡的一时看得有些欲罢不能，立刻就不客气地抓过了她的头发。

"乖一点儿，你表现好的话我会考虑让你的相好待会儿死得没那么惨。"

这姿态、这言语，周围的那帮同伙见状立刻起哄了起来，一个个直勾勾地看着她即将被人欺凌，还是当着她心爱之人的面。

那种掌控别人的生死的行为让他们觉得刺激又疯狂、变态又欢愉。

沈聿听着周围的邪恶笑声，再也忍不住地闭上了眼睛，额角冒着细密的汗，似乎在忍受着极大的痛苦。

他将手骨错位钻出绳索后，在这些声音中咬紧牙关，再睁开眼盯着那老大后腰处的一把匕首时，"咔咔"两声硬生生地将错位的骨头再次掰了回来。

顾言被抓住头发，跌坐在地面上，可就在胡哥正要褪下裤子的时候，倏然间，一道银光以迅雷不及掩耳之势闪过——

他下身一凉。

"啊！"

她身前的人骤然发出一声凄厉的吼叫声，下一秒，只见原本在众人眼中无法行走的柔弱清冷女人迅速起身，一个扫堂腿直接狠狠踹中了他的太阳穴！

这骤然的一幕让所有人都愣住了，惊呆了，众人难以置信地看着本该发生的画面没有发生，反而出现了全然令人不敢相信的场景。

这女人……说好的残疾呢？说好的不能行走呢？说好的捆绑呢？

那绳索是什么时候被她解开的？她怎么就站了起来？又一个扫

堂腿把人踢飞了?

所有的一切都发生在转瞬之间,快得令人反应的机会都没有。

而就在顾言这边迅速出手的时刻,一个伤痕累累的人影也骤然在空中掠过,闪现在一个中年男人背后,下一秒直接怒吼一声:"都不许动!"

那把中年男人身上的匕首已被他拔了出来,正直接抵在了中年男人的颈间,锐利的刀锋蹭到皮肤,划开一道浅浅的血痕。

其余人闻声齐刷刷地扭头看过去,再次瞬间傻眼,硬是僵在了原地。这男人不是已经被打得半死,还被捆住了双手吗?

可现在他竟然——

众人面面相觑,擒贼先擒王,可短短的时间里,老大被匕首抵住了咽喉,胡哥也跪在地上撕心裂肺地哀号。

显然,对顾言暴起的行为,不光是这些人震惊了,连浑身是血的沈聿也在挟持了他们的老大后,望着顾言站起来的身影愣住了。

她……能够站起来了?!

顾言望着沈聿硬撑着虚弱的身体制服了那中年男人,她幽深的眼底闪着光,强掩下了自己内心的痛楚情绪。

对这些人滔天的怒火却再也无法克制,她松开紧握的拳头,俯身捡起了地上的一根废弃的钢棍。

不在沉默中灭亡,就在沉默中爆发。

那中年男人虽被挟持,但不愧是老大,迅速反应过来,顾不上匕首抵在脖颈上,立刻瞪大眼睛吼道:"不要管我!立刻去干掉这个女人!"

这个女人装残疾、装柔弱出现在这里就说明了一切,她本就不是一个愚笨的女人,又怎么可能没做好周全的准备?!说不好警察现在已经在迅速赶来的路上!

他的话一出,七八个男人瞬间凶神恶煞般大喊着冲了上来,一个个挥着管制刀具。

与此同时,那中年男人的肩膀上骤然传来尖锐的锥痛感——

"啊!"

他惨叫一声,沈聿眼底猩红一片,扎在他的肩膀处的匕首更深了一些,他声音沙哑又狠厉:"你现在就要死是不是?"

如若不是想将一个重要的犯罪分子交给警察,他现在就恨不得杀死这人!

那中年男人眼底闪过狠戾之色,下一秒竟不顾疼痛地一把握住扎在肩处的匕首欲将其拔出来。沈聿见状,二人瞬间进行起激烈抗争。

而顾言那边——很完美地以一对八。

望着这些人,顾言扬起棍子,下一秒,直接冲着迎面而来的一个男人的脑袋挥了过去,侧身之际又敏锐地弯腰避开空中划过来的刀子,单手撑在地面上翻了个身,脚下顺势猛地踢向对方的下颌。巨大的冲击力骤然让对方疼得一松手,那人连连后退了两步捂住了自己的下巴。

顾言稳稳落地后迅速捡起从他手中落下的三棱尖刀,再扫了一眼那人,发现他已经控制不住地满口流血。

她再清楚不过地知道,他的舌头被咬断了。

左侧怒吼声夹杂着风声传来,顾言闪身避开一人拿着砍刀的手臂,顺势扣住他的骨关节,"扑哧"一声,另一只手的三棱尖刀直接刺入了他的腹部。

三棱尖刀是开了血槽的,鲜血瞬间汩汩地涌出。

她抽出尖刀的那一刻,鲜血飞溅出来,星星点点,沾在她白净冷艳的脸上。

那一刻,风掠起她的发丝,她浑身充斥着冷厉的肃杀之气,和先前的孱弱相比,如今简直就像是一尊浴血中的修罗。

看着捂住腹部砰然跪在地上的同伙,在场的所有人眼中都浮现了难以置信的震惊之色。

众人不敢相信,她一个原本手无缚鸡之力的女人竟然还有如此厉害的身手!此时的顾言站在他们中间,还有五个人拿着刀子对着她,他们眼底隐有惧意却依然跃跃欲试。

他们全然不知,眼前的女人精通柔道和散打,还是国家级的散打冠军,若不是因为一场车祸,她怎么会坐上轮椅?习惯了孑然一身的她又怎么会雇上生活助理?

长期坚持康复锻炼,顾言早已恢复,除了林梓,她没有告诉任何人她回到了曾经的状态。

这也是她敢孤身闯入虎穴的原因之一。

眼下，沈聿那边传来激烈的打斗声，顾言眼睁睁地看着重伤的沈聿被压在身下，匕首冲着他的面部刺去，她眼瞳一缩，欲冲上去，可围绕着她的人再次一拥而上。

长刀迎面袭来，顾言迅速偏头避开，刀刃切断她耳边垂落的发丝，下一秒她的匕首直接挑破这人的手筋。耳边传来凄厉的惨叫声，顾言视若无睹，接住坠落的长刀转身就刺入了另一人的右肩。

前方一歹徒大吼着持刀袭来，顾言顺势抓住身侧受伤之人的手臂，直接一个过肩摔冲对方砸了过去，来不及收的刀子瞬间将他们的人开膛破肚。

这些人虽说干的都是凶狠之事，但在身手上大多是凭借一身蛮力，不过这也足够带来威胁。

最后一人凶狠地拿着匕首刺过来，刚解决一人的顾言回头发现这一幕已经有些躲避不及了，一手骤然抬起，死死攥住了袭来的匕首。

锋利的刀刃陷入手掌心，手掌瞬间皮开肉绽，血肉模糊。

歹徒眼底越发浮现出凶残之意，他加重力气，巨大的疼痛感袭来，顾言后退了两步，她额角隐隐被细密的薄汗渗湿，可她与歹徒对峙的眼中充满了凌厉之色，还有着些难以掩饰的杀意。

下一刹那，电光石火间顾言骤然闪身松手，惯性让歹徒向前趔趄几步，顾言直接从他身后背刺，一刀捅入了他的后腰。

而等一切都结束的时候，顾言满手鲜血地握着刀子微微喘息着。

她抬起手，触了一下眼角，看着手上的血迹，睫毛微微颤动，一时间不知是手上的鲜血，还是脸上的血。

刚才躲闪之际，即便是她动作再快，眼角还是一凉，匕首划过。

而在前两分钟——

匕首激烈争夺间，那拐卖团伙的老大突然用手肘狠狠攻击沈聿受伤的腹部，让沈聿结痂的伤口再次被撕裂。

火辣辣的痛楚让他像是被抽空了力气，整个人也控制不住地向后踉跄着倒去。

周大开趁机夺去匕首，猛地就要刺向沈聿的面部，沈聿一偏头，手指直接死死抠住了周大开流血的肩，手指陷入，使其血肉模糊。

周大开疼得大吼一声，脸色煞白。

沈聿余光瞥见被众人团团围住的顾言，肾上腺素骤然再次暴涨，杀疯了一般，不顾一切地一个翻身将这老大压在身下。两个人在地上厮缠斗起来，最后沈聿用双腿控制住他的脖子进行绞杀。

那老大被勒得脸色发青，额头冒汗，目眦欲裂，一手死死地扳住他的腿想要拉开，一手则是扒在地面上，伸手拼命地想要去够到前方的匕首。

想活活勒晕乃至勒死一个人是相当困难的一件事，更别提沈聿经过昨夜非人的折磨早已心力交瘁，那周大开趁着他力气稍松懈终于够到了匕首，反手就刺向绞住自己的脖颈的小腿。

沈聿骤然疼得闷哼一声，周大开趁势而上，翻身压在他身上，握紧刀子就要刺向他的心脏。

眼看着周大开目光凶狠地挥刀而下，沈聿内心深处蓦然浮现无限遗憾。

是的，这一刻他不是绝望，是遗憾。

在顾言这里，他还有太多事情没有去做。

就在他下意识地看向顾言的方向，想再看一眼她时，空中倏然有一道银光闪过——

"啊——！"

伴随着一声惨叫声，三棱尖刀直接穿透了周大开的手腕，随着冲击力的力道，他手中的匕首也被甩了出去。

顾言穿着一件黑色衬衫和长裤而来，踩着一双黑色短靴，身形清瘦单薄，露出的肌肤呈现出冰肌玉骨般的冷白色，衬得飞溅的血迹更加明显，被划破的眼角透出她几分凌厉又肃杀的美感。

满身鲜血的沈聿躺在地上，望着这一幕，手指微微轻颤了一下，眼前竟被水雾模糊。

他想，他这辈子大概永远都忘不了这一幕。

在他以为自己即将死去的时候，她赫然出现拯救了他。沈聿这辈子一直认为自己遇不到几个能打得过他的人，可如今，他被她救了。

他被自己心爱的女人救了。

顾言顾不上去看周大开的情况，看到沈聿被刺伤的小腿在不断流血，立刻将衬衫下摆用力撕扯下来，给他进行紧急包扎止血。

随后沈聿的脸上就贴上了她带有温度的手，这一刻，他仿佛觉得自己像是被圣光笼罩着，像是在做梦。

可他耳畔听到的声音，却证明这一切都是再真实不过的事。

他亲耳听到她落下一句话："沈聿，之前都是你救我，这次，换我来救你了。"

自从她发生车祸坐上轮椅后，遇到太多次危机，每次都是他出手相救。

这一次，终于轮到她来救他了，虽然她很不愿意遇到这种事。

在她的话音落下后，沈聿骤然落泪了。

万千言语都无法形容他这一刻的感觉，眼睛酸涩肿胀，鼻子发酸，眼眶里水雾模糊。

好在她没事，不然他不知道该怎么面对这一切，死亡也将无法抵消他的痛苦。

沈聿微微抬起手，泪眼模糊地望着她，轻颤的指尖感受着她的体温，滚烫的液体砸了下来："言言，这一切不是做梦，对不对？"

昨夜他从她那里离开后，特意去附近街区检查是否有其他可疑人员，却在他下车的时候，一辆摩托车突然蹿出来撞了他。

他被撞飞了出去，在迷迷糊糊间看到有几个人向他走来，手中还拿着棍子。

后来他就失去了意识，再次清醒过来时，是因为他整个被吊起，从头到脚被泼了一身冰凉的盐水——

刺骨的盐水渗入了他身上皮开肉绽的伤口，他是活生生地被疼醒的。

歹徒抓了他肯定会有他们的目的，所以他知道肯定会有人来找他，不是警方，就是他的家属。

歹徒绑架他勒索一笔钱也不是不可能的事，只是他再怎么想都没有想到，来的人竟然会是顾言。

看到她出现的那一刻，他整个人先是震惊，但随后便崩溃了。

因为他知道她一旦落入他们手中，必然会被折磨得很惨，更别提她的腿部还受了伤。

所以刚看到她的时候，他不敢相信她会来救他，甚至会觉得，她这是拿命来见自己，所以他濒临疯狂了。他宁愿直接死掉也不愿意顾言落在他们手中受到欺凌。

可就在刚才，在他拼死一搏，拿他们的老大来威胁抗争时，他不敢相信自己都看到了什么。

她竟然站了起来……不仅如此，还干脆利落地将这些人打得落花流水？

直到眼下，她出现在他的眼前，他还觉得这可能是一场幻觉，是他身体受伤太严重，神志不清晰了。

但无论如何，能再次好好地看着完好无损的她，那种失而复得的情绪让他难以自控。

顾言眼眶也微微泛红了，不过她的情绪似乎显得更镇定许多，她握住了他贴在自己的脸颊上的手，缓缓说道："这不是梦，沈聿，我真的来了。"

"你的腿好了？"沈聿泛红的眼眶里，还闪烁着些难以置信的神色。

因为明明在昨天，她还需要他抱着上下车，难不成，是她故意隐瞒这一切？

目前看来，他虽不知是何原因，但事实显然如此。

顾言容颜清冷，这会儿那冷漠的眉眼终于微微柔化，她说道："不然呢？你还真当我拖着一个残废的身体来见你，来当一对苦命鸳鸯？"

她怀里狼狈虚弱的男子终于轻扯了一下唇，不过却似牵扯到了伤口，顿时又疼得他皱紧眉头，倒吸一口凉气。

顾言眼底闪过复杂沉痛之色："警察很快就来了，你别担心，我先带你离开这里。"

他身上的伤势太严重了，她看了都于心不忍，心脏跟着绞痛。

沈聿还有些担心她的腿，可再扫视过地上躺着一众虚弱无力哀号的歹徒时，他突然意识到，从现在开始，他可能需要重新去认识她了——

一个固执地要将他背在身上的清冷纤瘦女子。

她到底是何时将自己变成一个如此强大之人的？不论是在心理上，还是在身体素质上。

顾言身影纤瘦，可她还是坚持背着他。他那么大一个人，她却丝毫不犹豫。

在他的印象中，这是他生平第一次有人背着他，把他看成一个需要照顾、需要守护的人。

仿佛，他可以永远不用那么要强。

远处传来了警笛的声音，由远及近，逐渐逼近，这对坏人来说是噩梦，对他们来说则是救命的曙光。

就在顾言背着他一步步离开之时，被刺中一只手的犯罪团伙老大听着警笛的声音，再看着正要离开的二人，眼底充斥着恼火的恨意，这恨意犹如即将喷发的火山。

现在他面对的是两条路，一条是立刻拖着受伤的身体离开，另一条则是——报仇，但他也会很快落网。

但即便如此，他依然选择了第二种方式——一把黑漆漆的枪对准了他们的身影。

这声音一响，那小子直接死亡，而警方也会第一时间找到他以及他们团队里的人。

黑乎乎的洞口透着索命的气息，而在十来米开外，顾言正背着沈聿离开。

倏然——"砰！"

空中传来一声振聋发聩的响声，那是子弹破膛而出的声音，顾言沉重的脚步倏然就顿住了，下一刻，她感觉身上的人也僵住了。

她脑海里轰的一声，心底油然而生出惶恐感，站在原地竟一动不敢动。她害怕了，害怕背后的他会出事。

而下一秒，她就感觉到身后的人缓缓动了，她睫毛轻颤了一下，指尖发寒："沈聿……"

不过就在她以为令人难以面对的事情发生之时，却突然听到身后不远处传来"扑通"一声，紧接着便是有人迅速跑过来的步伐声。

隐隐意识到什么的她，蓦然回头看去，却见一位特警赶了过来，手中还握着一把军用手枪，而刚才正是他开了火。

而周大开则肩膀中弹，倒在地上，鲜血汩汩地往外冒，地面上还掉落着一把枪，黑洞洞的枪口正对着他们这边。

特警迅速赶来缴获，给周大开戴上一副银手铐，随即一边警惕地盯着其他人，一边拿着对讲机和上面进行通话。

直到这一刻，她耳畔才缓缓落下他羸弱的声音："别担心，被打中的人不是我。"

顾言被这突如其来的一幕逼得额角的发丝都潮湿了些,她胸口深深起伏着,屏住的呼吸也终于得到舒缓。

她有些后怕,见他们一直用砍刀做武器,还以为只有这些了。

但这也并不意外,谁让他们是在刀尖上舔血过日子。

警方的人马陆续赶来了,包括医疗人员,顾言和沈聿直接被送去包扎和抢救。

在他们被带离的时候,顾言听到了远处火车的鸣笛声。

一辆运载着上千人的列车从铁轨上迅速驶过,列车上的人有的在打热水,有的一边吃着泡面一边和同伴说笑,有的在吸烟处吞云吐雾,有的人睡醒了正从上铺踩着梯子下来。

一切都在有条不紊地进行着,可没人知道,这里在不久前发生过一场恶战。

隔天,在安市第一人民医院,正值晌午,但这会儿外面雾气沉沉,病房的玻璃上蒙上了细雨,水流如注,模糊了窗外葱绿高耸的梧桐。

林梓穿着白大褂出现在住院部的走廊里,拿着病历来到了一扇病房门口,一推开门,便首先看到病床上的沈聿,旁边还坐着一位容貌清冷、气质淡漠的女人。

显然,这是顾言。

林梓轻扯了一下唇,打量着二人,道了一句:"有个好消息。"说着她将视线转向了沈聿,宽慰道:"现在可以放心了,除了你腹部的刀口有点儿深,需要注意一下,其他的地方多是皮外伤,再过几天你就能出院了。"

沈聿腰腹上还缠着白色的绷带,外面套了一件宽松的病服。他微微牵扯了一下唇,说道:"谢谢林医生,我会注意的。"

林梓看向顾言,忍不住轻拍了下拍她的肩:"你们俩这真是风水轮流转。"

两个人轮换着受伤,轮换着照顾彼此。

她知道他们经历了什么,虽不知具体状况,但也能猜到,这必然是非常凶险的,因为——

林梓往病房里多走了两步,看向隔着一道帘子后另外一张病床上的人。

一张单人病床上，他高大的身躯使病床显得格外窄小，床头柜上搁置着一杯已经凉了的水，还放着一枚不知从哪里掉出来的警徽。

病床上的人正微合着眼，面色苍白，唇瓣也有些干裂，相比隔壁被照顾得完好的沈聿，他这边显然是凄凄惨惨戚戚的景象。

林梓无奈地叹息了一声，走上前，淡然自若地从床头柜旁拿出了棉签，准备去帮他润润唇。

这人不是别人，正是陆原。

是的，在去处理化工厂那边的事情时，他负伤了。

一枚炸弹最后被扔到沙袋围成的防爆圈内，在迅速撤离时，他为了救一个比他还小的爆破员，当危急情况发生的那一刻，他扑在对方的身上，为对方抵挡住了身后袭来的东西。

而他自己伤情严重，肩膀还被一根木桩贯穿，那画面，让普通人不忍直视。

所以，他的手术是她和院长一起做的。

警方那边也下令，务必将其医治完好。

她身为一个外科医生，什么样的伤情都见多了，只是他这样还是让她心里忍不住平添几分说不出的滋味。

不得不说，他是个真男人，也是个英雄。

旁边有脚步声过来了，顾言出现在她的身边。

顾言望着躺在病床上的陆原，眼神有些不忍。她没想到陆原昨天会遭受那么严重的伤。

"真可怜，都中度脑震荡了，身边竟然连个照顾的家属都没有，还是单位里的警察同事轮流来照顾。"林梓一边轻帮他拿棉签浸润唇瓣，一边轻轻地叹息着。

可是他们也不能时时刻刻留在这里，不像隔壁的沈聿，顾言一直守在他的身边。

"晚上我留在这里守夜，会看着他们二人。"顾言轻抿了一下唇瓣，说道。

林梓无奈，目前看来也只能这样了。

就在顾言转身离开后，林梓再俯身，要给他润湿唇瓣时，猝不及防地对上了一双漆黑深沉的眼眸。

病房内的窗户轻打开了一道缝隙，夹杂着清凉水汽的风钻了进来，渗入她的衣服、皮肤，纤长卷翘的睫毛都潮湿了几分，她抬手蹭了一下眼眸，再看向他时，他依旧微合着眼。

林梓不自觉地深呼吸了一口气，嗯，刚才果然是看错了。

下一秒，她微微俯身继续，神色也更认真起来。

别说，这个公安局的副队长虽然现在是个严重的伤患，但这依然不影响他的身材和长相。

湿润的棉签浸着他干涩的唇，让他薄厚适中的唇瓣逐渐恢复了血色，鼻梁高挺，骨相优越，是个英俊又成熟冷酷的男人。

至于身材……对她这个医生来说，其实他的身材比例和肌肉的强劲程度，是她所见过的人体中相当完美的。

而且目前看来，她可能比他自己都要清楚他的身体情况。昨天手术抢救的时候，该看的她看了，不该看的——不，在医生这里，就没有什么不该看的，一切都是为了手术需要。

林梓突然就有些不明所以了，这样一个充满男性气息的男人喜欢顾言，顾言之前怎么就一点儿反应都没有？

要不是被姓沈的给拐走，林梓还真会觉得顾言对男性不感兴趣。

就在林梓脑海里有些控制不住地浮现一些有失医品的画面时，倏地，她持着棉签的手腕被人攥住了。

她身子轻颤了一下，莫名其妙地心虚的她被吓了一跳，忙问："你……你醒了？"

病床上的男人没有睁开眼眸，气息也淡淡的，不过随着他唇瓣微动，她的耳畔落下了几个字。

林梓有些怀疑自己没听清，不免调整姿势俯下身去："什么？你是说自己想换病房吗？"

她的视线再转过去的时候，却再次撞上一双漆黑的眼眸，而二人鼻间的距离也变得近了起来，温热的气息有些交融。

林梓反应过来立刻避开，抬手摸了一下耳垂，似乎觉得陡然就有些烫了起来。

病床上的高大男人的确非常虚弱，他眼眸闭了一下又缓缓睁开，气息也淡淡的："是的，我不想住在这里，如果实在没有其他病房的话，我也可以办理出院……"

林梓瞬间瞪大了眼眸："开什么玩笑，你知道你伤得有多重吗？

你现在的情况根本不能出院,而且你受伤那么严重也没有家人来,出院的话谁照顾你?"

陆原的脸色不太好看,不知是因为受伤还是被她的话刺激到了,这会儿他还有些轻微咳嗽起来,牵扯到伤口的他顿时痛苦得眉头皱了起来。

林梓只得连连安抚,压低声音说道:"好,好,好,你别急,我给你换,给你换病房。"唉,这叫个什么事。

其实林梓虽然不知道他想换病房的确切原因,但也觉得自己猜得八九不离十。

她扫视了一眼挡在病房中间的长帘,的确,哪个人能在这种脆弱的时候,还要看着自己的心上人和别的男人在一起呢?

没有对比就没有伤害,差距太大了。

她轻抚着他的胸膛,帮他顺气,只是抚着抚着,突然感觉掌心下的他的胸膛格外结实坚硬,嗯……真是太不好意思了,她有罪。

受陆原所托,林梓很快帮他转移到了一个新病房里,顾言和沈聿二人知道这件事后,不免陷入一阵微妙的沉默氛围之中。

沈聿靠在病床上,脸色因伤势还有些苍白,望着正在给他剥橘子的顾言,声音虚弱道:"他走,是不是因为我?"

此时的沈聿有些愧疚,对陆原受那么严重的伤,他多少是自责的。

他微微垂下眼睑,低喃着:"肯定是……如果不是我被歹徒绑架,他也不会出任何事,不会受伤了……"

顾言拉过他的手腕,将剥好的橘子塞在他的手中:"这不是你的错,你救了那么多孩子在先,歹徒才对你、对警方展开报复的。"

她说到这里,又微顿了一下:"如果不是你,那些被拐卖的孩子未来还不知道要遭受怎样的惨剧,抓不到那些罪犯,社会治安也存在着许多未知的风险。"

所以,至于陆原,她想,肯定是有其他原因他才想换病房的。

的确,事实也是如此。

在陆原那边,出任务受伤很正常,只是他不是圣人,单纯不想留在那里当电灯泡罢了。

下午的时候,林梓知晓了这件事后便告诉了顾言。顾言微微挑眉,但也没说什么。她是可以理解的。

虽然她是个心理学家,但很多时候她是个孤僻、沉默的,也不愿意去和别人进行沟通。可眼下,毕竟二人认识那么久也是朋友,所以她多关怀了两句:"他这次换了病房,我恐怕就顾不上看着他了,他有亲戚来照顾吗?这个时候还是需要有人在身边多照顾一下。"

林梓闻言,站在走廊里的她顿时视线有些飘忽了。她穿着白大褂,双手插在大褂的兜里,嘴里支吾着:"这……他大概也是不想给家里人添麻烦吧,没联系上他的家属。"

说着,她又轻咳了一声,双臂环抱,故作一脸勉为其难的表情说道:"看他也实在是可怜,不行我下班后多费点儿心吧。"

顾言闻言,视线从走廊窗外收回来看向了她:"这怎么能行?你医院里的工作不轻松,我看还是要联系他的家人——"

"哎,行了,行了。"这次话还没说完就被打断了,林梓坚定地说道,"就别难为他了,要是有人能来照顾他,早就来了。"

说完,她又说道:"我这边你就不用担心了,你就先好好照顾好沈大少爷吧,他伤得也不轻。"

顾言这次没再反驳,只是听着林梓的决定,看着她漂亮眉宇间暗藏的神色,静默了半晌,唇倏然轻扬了一下。

顾言:"阿梓。"

林梓:"嗯?"

顾言:"去做你想去做的吧,不过记得,前提是要先照顾好自己。"

林梓看向她,随后二人相视一笑。

这句话藏着两种意思,无须再多言,一切尽在不言中。

每个人都有喜欢一个人的自由,也有被喜欢的权利,陆原也将会遇到属于他的命中注定。

一周后,沈聿终于出院了。

顾言刚将他送回家,在玄关处褪下大衣的时候,手机蓦地响动了一下,有人发信息过来。

她顺势点开信息,上面赫然出现一条陌生人的短信,顾言见后,脸色瞬间就变了。

这信息来得突然,却又似掐准了时间,故意在这个时候发送给她。

上面写着一句话:他差点儿害死你,你却甘愿为他赴死,真是让我意想不到,你这般聪慧的人也会犯情爱的蠢。

就这么一句话,也没有署名,可这一刻,顾言像是有所感应那般,立刻察觉出来,这可能是谁给她发送的信息。

她褪下衣物的动作都放缓了,轻抿了一下唇瓣,编辑了一条内容发送了过去:一个躲在身后下水道里不敢见天日的臭老鼠,有什么资格教我做事?

对方的电话号码是虚拟账号,归属地在境外。

这个时候突然跳出来发信息的人,势必是一直在背后默默观察着她的人,说是视奸也不为过,清楚她的一举一动,也是专门找这个时间发消息给她。

而愿意在她这里耗费这个精力的人,还能是谁?

顾言将大衣挂在玄关处,抬头看了一眼沈聿。他趿拉着拖鞋正准备上二楼,手中还拿着手机,低头看着。

片刻后,顾言收到了一条消息:激将法用得不错,不过对我没什么用,你都不知道我是谁。

顾言回复:是吗,"S",你真的觉得我找不到你?

这消息发出,骤然像是一粒石子坠入了大海之中,对方没有回复她猜没猜对,只是瞬间没了回音。

顾言再抬起眉眼时,冷艳的眸中闪过一丝凛冽之色。

半分钟后,她给另外一个人拨了一个电话过去:"小天,事情办得怎么样了?"

杨小天迅速接通电话:"老板,东西是拿到了,我送到一个私下搞电子修理的哥们那里去了,他说下午让我过去拿。"

顾言:"很好,下午拿到东西后立刻去工作室找我。"

这会儿,楼梯处传来了动静,沈聿换了一身烟灰色的家居服下楼了。他这段时间受了伤,漆黑的碎发也略长了点儿,微微遮住了眉眼。

家居服领口微敞,露出一片白净的肌肤,看得出他整个人清瘦了不少,下颌削尖,清冷的气质中透着些孱弱的美感。

听到顾言打的电话,他走到开放式厨房的方向,声音柔和地说道:"下午要去工作室了吗?我来给你做点儿吃的。"

顾言看着他慢条斯理地卷起了袖子,不免走了过去,握住了他的手:"不用了,你现在受伤未愈,还是要多多休息才行,我叫了跑腿来送鸽子,准备给你煲汤喝。"

他腹部挨了一刀,身上也有大大小小的多处伤痕,不多喝点儿鸽子汤、黑鱼汤之类的东西,每逢阴冷潮湿的时节,伤口必然会不适。

说着,顾言撸起袖子准备动手。

沈聿看着她二话不说开始忙碌,视线紧随着她,似一刻都不想错失。

顾言往锅里接水的时候瞟了他一眼:"一直看着我做什么?"

沈聿眼睛一眨不眨地望着她,唇轻扬了一下,下意识地说道:"这还是记忆中你第一次为我下厨,现在我总觉得不真实,想好好印在脑袋里,永远记住这一幕。"

这话音落下,顾言手中的动作停顿了一下,随后她关闭水龙头望向他:"记忆中的第一次?"

那么,他说的记忆是从哪里开始的呢?

第八章
影院迷踪影重重

　　她重复的话音一落,沈聿瞬间怔了一下,大抵是意识到自己差点儿说漏嘴了,顿时视线躲闪着别开了脸,轻咳了一声:"我应该是记错了,或许你之前给我做过很多次,只是我不记得了。"

　　顾言则微微挑眉,顺势淡淡地嗯了一声:"是的,你是不记得了,以前你很爱喝我煲的汤,每次都喝光,所以这次一定要多做一些给你喝。"

　　沈聿:"……"

　　怎么回事,他怎么突然有了一种不太好的预感?

　　一只市场内新鲜宰杀的鸽子被外卖小哥送了过来,顾言利落地处理着,沈聿看她有模有样的姿态,心底的不安感稍稍缓了下来。

　　煲汤的工夫,顾言按照手机上的教程又做了几个菜,说好的要照顾他,她肯定会好好"照料"。

　　很快,四菜一汤上桌了。

　　香菇爆炒小油菜、番茄炒鸡蛋、红烧排骨、蒜蓉大虾,还有一紫砂锅里的枸杞红枣鸽子汤。

　　沈聿看着漂亮的一桌菜,心底彻底宽慰了,没想到她其实也会做菜的。

　　顾言坐下来,拿着筷子给他夹菜,沈聿尝了一口香菇爆炒小油菜,味蕾感受着那味道……

嗯，沈聿的表情逐渐有些复杂了起来。

这道菜应该是个意外，她忘记放盐了。

他夹了一口番茄炒鸡蛋，嗯，鸡蛋煳了。

不对，不该是这样的。

沈聿不甘心，嘴硬地夹了一块排骨，送入口中，味道终于对了，他刚松一口气，却发现排骨根本咀嚼不动，炖的时间太短了。

他吃大虾，蒜蓉大虾总行了吧？

蒜蓉因过大的火候已经焦了，大虾变凉，腥味有些许上头。

一时间，沈聿眼皮子微微跳动，脸色白了又白，竟不知该从何下手了。

顾言却像是没什么感觉似的，淡定地给他盛了一碗鸽子汤："喝吧，好好补补身体。"

味道闻着是香的，沈聿坠下的心又攀了上来，他拿起勺子准备喝汤。

看着碗里浮的一层黄澄澄的油，闻着禽类混合着大枣的甜腻味道，倏然胃部一阵翻滚，他一下拿纸巾捂住了嘴巴。

"怎么不喝？一会儿凉了。"说着，她又加了一句，"你脑震荡记不清了，以前你可是最喜欢喝了。"

这一刻，沈聿听着这话，竟喝也不是，不喝也不是。

他不是不想喝，是胃部确实产生了不适的生理反应。他几次想要尝试，鼻息间闻到那种味道就一阵头脑发昏，胃部翻腾，最终再次以失败告终。

顾言见状，眼底浮现诧异之色："不喜欢喝了吗？那可不行，医生嘱咐，鸽子汤必须天天喝。"

说着，她又来了一句，说出了会心一击："你放心，我就算工作再忙，也会每天亲自给你做的。"

沈聿内心终于崩溃了。

他似乎再也挨不住了，脑袋里的那根弦也彻底断了，他突然起身，拉开椅子。

顾言拿着筷子的手停住了，她抬眸似乎不解地望着脸色一言难尽的他。

下一秒，拉开椅子的一米八几的大男人扑通一下就跪在了地板上，顾言的腿也随之被人抱住了。

沈聿把头埋在她的腿上，表情悲戚地说道："言言，对不起，我错了，原谅我吧。"

顾言闻言，这才放下了筷子，神色淡然，不紧不慢地问："错哪儿了？"

"我从来没喝过这鸽子汤，从去年在公安局见到你的第一面开始。"沈聿一字一顿，万分诚恳地说道。

空气瞬间陷入极致的沉默之中。

他从没喝过她做的鸽子汤，从最初他们二人相遇开始。他这话音落下，再清楚不过地表明这意味着什么。

顾言脸上的神色意味不明，半晌，她手指微屈，在桌面上轻叩了叩："所以说，你现在这样，是故意想拆穿我是一个贤惠女朋友的谎言了？拆穿我以前从来没有给你做过饭？"

沈聿闻言，只觉得受了当头一棒。他清楚，她这是要找他算账了。

的确，他早就知道，否则也不会拖到现在才坦白。

沈聿这会儿妥妥的"弱小无助又可怜"。他抬头，牵强地扯出一丝笑："没，我不是这个意思，你是最好的女朋友，全世界最好的。"

"是吗？"顾言坐在椅子上，看着他眼底深处的一丝慌乱和自责之色，心底的涟漪也微微荡开了，逐渐恢复了往日的平静样子。

"你现在身体还没康复，先起来说话吧。"

聿哥有些不敢相信她就这样算了，自己拿失忆的事情欺瞒了她很久，欺瞒到他日夜心底惴惴不安，觉得自己浑蛋。

他却又因失而复得而内心窃喜。

眼下，他踌躇着："那……你原谅我了？"

顾言面不改色地喝了口茶水："原谅你什么？原谅你骗我说自己失忆，还是原谅你给我洗澡，抑或是原谅你跟我上床？"

这话音落下，沈聿瞬间瞪大眼眸，耳根烧了起来，不知是惭愧还是羞的，他忙支支吾吾地说道："我……我是那样的人吗？那不是你主动的吗？再……再说了，什么上不上床的，我们也没有真的到那一步……"

他这倒是实话实说，虽然他为了博取她的同情谎称失忆，但从没想过利用这一点对她做什么。

顾言也不反驳,只是高冷地瞥了他一眼:"要不喝了这碗鸽子汤,要不再重新组织一次你的语言。"

她当时是故意试探,他却坚持己见地顺杆爬。

铮铮铁骨在面对那一碗鸽子汤的时候,他犹豫了,纠结了,最后,在顾言的注视下,他来了一句:"我做错的事情我认,而且我知道自己的行为卑劣,不该用这种手段再次得到你。我不要求得你的原谅,只是想坦白这一切真相,不想再欺瞒下去了,所以,再次对不起。"说罢,他起身顺手端起鸽子汤准备一饮而尽。

碗到嘴边,手腕却倏然被拉住了。

顾言:"罢了,别喝了,我没放盐,而且我没那种强迫人的怪癖,不会用这种方法来证明你对我的心意。"

她刚才看到了,他对这个汤的油腥味很难以接受,既然如此,那就不要喝。

沈聿动作停滞,错愕地望着她。

顾言的手指轻落在他额角的一处还未消退的伤痕旁,轻轻摩挲:"你觉得你瞒得住一个犯罪心理学家?"

下一秒,她的目光对上他的:"从一开始,我就知道。"

而她,只是纵容他罢了。

下午,顾言早早来到了工作室里。

她这次没有再坐轮椅,穿着一袭风衣,身姿绰约,淡定自若地上楼时,保安大叔都差点儿没反应过来。

他先下意识地打了个招呼,可随后发现她早已进入大楼的时候,这才一拍大腿,惊叹一声:"我去,这顾小姐能走了?"

他都这般惊讶,就更别提匆匆前来汇报的杨小天了。

他一推开工作室的门,张口即来:"老板,东西拿过来了,里面的东西我都没看,您这边慢慢研究——"最后一个字还没说出口,看着站在落地窗前的那抹黑色高挑人影时,他瞬间傻眼了。

"这……老……老板?"

他还以为看走眼了,直到他揉了揉眼睛,再三确定站在落地窗前的人是她时,他这才有些欣喜又激动地说:"老板,你的腿好了?"

顾言转身望着他,伸出手从他手中接过一个牛皮纸袋,抬眸看了他一眼:"不然?你当我这两条腿是假的?"

杨小天忙不迭地解释:"当然不是!我只是觉得这太突然了,也没见到你有个缓冲的阶段,前几天还坐在轮椅上,今天就直接站起来了,跟个没事人似的。"

顾言不语,自顾自地拆开牛皮纸袋上缠绕的线绳,拿出了里面的手机。

她有她的打算,否则如何放长线钓大鱼?倘若她之前不是一个"残废",那个拐卖儿童的犯罪团伙会那么容易地对她掉以轻心吗?

他们从一开始就错了,一步错,步步错。

顾言那边拿到手机后,立刻去检查里面的信息。

"解锁密码是123456。"杨小天插话道。

顾言扫视了他一眼,杨小天顿时嘿嘿一笑,摸了摸鼻子:"既然拿走就拿全套,我亲眼瞄到了他的开机密码。"

顾言没说话,只是片刻后默默地冲他竖起大拇指。

可以的,不愧是术业有专攻。只是,林安柘那小子,真的就那么不注意隐私?

很快,顾言也在这手机中发现了一些蛛丝马迹。

这是林安柘的手机,林安柘的手机已经丢失三四天了,微信等一些平台已经没办法登录,被其他设备逼退下来,但顾言看到了最近的一条短信消息,上面内容如下:

安城医科大学官方通知:

根据省文化局通知,为丰富学生们的学习生活,熏陶文化精神,陶冶思想情操,市内文化单位特意组织各大学在文博宫观看电影《艺术人生》,我校大四年级同学于本周六下午在市文博宫集合。

顾言阅完信息,脸上没什么表情。

今天是周五,虽然林安柘的手机不见了,但只要他是个学生,明天学校去看电影的事情他也一定会从同学朋友那边得知。

再说了,现在学生的心思多,谁还能像小时候一样按捺着性子去看这种电影?

顾言继续往下翻看着信息,当她看到一长串境外虚拟号码时,心头骤然一颤,瞳孔微缩。慢着,这一串境外号码,她越看越熟悉,熟悉到,她几乎一眼就认出来,这是上午给自己发消息的那个陌生号码!

这是那个在背后窥视她的人!

顾言呼吸都微微屏住,她点开了那条短信:周六组织电影活动,在文博宫碰头,具体座位届时我会发给你。

看到这条信息,她握住手机的手指都绷紧,骨节泛白。

"老板,怎么样,从上面发现什么重要线索了吗?"杨小天看她脸色微妙,担心地询问道。

顾言喉咙滑动了一下,她说道:"不该问的先别问,另外,明天我要去一个地方,你就在这里待着,不论是谁来找我,都说我在工作室里忙案子,不见人。"

杨小天愣了一下:"那……那沈大帅哥呢?"

他们两个人和好的事情他是知道的。

顾言轻抿了一下唇瓣:"他也同样,我会提前和他说的。"

明天,她势必要亲自去会一会,而且要提前布下天罗地网!

翌日,安城医科大学大四年级组织观看电影的活动开始了,时间定在下午两点,地点在文博宫。

文博宫位于市区中心,里面经常举办一些大型的演出活动等,共有三层,上、中、下层分别排列着座椅,内饰的装潢是典雅的红色。

整个年级有七八百人,这里完全容纳得下。

顾言出现在这里排队进场的时候,穿着一身大四年级统一的服装,这是她私下专门淘来的,并且花大钱借来了对方的身份证,顺利混入了这支年轻的队伍里。

并且,为了"见面顺利",她弄来了一顶假发——漆黑的露耳短发,不过戴着口罩也难掩她清清秀秀的模样,只是一打眼间,旁人都可能误以为她是个男生。

"这人是谁啊?看着好面生,是你们班级的吗?"

"不是,是其他班级混进来的吧,不过看着还有点儿帅……"

身侧不远处传来一些排队女学生的窃窃私语声。

顾言听闻,不免安心了些。

她今天特意打扮得像林安柘那小子,以免让对方察觉到端倪。她目前不确定这人有没有真的见过林安柘,但电影院毕竟是乌漆墨黑的，那人看不清面容也正常。

她拿出林安柘的手机，时不时地扫视上一眼，想知道他什么时候会再发消息过来。

终于，等顾言拿着学生证进入内场时，倏地，手机振动了一下。

她低头，看到屏幕上出现了那条境外手机号发来的信息：第二层，在正中间的区域位置，第三排，第十五号座位。

顾言望着这消息，内心像是有汹涌的海浪被她死死压制住。

她终于要见到"S"了吗？同时他也很可能就是代号叫"克鲁斯"的男人，那个投资了迷宫剧本杀、悫惠公司高管李长宇杀害了自己怀孕的妻子的网上幕后主使。

当然，他和自己母亲当年的死也脱不开关系。

金属锡硬币会出现在一个个死者的手中，幕后的人"S"究竟是一个人，还是说，是一个组织？

眼下，来看电影的同学们一个个拿着零食、饮料，笑容满面，记录着他们已为数不多的学生时光。

顾言抬头望向二楼，站在一楼场内的她，逆着满面春风的学生们，一步步迈向二楼场内的阶梯。

二楼所在的阶梯座椅分布在三个区域，左边、中间、右边，三个区域连起来的线条像是一朵花瓣被切割了一半，设计别具创意。

顾言走到中间区域，按照信息上的要求落座。

前方和身后不断有学生坐下，顾言看过去，这些学生说说笑笑，身上还带着一股青春的书卷气息，而她的视线像是要穿透每一个人，从这些人的脸上，找到她想看到的不一样的东西。

忽然，场内灯光暗了下来，学生们惊呼一声，不过很快便适应了过来。

台上是巨大的幕布，随着电影胶片转动，画面投射在幕布上。光线变得昏暗起来，周围的一切都不能再看得清晰。

顾言屏气凝神地靠坐在椅背上，一只手支着下颌，在静默中等待着。

她不确定后面会发生什么，或许林安柘在自己的手机丢失后，他主动和"S"联系过，今夜她会扑个空，也有可能，他真的会出现。

时间在一分一秒地流逝，随着所有同学进来落座后，屏幕上也

215

开始播放电影《艺术人生》。

顾言没有将太多目光落在上面，直到她在滚动的屏幕上，突然看到了一句字幕：在人类的艺术中，硬币反映了深刻的文化符号，但硬币的不同价值又犹如世界上每一个人的定位，有的昂贵被珍藏，有的廉价被唾弃。世界处处不平等，只有打破规则，才不会任人宰割。

这番话是没有被旁白读出来的，只是赤裸裸地展示了出来。

看到这话的时候，她内心莫名其妙地咯噔了一下。

她觉得这不像是正常电影中会呈现出的字幕，像是有人在暗中夹带私货，故意挑拨情绪。

这话看似冠冕堂皇，言语中充斥着追求自由、诉求平等的意思，可实际上，谁知道背后的阴谋是什么，想利用无辜的民众情绪为他献祭什么、隐藏什么？说出这话的人站在高处，拿起了键盘，试图成为一个至高无上的神。

顾言神色冷凝下来，她隐约觉得哪里似乎并没有那么简单。

是的，为什么这里会提到硬币？

这不得不让她想到了"S"会在人死之后，在其手心中塞上一枚硬币。而这些硬币，没有区别，都是金属锡制成，镌刻着繁复花纹，那这是否意味着……平等？

就在顾言深陷思绪之中时，突然，她拿着的手机响动了一下，是林安柘发来的消息。

她不动声色地点开消息，看到消息内容如下：你到了。

顾言盯着屏幕，敲打出了几个字：你在哪儿？

她的左右两侧都早已坐满了人，左侧是一位戴着眼镜文质彬彬的女生，右侧是一位吃着薯片的小胖墩。他们都在看电影，目光所到之处，都是一片黑暗。

看电影时场内是黑暗一片的，倘若有人拿出手机，那惹眼的光亮必然会吸引到其他人的目光。

除非这个人是在……

身后一股气息悄无声息地袭来，隔着椅子的靠背，凑近了她。一只手缓缓地从她的身后伸了过来，擦着她的肩膀，拂动了她耳边的"短发。"

这一刻，她微微垂眸，看着那贴着肩颈伸过来的手，整个人的血液都凝固住了。

他出现了。

彼时这人手背朝下,手中似乎拿着什么东西。

这是一个男子的手,她还看得出是个年轻男人,骨节修长,随后伴随着身后的人轻轻发出砰的一声,手掌倏然摊开,手心内竟空无一物,只余中指上一枚复古花纹的戒指。

他在欺骗她。

顾言蓦然要转身,肩膀却被人紧紧按住了。

随后变声器改过后的低沉刺耳笑声传来:"不好意思,你的暗号说错了。"

下一秒,顾言一把桎梏住他的手腕回头看过去,对方却灵活地抽出手臂,迅速离开。

一个穿戴着斗篷大衣的黑影从座椅上闪身离去,身影在黑夜里如同鬼魅。

顾言单手直接翻越座椅,紧追而上。如今这个重要人物就在自己的眼皮子底下,她不可能让他就这样跑掉。

连上耳麦,顾言紧急呼叫着这场行动中的其他人。

"小李,小李,嫌疑人往你那个方向跑过去了,一身黑色的衣服,目标是男性!"

"收到!出口已封闭,正在逐一排查可疑人员。"

说话的是小李,是躺在医院里的陆原的徒弟,陆原的身体现在还不允许他参与这些任务。

走廊里还有许多人往她这个方向走来,顾言躲闪着,最终直接赶到了走廊的尽头——一个男厕所。

顾言没有犹豫,直接踹门而入,吓得站在小便池旁的两个男大学生浑身打了一哆嗦,捂着裤裆一脸的不明所以表情。

顾言扫视过他们的脸,随后一个个踹开厕所的门去看。

一共四个隔间,第一个里面没有,第二个里面也没有。

其他的路被封死了,这个人只能逃到这里了,扫视了一眼二楼厕所的窗户,顾言加快了速度,踹开了第三扇隔间的门。

一个鬈发四眼男蹲在地上,手中拿着纸巾,一脸惊恐表情地看着她。

还剩下最后一个隔间，就在顾言要踹门的时候，突然门被人从里面打开了。

率先映入她的眼帘的是个高大的身影，对方将近一米九的个子，身材魁梧。这个男生看到门口站着身影纤瘦的短发人影，顿时不耐烦地咒骂了一声："净会坏我的好事。"

说罢，他拉着一个长发女同学从厕所隔间里走了出来。女同学忙不迭地拉上滑落下来的衣服，包裹住圆润白皙的肩膀。

只是大抵是在男厕所里被发现有些难为情，她低着头，躲在魁梧的男生身后，仿佛没脸见人一样。

眼看着他们要走出去了，顾言突然叫住了他们："等一下。"

"干什么？！你小子没事找事是不是？"魁梧的男生盯着女扮男装的顾言，面露凶狠之色。

顾言却直接走上前，盯着他的手扫视了一眼，嘴上说道："不好意思，我有个重要的东西丢在了厕所里，我过来寻找。"

她要找的不是这个人。

顾言的视线掠过他，目光落在他身后的女学生身上。

这女学生一只手抓住魁梧男生的手臂，她躲在他的身后，不敢以真面目示人。

顾言要找的目标的确不是女性，只是——

这嫌疑人就是跑向了这个方向，进入了男厕所，怎么可能会凭空消失？

那魁梧的男生见顾言的视线落向他的身后，顿时暴怒了，骤然上前一步捏住了她的脖领子："你小子眼睛瞎了是不是？找东西就找东西，你往我女朋友身上看什么看？！再看我就把你的眼睛挖出来！"

他身后个子高挑的女生没了遮挡，顿时偏过身子，一手挡住脸，顾言的视线从女生空空如也的手指上掠过，什么都没发现后，她不免客气地说道："不好意思，你女朋友应该没有拿我的东西，是我看错了。"

说话间，她的手落在他揪住自己的领子的手上，硬是生生地将他的手指掰开了，那男生眼底隐隐透出一丝惊异之色。

男生似乎没想到这么瘦小清秀，像个小白脸一样的男生竟然有力气抵抗得了自己。

看在顾言道歉的分上,他一把松开了她,伸出手指着她:"你小子别让我看见你,否则见你一次打你一次!"他没好脾气地警告叫嚣着。

顾言面色不变,像是毫不在乎他的威胁话语,魁梧男在女生的拉扯下,骂骂咧咧地离开了厕所。

顾言再一次环顾四周,连窗户都上前检查了一番。

窗户外围着安全铁栏,人根本逃不出去。而刚才在场的人员,在体形上没有与那人相符合的,而唯一看起来有些相似的……连性别都对不上。

顾言走了出去,望着那高大的男生和女生离开的身影,眉头越皱越紧。

难不成……她盯着走廊里的那一道高挑纤细的女生背影,女生的头发是茂密的大波浪,肌肤白净,隐约窥得面容也是清秀的。

就在她内心隐隐浮现一个怀疑时,小李警官的电话打了过来。

顾言立刻拿起手机接听电话,听到电话里的内容时,瞬间心脏也提了起来。

她半掩着唇转身:"当真?!真的抓到了?"

小李警官:"是的,抓住了,这小子穿着一身黑色斗篷,鬼鬼祟祟的,直接被我们逮了个正着!"

顾言听闻,立刻说道:"在那里等着我,我立刻过去!"说罢,顾言第一时间赶过去。她在匆匆过去的时候,还刚好与那魁梧男和他身边的女生擦肩而过。

尤其是路过那个高挑的女生时,对方身上的发丝还拂过她的肩,顾言侧身避开,怕小李警官那边出意外,迅速前往。

顾言抵达时,那嫌疑人已经被摁在墙壁上,手腕被反手铐住,脸被压在墙壁上。他竭力地反抗着大喊:"不是我,你们抓错人了,我不是你们要找的人!"

顾言微微喘着,气息有些紊乱,不过顾不上这些,上去一把扯下他的帽子,将这人打量个仔细。

旁边的小李警官走过来说道:"顾专家,是他吗?这小子从走廊里横冲直撞地跑过来,像是有人在追他似的。"

从描述的身高、身形、穿着上来看,这人很符合他的特点。

顾言眼底却流露出些许恼怒和颓败之色,只是被她竭力地压下去了,她盯着这人问:"你为什么说我们抓错了人?好好的看个电影你为什么要穿成这个样子?"

这小子梳着小分头,看着一脸发蒙和惶恐的样子,虽然整体看着很像,但顾言能隐隐察觉出来,这人不是他。

男生此时微微颤抖着腿,慌乱地对顾言说道:"是有人让我这么穿的,这人提前给了我一笔钱,让我在刚才从人群中跑出来。"

小李警官立刻追问:"是什么人?他让你做你就做吗?"

那小子闻言,顿时支支吾吾地说道:"有个人通过社交工具找到了我,我也不知道对方是什么人,但是这人给我转了几千块钱。"

小李警官闻言,顿时冷着脸去查看他的账号:"你根本不知道自己做了什么,你这是参与了犯罪!一会儿跟我们回局子里!"

男生闻言顿时吓坏了,忙哭着求饶。

顾言却顾不上他这边了,仔细地回忆着之前发生的一幕幕。

她闭上了眼睛,刚才所发生的一幕幕瞬间都像是放电影那般浮现在她的脑海里,每一个细节都没落下。

一定有个地方,让她忽略了。

倏地,顾言再睁开眼眸的时候,脑海里的画面定格在一截细白的脖子上。

这一处的记忆来自那魁梧男生身后的女朋友身上。

随后,顾言像是发现了什么重大问题那般,立刻对小李吩咐道:"封锁,立刻封锁这里,不允许任何人出去,我先去查看监控!"

她知道哪里不对了!

顾言迅速前往监控室,在这个过程中脑海里想着那一段白色的脖子,越想后背便越发寒凉。

狡猾,这人太狡猾了。哪个女生的脖子上会有这么明显的喉结?

她的注意力也被嫌疑人手上戴的那一枚戒指所吸引,如今看来那又何尝不是混淆视听的把戏?

顾言在前往监控室的方向时,视线却倏然瞥到街道上出现了两道身影,她瞳孔骤然放大,这不正是魁梧男和那个瘦高个子的"女生"吗？

　　他们身处一辆黑色的轿车内，车子启动，直接疾驰离去。

　　顾言脸色煞白，不过是被气的，因为目睹车里的"女生"戴上了墨镜后，降下车窗，冲着她微微勾起嘴角，笑容中透出几分戏谑之意。

　　"该死！"她一拳砸在了窗台上。

　　面对这挑衅笑容，素来镇定的顾言气得恨不得直接跳窗，可是她现在在三楼，跳下去恐怕又会骨折，出门追上去也来不及了，只能眼睁睁地看着他们离开。

　　电影结束后，学生们陆陆续续地走出来，顾言也游荡在其中，整个人看起来有些死寂、颓然。

　　她刚从监控室里出来。

　　这会儿，她的手机突然响了起来，她打开，沈聿的头像在屏幕上浮现。

　　顾言一个人走在路边，在熙攘的人群中接通了电话："喂……"

　　沈聿动听的声音透着几分轻浅的笑意传来："言言，跟你说个好笑的事，我在路边看到了一个短发的男生，别说和你长得还有几分神似。"

　　顾言站住了脚步，环顾了周围一圈，果然在自己的后侧方看到了熟悉的身影。

　　下一秒，沈聿就听到电话里的她沉默片刻，来了一句："一点儿也不好笑。"

　　他怔了一下，再抬头看过去时，就见那个他觉得像顾言的"男学生"，冲着他直接"摘"下了自己的短发假发，瞬间一头如瀑的长发散落了下来。

　　她又取下了一副黑框眼镜，脱掉外面宽松的学生外套搭在手腕上，径直冲着他走了过来。

　　沈聿就那么拿着手机站在人群中，眼睁睁地看着这一幕，愣是看傻了眼。

　　什么情况？他在大街上熙攘的人群中看到的像她的"男学生"，还真的是她？

顾言走到他的面前,面色有些许阴沉。她将外套丢给他,有气无力似的吐出了几个字:"拿着,回家。"

沈聿接过她的衣服,掂了掂,表情微妙,踯躅着问:"嗯,言言,在一起这么久,我还不知道你有cosplay(角色扮演)的爱好?"

顾言一听这话,顿时脑海里浮现了那个躲在魁梧男背后的"女学生"的身影,脸色更冷了,深呼吸了一口气,竭力按捺住自己的情绪:"我现在不想解释那么多,让我静静。"

虽然她现在火大,但沈聿是无辜的。

沈聿闻言微微挑眉,随后什么也没再说,安抚性地拍了拍她的肩。

顾言知道这次没有抓住对方,下一次他一定会更警惕。

但同样,她也获取了许多信息。

这个人就是给自己发匿名短信之人,在背后窥探着她的生活,知道她和沈聿的一举一动,甚至她所遇到的案子他都知道。

他亲自出现联系林安柘,怕是也没想到他们的信息被她截获了,只是他更警惕,设置了他们二人知道的暗语。

如今她可以明确判断,他就生活在安城,不光引导一些社会上有犯罪倾向的人去犯罪,还试图以各种手段操控着这里的一些大学生为他行事。

他是男性,逃走时虽然披着斗篷,但能看出骨架很大,一米八左右的样子。

如果那个"女生"就是他的话,那他年纪轻轻,二十出头。

顾言有些不敢相信,一个二十出头的人,竟然会做出那么多残忍的、伤天害理的事情,甚至是她的母亲都被——不,顾言不知想到了什么,眉头倏然皱起。

眉头再逐渐松缓的时候,她的脸色一点点地变了,变得凝重。

这一次,她可以百分百确定了。

"S"不是一个人。换言之,杀害她的母亲的人,不是一个人。

她母亲身为一名检察官,被人杀害惨死在家中。以当年的杀人手法,那绝对不是一个小孩子单独可以完成的。

是的,如果是这个二十岁出头的嫌疑人作案,那当年他也不过是十岁的样子。那么另外的帮凶,又会是谁?

顾言的脑海里猝然跳出一个人影,她微微扶额,神色似有些痛苦。

"言言！"

她坐在副驾驶座上，主驾驶座上传来了熟悉的轻唤声。

顾言被打断思绪，视线看过去，就见沈聿一手已经打开车门，他说道："车子先在路边停一下，我很快回来，等我一下。"

顾言挂着下颌，没言语，看着他下车离去。

她现在的思维已经跳脱出眼前的现实生活，满脑子还都是之前发生的一幕幕，目光漫无目的地游移着，仿佛没有焦距。

车窗外有交警一闪而过，似乎想贴罚单，顾言察觉到异动，这才身子向主驾驶座那边靠过去，降下车窗说道："不好意思啊，我们马上就走。"

一般车内有人且尽快开走是不会开罚单的，交警看到她出现顿时微微挑眉，随后嘱咐了两句便先离开，去准备给下一辆停在路边的车子贴条。

顾言看他离去后，微微深呼吸了一口气，也不自觉地收回压在主驾驶座椅子上的手。

就在这时，座椅上的压力消失，从椅缝里倏然弹出一个银白色的东西，落在了车子主驾驶位的脚踏处，顾言注意到有东西掉了下去，眉头一蹙，随后自然地弯下腰去捡。

可当她视线落在那东西上时，她倏然愣住了，伸出去的手也僵在了空中。

顾言就那么眼睛一眨不眨地看着那枚金属锡硬币躺在脚踏垫子上，一股麻木的凉意感从指尖就那么一点点地蔓延了上来，让她羽睫轻颤了一下，呼吸都屏住了。

金属锡硬币怎么会突然出现在这里？出现在沈聿的……车里？

要知道，这个东西出现的时候，都代表着和凶杀案有关，不是在"S"的手中，就是在死者的手中，但显然，沈聿不是死者。

顾言想着他突然出现在这里，脸色越发泛青。

隐约听到车外面传来脚步声，顾言不再犹豫，立刻俯身捡起那枚金属锡硬币回到自己的座椅上。

"咔"。

主驾驶位车门被打开，只见沈聿手中拿着一支冰激凌出现，他仰了仰下巴："拿着，看你心情不好，给你买的。"

223

顾言左手中还握着那硬币，一时间接也不是，不接也不是，最后硬着头皮暗中捏紧硬币后接过冰激凌，低声道了一句："谢谢。"

沈聿已经上来了，启动了车子，听到她说这话，顿时眉梢微敛，目光看向了她。

顾言坐在副驾驶位上，身子紧绷，唇瓣轻抿，接过来后目光盯着那冰激凌，却一口未动。

身侧之人气息逐渐传来，顾言忽然抬头，却发现他的身躯已经逼近，狭长的眼眸一眨不眨地望着她，似乎还透着点儿审视的意味。

顾言咽了一下口水，睫毛轻颤。

沈聿："跟我说谢谢？你紧张了，你……在怕我？"他盯着她，温热的气息弥散在她的周身。

她不是没有对他说过谢，只是从未如此不自然过。

顾言偏开脑袋，眨了眨眼："没，刚才执行了任务，失败了，我只是在复盘。"

沈聿灼热深沉的目光望着她，顾言手心微微发热，冰激凌在这时偏偏又开始融化，硬币也变得越发滑腻，突然，她的手被握住了。

顾言的睫毛轻颤了一下，她竭力控制住胸前的起伏，沉声问道："你干什么？"

他茶褐色的眼眸里似乎蒙上了烟雾，令她一时间摸不透他的想法。他握着她的手，将冰激凌递到她的唇边："再不吃就都融化了。"

干涩的唇瓣上沾染了冰凉的湿润滑腻触感，为了避免冰激凌融化得更多，她只好舔舐着，不过吃得有些心不在焉。

手中的硬币快要滑落下来了。

看着他启动车子，顾言从纸巾盒里抽出一张纸，作势擦着手，随后不着痕迹地将金属硬币裹在了纸巾里，换右手握住。

这枚硬币她要带走，查一查上面有没有他的指纹。

傍晚，日暮西沉。

车子行驶在宽敞的道路上，准备驶上前方的高架桥。高架桥的两侧都是江水，暗流涌动着，看似平静，流速却很快，所到之处像是足以吞没一切。

思忖半晌，顾言将冰激凌吃得差不多后，像是漫不经心地问："你怎么会来这里?"

沈聿右手握着方向盘,左手搭在上面轻轻敲着,也不隐瞒:"上午你说要忙,我就去附近转转,喝了一杯咖啡,无意间听到兼职的服务生说的,下午这边有活动,就过来看看。"

顾言皱眉:"咖啡店?你这是去了哪家咖啡店?"

"就大学城那边的一家,哦,对了,不知道你还记不记得姓林的那个小子?当时他和我们一起去了密室。他就在那里兼职。"

沈聿的语气很自然,没有遮掩的痕迹。

顾言脸色却更复杂了,他还去接触了林安柘?

坦白讲,如果他真的隐藏着秘密,那即便她问,他也不会告诉自己真相。

但顾言知道,他是不会伤害自己的,否则曾经有太多次机会。

前方赶到了十字路口红灯刚亮,车子缓缓停下,不知是不是冷饮甜品真的有让人心情变好的作用,她精神逐渐放松了些许。不过就在这时,沈聿的声音落下:"你的唇边有冰激凌。"

"嗯?"顾言微微蹙眉,下意识地拿过纸巾去擦拭,不过就在她低头的时候,突然,手腕被他修长的手包裹住,滚烫的热度熨帖着她。

顾言挣扎了一下没挣开,随后不容置疑的动作就落了下来。

"嗯……"

这个吻如盛夏倾盆的暴雨,猝不及防地落下,舔舐着她嘴角的冰激凌,带着冰激凌的香草味,在她的唇齿间肆意侵略、扫荡。

顾言还没来得及闭上眼睛,整个人心跳如擂鼓,看着他垂下来的浓密睫毛、逐渐收紧的手臂,她也觉得后颈有些发麻,浑身发烫。

绿灯亮起,后方传来鸣笛的催促声,她这才被放开,胸口大幅度地起伏着,连带着唇瓣都有些红肿。而他坐了回去,拨挡踩油门,半边身躯在光线里,半边在阴影间,目不斜视,继续开着车,好似刚才的一切都没有发生过似的。

顾言气息紊乱地坐在副驾驶座上,发丝都有些散落下来,还不等她去问他刚才作何,就听他低哑着声音来了一句:"你精神压力大,如果冰激凌哄不好的话,那就试试一个吻。"

顾言说不上来是什么情绪,轻抿了一下唇,语气算不上好:"如

225

果吻也不行呢？"

沈聿："那就试试我。"

他将她送回家后，刚坐在沙发上，领子就突然被拽住了。顾言细白冰凉的手指落在他的脸颊、脖颈、锁骨上，继续往下。酥酥麻麻的战栗感猝然席卷着他，让他脊椎一麻，整个人有些眩晕。

"言……言言……"他一开口，声音都有些哑了。

顾言直接俯身，一手撑在他后背的沙发上，居高临下，姿态中充满了攻击性。

可偏偏那张容颜是冷艳的，反差的禁忌感瞬间就上来了，让他心跳加快，锋利的喉结滚动了一下。另一只纤细的手指滑到他的后脖颈处，撩拨着他的脊椎、发梢，眼神则清冷平静，她唇瓣微启，轻飘飘地落下一句话："沈聿，记住，是我要了你。"

窗外黄昏时分，火红的日落余晖烧红了大半边的天空，像是暗红色的墨汁浇开，晕染在偌大的城市上空。

一幢幢高楼骨架般矗立在天地之间，逐渐亮起了灯光，街道上，车流不息，像绵延不绝的彩色灯带，一眼望不到尽头。

整个城市都在旖旎瑰丽的夜幕下，而镜头拉近，在一幢高楼之上，暗红的晚霞透过落地窗落在了两个纠缠在一起的身影上。

翌日，沈聿修长的指尖轻颤了一下，下意识地去触碰身边的人时，却落了空。

旁侧的薄被的温度已变凉，人不知道是何时离开的。

他瞬间醒来，睡意消散，撑着身躯坐起来，身上的薄被滑落，堆叠在腰腹间。

沈聿的肩很宽，腰腹的肌肉结实紧窄，身材是完美的倒三角，薄薄的肌肤下，肌肉像是蕴含着野兽般的爆发力。

饶是他再注意，腹部还是不免有所牵扯，之前包扎好的伤口再次裂开，血隐隐渗透着裹了一层又一层的白色纱布。

但眼下，这一切对他来说，都不是最重要的。重要的是床畔是凉的，房子里是空的，顾言不在家，这里只有他一个人了。

明明不是一个害怕孤独的人，某一刻他却突然感觉自己仿佛被抛弃了，尤其是在两个人身体无限纠缠过后，这种孤零零的落差感更甚。

　　沈聿捂着伤口处的纱布下床，却突然发现床头柜上放着一张字条，他身躯一震，将字条拿了起来。

　　"有新案子了，我要和他们集中去处理，闭关一段时间，你照顾好自己。"

　　看到这话，沈聿敛眉，唇瓣轻抿。

　　那是一种无可奈何却又不得不认的无力感，如果不是这张字条，他都在想，她是不是就这么拍拍屁股走人了，对他也完全不打算负责。

　　沈聿视线掠过地面上的一片皱巴巴的纸巾，突然想起一件事——他们昨晚没有做安全措施。

　　公安局。

　　顾言作为特聘的心理学专家出现在了一间办公室内。

　　陆原的徒弟小李警官走了进来，手中还拿着一份检测报告，看着手肘拄在桌子上、双手轻扶着额头的女人，敬重地说："顾专家，你让我帮忙查的东西查出来了。"

　　顾言闻言，抬头道谢，随后将报告接了过来。她也没有做什么心理建设，直接就打开了那份检测报告。

　　"经检验，金属锡硬币上检测出来的指纹，和沪市市民沈聿一致，男，27岁。"

　　顾言闭上了眼睛，深深舒缓了一口气。

　　他为什么会有金属锡硬币？他本来就有，还是别人给他的？

　　"顾专家，这个人我见过，他之前来过我们这里，还找我们副队询问当年的一宗连环杀人案。"说到这里，他微顿了一下，望着顾言缓缓说道，"并且，也是您母亲所在的那宗案子。"

　　顾言之前一直知道沈聿来到她的身边目的不简单，但看在他救过自己，帮过她那么多次的分上，她没有追问下去，但她想，现在总要了解个清楚了。

　　三十分钟后，顾言来到了一所医院内。

　　医院的一间病房内，陆原听着顾言的询问，陷入了一阵沉默之中，随后将保温杯放在旁边的柜子上，缓缓叹息了一声，说道："我以为你早知道他的一切背景了，没想到你对他——"

他到底是该说不在乎，还是说太上心？

顾言缄默着，躺在病床上的陆原只得继续说道："他有个大哥遇难了，被发现的时候，手中握着那枚金属锡硬币，那也是连环杀人案的第一起案子，阿姨的那件案子，是第二起。"

他口中的阿姨，也正是顾言去世的检察官母亲。

当年她的母亲就是在调查那起案子的过程中被杀害的，沈聿之前也来过他们警方这边询问过案子，所以他接近顾言的时候，陆原就知道他肯定是为了他大哥的事情。

可谁知后面——他竟把顾言一起带走了。

"所以从某种意义上来讲，你们都是受害者的家属。"

顾言听着他口中的这一番话，眼神深沉不已。

同是受害者家属，这一点她其实在最初的时候就猜到了，遇难者是沪上豪门沈家的长子，姓氏这里和沈聿都对应上了。

这不难猜，否则靠她那点儿工资怎么会招来一个身手不凡，哪怕吊儿郎当却依然气质出众，并且有开着玛莎拉蒂的白富美未婚妻的小助理呢？

只不过，沈聿家族里的人员并没有那么简单。

顾言问："他名义上只有一个姐姐吗？"

陆原微微颔首："是的，不过他们是同父异母的关系。"

顾言知道他说的就是沈晴，但这并不代表沈聿那花心的父亲只有他们两个孩子。

顾言想起了沈聿之前的未婚妻唐絮找上门时，提到的她眼中的"沈聿"。

在她看来，那个人不是沈聿，却又和沈聿很相似，并且这个人出现在唐絮身边的时候，正是沈聿被送到国外的时候。

那段时间……他代替了沈聿，在沈家生活？

顾言潜意识里总觉得，这个人不简单，她想找到他。下一秒，她从手机里翻出一张照片，拿到了陆原面前。

陆原望着照片上的人，端着保温杯的手顿时顿了一下，他有些不解："这……是姓沈那小子小时候？"

顾言猜到了他的反应，摇头："不是，这照片是我在其他地方发现的,这上面的少年不是他,却在他出国后,用着他的身份生活过。"

陆原闻言,神色一下子严肃了起来。

毕竟发生命案的时候,受害者的身边人往往也有着重大的嫌疑,可当时沈家只是说家里有那两个孩子,并未再提起其他人。

顾言又将脑海深处的记忆翻了出来,缓缓说道:"去年杀害两位女性的精神病罪犯,他被送往精神病院后我带着沈聿去探望过,他当时想出其不意地攻击我,是沈聿救了我,但那时我发现了一处细节。"

"什么细节?"陆原也不顾虚弱身体的消耗了,这些事情显然对他来说更重要。

顾言沉默了一瞬,蹦出几个字:"他害怕沈聿。"

是的,当时她后续查看监控的,发现了他眼底对沈聿的惶恐之色。

可现实中,沈聿分明应该是没有接触过他才对。

她一度怀疑沈聿,但没有打草惊蛇。如果沈聿是"S",他留在她的身边,她相信会找到更多的证据。

直到她发现了和他相似的人,更准确地说,应该是他另外的哥哥,或者弟弟,那么有没有可能是这个人私下接触过罪犯?

相比沈聿和沈晴,这人则是从小被打上了"私生子"的烙印。

陆原听闻这一切,脸色都变得凝重起来,声音低沉下来:"你也清楚,如果是熟人作案的话,警方会率先排查,再者这个所谓的神秘私生子当年的年纪应该是很小的,不是吗?他自己是没有足够的能力去犯案的。"

顾言深呼吸了一口气:"所以我怀疑有同伙,而且对方是成年人。"

话已至此,陆原已经知道后面该怎么做了,先顺着这私生子的线索查下去。

他的喉结滚动了一下,再看向顾言时,他神色复杂道:"倘若不是发现这个私生子,沈聿真的和'S'有什么关系的话,那你会怎么做?"

她和沈聿在表面上看已是恋人关系,但他觉得他可能低估了顾言,某一刻,他都怀疑,她是不是为了调查沈聿,才答应和沈聿谈恋爱,以身犯险。

229

顾言脸色淡然，眼瞳更像是一汪深潭，深不见底。半晌，她看向了窗外，语气平静道："我不后悔和他在一起的每个瞬间，如果他真的是恶魔，那我会亲自将他送入地狱。"

陆原心脏蓦然一颤，她说出这番话的时候，看起来就像是在说今天天气如何。

他终于明白，哪怕是爱情，也根本无法撼动她的原则。

他唇瓣微动，说道："我知道了，这张照片发给我，我会去找到他的下落。"

顾言颔首，起身准备离开，身后的陆原又叫住了她："等等……"

她站定脚步，没有回头。

陆原："你爱过沈聿吗？"

这话音一落，他就有些后悔了。他觉得这是她的私事，他不该过问，但——

"当然。"她没有犹豫的话音落下。

陆原霍然抬头，这个答案不知是在他的意料之外还是意料之中。

爱一个人，即便是他犯了不可饶恕的错误，她也会亲自将他绳之以法，将他送入地狱。

陆原看着她的背影，突然意识到，她外表再怎么平静，可她的内心深处，肯定涌现过无数次海啸。

沈聿那边大抵是怕被冷落，孜孜不倦地给她发着消息，顾言闲下来的时候瞥两眼，突然看到他发来两条这样的消息：我姐又来安城了，不过这次她还带回了一帮朋友过来玩，有几个人你应该认识，有两个歌手还有个大明星，其中那个明星还是家喻户晓的。不过和你说这些，你应该也不怎么感兴趣，毕竟连我想见你都不怎么排得上号。

顾言看到这信息后，兴许是感受到了言语间酸里酸气的味，搪塞了一句：是吗，哪个明星来了？

沈聿：温弦。

温弦？

顾言的脑海里隐约闪过网络上看过的碎片化影视画面，她回：几年前在西部演动物保护电影的那个？

沈聿诧异：没想到你对这些娱乐圈的人还有所关注。

顾言缄默。不是她特意去关注，而是她过目不忘的本能让她对很多明星有印象。

电影海报、新闻弹窗、街头的广告牌、无处不在的产品代言……她还知道，这个明星当年拿了国际上的奖项，在国内造成过轰动，后面也陆陆续续拍过电影，前年听说拿过最佳女主角了，现在还是风光无两。

顾言有一搭没一搭地问：安城最近有什么情况吗？什么风把他们给吹来了？

沈聿回：能有什么事？一帮人简单过来玩呗，听我姐说，带他们去安城这边很有名的一个温泉度假酒店度假。

说着，他又来了一句：那家酒店据说不错，回头我也带你过去吧。

温泉酒店，两个人一起泡温泉的话……

顾言指尖搔了一下眉心，再次敷衍：好，有空的吧。我还有事，先去忙了。

似察觉到她的冷淡态度，他半晌才慢吞吞地回复了一个字：噢。

顾言却微微叹息一声，顾不得那么多了。陆原有权限去调查遇难者家庭成员背景，她这边也不能闲着。

她拿着车钥匙出门，片刻后，一辆车子疾驰在前往她的母校的路上。

来到国内顶尖的政法大学，顾言再出现在熟悉的教学楼门口时，脑海里不知浮现了什么画面，让她踩在台阶上的步伐怔了一瞬。

时间仿佛迅速回溯，想起上一次来这里的时候，她坐着轮椅不知如何上台阶，突然有个陌生男学生出现在她的身后，推着她的轮椅从斜坡上去。

那个学生的背影……她的目光闪烁了一下。

相比上一次双腿不便，这一次顾言脚下每一步都踩得坚定有力。

陈延之出来的时候，一眼就看到了等候的顾言，顾言抬手挥了挥，唇边挂着一丝浅笑。

"陈教授。"

陈延之看到她出现，眼神有些惊讶："小顾，你怎么来了，到学校有什么事情吗？"

顾言摇了摇头:"没什么大事，就是最近工作压力很大，我想回到母校里放松一下。"

说着，她神态自然地摊手:"碰巧遇到教授，我们总是研究别人的心理，不如您教教我如何更好地舒缓压力吧。"

陈教授语气温和地淡笑道:"我现在要回宿舍午休，你看你的时间是否来得及？"

"当然，我可以。"顾言当即应下，明知道教授只是客套一下。

果然，陈教授也没想到她会答应得这么干脆，愣怔了一秒后，唇边浮现出温和的笑:"好，那你跟我来。"

陈延之六十多岁了，这么多年来，一直住在学校的教职工宿舍里。

顾言跟着他前往他的私人住处。这边的教职工宿舍区很老旧，不过刚翻新过外墙，刷着鹅黄色和白色的漆面，衬着那路边一排排高耸的榕树，倒也别有一番静谧温馨的意境。

不过这一切也只限于外表，这六层小楼里面还是灰败的，走廊里的窗户窄而小，方方正正地嵌在高墙上，透出微弱的光。

扶手上锈迹斑斑，顾言跟着上楼后，看着陈教授摸索着掏出钥匙，打开了一扇橙黄色的门。

这里是学校，也比较安全，所以这里没有防盗门一说，能住在这里的人都是教职工和他们的家属。

"来，进来坐吧，正好我中午要做饭，不嫌弃的话你就留下来吃。"陈教授谦和地说。

"教授，说这话您就客气了。"顾言进来后，在门口换鞋。

陈教授让她不用换，并且还让她把门敞开，无须关门。

顾言应下。

陈教授的细心程度，还是超乎她的想象。哪怕他是长辈，她是学生，依然不能如此共处一室。

"教授，我来帮你搭把手吧。"

顾言跟着他进入厨房忙碌，陈教授也不拒绝，只是温和地笑道:"我这里很久没热闹了。对了，你的腿怎么样了，身体都好了吗？"

顾言说了一下自己的身体情况:"能走，但是剧烈运动还不行。"

陈教授一听这话，忙说道:"那你快去客厅坐一会儿吧，这边饭菜马上烧好了。"

顾言应下,随后自己一个人从厨房里走了出来,坐在客厅内,一边轻拍着自己早已完好的腿,一边环顾着四周。

大抵是陈教授的级别比较高,所以这间房子的配置还是比较好的,七十多平方米,户型也好。客厅内没有电视,放着一个实木大书架,书架上面摆满了书,一层层,罗列整齐,非常规整。

家里也是不染纤尘,顾言的手指在木质的椅子上擦过,一点儿灰都没有。随后,她看着书架上的一排排书,凝住了目光。

她看了一眼厨房的方向,看着里面背对着她,正在炒菜的身影,起身冲着书架走了过去。

上面有各类的书籍,心理学、犯罪学、国内外名著和一些自然学科。就在顾言要去抽出一本书的时候,倏地,压在其上的一本书突然被带了下来,掉落在了地上。

顾言忙弯腰,捡起书一看:"《莫瑞斯》……"她轻念出了书名。

"啪!"

厨房处突然传来清脆的声音,像是什么碗摔碎了,她忙将书放了回去,走向厨房:"没事吧,教授?"

陈教授无奈地笑了笑,手在围裙上擦了擦:"没事,不小心打碎了一个碗,你别管我,我来收拾就行。这两道菜好了,你先端过去吧。"说着,他将一盘西红柿炒鸡蛋和香菇炒油菜递给了顾言。

陈教授这边收拾完还要再炒个排骨,顾言劝他不用了,两个人争执间,突然一个尖嗓门的声音从门外闯入:"哎呀,老陈,我今天炖了大骨头,你快来尝尝。"

说话间,一个胖胖的中年女人出现了,她喜笑颜开,双手端着一个大盆。看到顾言时,她显然愣了一下,随后笑容收敛了些:"今天有客人哪,这是学生?"她上下打量着顾言。

顾言则一眼认出了她,露出微笑:"您是教社会学的杨丽芳老师吧。您好,我叫顾言,是陈教授的学生,我以前也选修过您的课。"

杨丽芳闻言,立刻笑了起来:"这是过来看望你的陈老师吧,他可是教出了不少优秀的学子。"说着她将那盆炖好的大骨头放在了桌子上,热情地说道,"今天你有口福了,来一起尝尝我炖的大骨头。"

顾言:"谢谢杨老师,我就不客气了。"

233

今日的她一改往日的疏离冷淡样子，唇边挂着笑意，热络地帮忙拿碗筷。

饭桌边，杨丽芳老师坐在陈教授的身边，拿着筷子先给他夹了根大骨头，后者则是连连摆手："不用，不用，我自己来即可，你们吃，你们吃。"

顾言望着二人，浅笑着说道："我来之前还担心来着，陈教授总是孤家寡人，这老了以后可怎么办？今天看着倒是放心多了。"

陈教授面上挂着有些尴尬的笑："小顾你快吃。"

他没有否认，无形中像是默认了她的话。

杨丽芳睨了他一眼，五十来岁的女人脸上意外地出现了羞赧的神色。

顾言将这一切默不作声地都看在了眼底，脑海里闪过刚刚从书架上掉下来的那本《莫瑞斯》。

饭后顾言准备走了，陈教授和杨老师一起要送她，她忙说不用。

门口的玄关柜上有张被放倒的照片，杨丽芳看到后顺势将其立了起来，嘴里还不忘说着："小顾下次再来啊。"

顾言下意识地将视线落在了那张被立起的照片上，顿时怔了怔。

"欸？教授，这照片上的人是您和小时候的……沈聿吗？"顾言大大方方地询问。

陈教授忙笑着说道："哦，这张照片哪，是沈聿那小子，我和他父亲很早以前就认识了。"

"这样哪。"顾言没再询问，笑着挥挥手说再见。

一切看起来都很正常，没有什么意外的，毕竟沈聿当初来找自己，就是陈教授推荐过来的，他们认识无可厚非。

但门一关，她转过身，唇边的笑容瞬间敛去，唇瓣抿成了一条线。

三日后，顾言开车去工作室的路上，手机突然响起，是陆原打来的电话。

她接通电话："喂？"

陆原："出事了，警方那边收到最新通知，咱们这边有位女明星自杀了。"

顾言脑海里轰然响了一声。

女明星？怎么她莫名其妙地想到了沈聿之前和自己发的消息？

她问道："出事地点在哪里？"

陆原："在某一温泉酒店。"

陆原听到电话那头传来了急刹车的声音。

顾言将车子停靠在路边后，屏住呼吸："什么情况？"

随后陆原将事情原委告诉了她："一帮沪上过来的明星和歌手，听说是要来这边录制节目，所以提前过来玩玩。他们入住了一家温泉酒店，结果出事了。他们的酒店套房内藏有微型监控设备，温泉酒店老板还在他们的饮品中下了药，一帮人神志不清地发生了混乱的关系，其中不乏已婚夫妻。事情发生后，有个女明星无法接受这件事，并且温泉酒店老板对他们进行巨额勒索，他们不给钱的话，他就将这些视频曝光出去，毁了他们的事业……"

第九章
倒打一耙引蛇出

顾言听到这一切,只觉得后背一凉,脊椎都麻了。

陆原接着说道:"其中有位女明星对其进行袭击后,被温泉店老板报复放出了部分她的视频,昨晚公开的,今天网上遍地都是她的消息。视频已经被封了,不过她的事业还是被毁,遭到大量网络暴力,就在三个小时前,她专门出现在温泉店自杀了。"

这属于自杀式报复行为。

她牺牲自己,毁掉了这家店和老板。

顾言屏住呼吸:"出事的女明星是谁?"

陆原:"叫简明珠,她和她老公都被卷入了那场混乱的事故中。据她老公说,事发后,她精神状态就崩溃了,后来遭到酒店老板威胁后,简明珠没有控制住自己,另外他们同行的明星六人中,只有一位当时临时有事出门,躲了过去。"

顾言:"那位是谁?"

陆原:"叫什么温弦的吧,现在她和其他人都在公安局接受调查。"

顾言听到这名字,一时心底不知是什么感受,能少一个受害者是一个。

没有全面了解这个过程,以及聚众性质,现在她无法去判定什么,但是单从陆原口中听说这件事,那么这种事情发生在谁身上都是恐怖的。

更别提他们还是公众人物,一旦事情被曝光,让全国人知道,那种流言蜚语、精神打击,足以摧毁一个人。

顾言很快赶去了公安局,在这场案件中,一切都很明朗,犯罪的酒店老板也被抓获。

影像虽然被销毁了,但是在抓捕肇事者之前,他还是把那些视频进行了自动上传,即便封杀影像,也难以清除干净。

陆原叫顾言出现的一个重要原因,就是想让她帮忙对其他人进行心理疏导,以免其他人也出现精神崩溃的现象,或者在冲动的情绪下,再做出什么不可控的事情。

公安局内。

顾言赶到的时候,先在大厅里遇到了几个眼熟的身影——

中长发的沈晴,以及穿着一件黑色大衣,身影修长,看着优雅痞帅的男人,不过往日里放荡不羁的模样消失了,他神色显得有些凝重。

这人正是沈聿。

顾言挑眉,他出现在这里,倒是有些出乎她的意料。

沈聿看到她,立刻走了过来,墨镜下的脸不苟言笑,目光看向他处,嘴上则微微叹息:"见一面真不容易,没得到我之前对我舍身相救,得到我之后忙得联合国归你管似的。"

简而言之,他似乎就差蹦出两个字了:渣女。

顾言不动声色:"有新案子了,我也没想到会在这里看到你。"

沈聿瞬间听出她的言外之意,忙说道:"别多想,我是上午才被我姐叫来的,她等会儿要接受警方的审讯。发生的事情你应该知道了,她虽然没有参与其中,但温泉度假村是她带路的,事已至此,她现在精神状态也很糟糕。"

度假村里酒店很多,那些明星住的酒店并不是她订的。

沈聿说话间,顾言看到了沈晴旁边还站着两个人影,其中一位身材高挑的女人,穿着一件咖色风衣,长发微卷,五官精致美艳,是带有强烈冲击性的那种美。不言而喻,她就是——

"阿言你也来了,我跟你介绍一下,这位是大明星温弦,旁边这位是她的丈夫陆枭。"沈晴介绍道。

大明星温弦的身边站着一位身板笔挺的男人，他容颜冷峻，见顾言视线看过来，微微颔首。

温弦嘴角微扬，伸出手："顾小姐你好，听晴晴提起你好几次了。"

顾言也礼貌地握住她的手："温大明星，久闻大名，今天终于见到真人了。"

温弦无奈地耸了一下肩："可惜是在这里见面。"

她遇到过很多事情，可是差点儿被卷入这种荒诞可怕的事件中，这还是头一次。倘若不是她的丈夫在这边执行任务，中途休息可以见家属，她恐怕也会和他们在酒店套房里一起休息、玩乐。

但是后面如果喝了迷幻药，失去了意识，她就不知道自己会发生什么事了，想想就可怕。

沈晴说道："言言，现在有位叫姜遇的女演员也受到了巨大的精神打击，我们很担心她的状况，她刚被审讯完出来，现在应该在休息室里。"

说着，她不忘又来了一句："不过她的男朋友因为这件事和她分手了，你注意一下别提这事。"

她正说着，警方就来传唤她了。

片刻后，顾言出现在了休息室的门口。

里面坐着一位长发的黑衣女子，女子身影纤瘦，将自己包裹得很严实，旁边还有一位陪护的女警，怕她情绪失控。

顾言进去后，那女警才在她的示意下离开。

顾言发现这位叫姜遇的女演员一直低着头，长发垂落在她的脸颊边，只露出一小截过于白皙削尖的下颌，她瑟缩着的身子轻颤着。

顾言伸手想要去碰姜遇凌乱的发，姜遇蓦然往后一躲，整个人蜷缩在椅子上，通红的双眼惊恐地望着顾言："你是谁？你要做什么？！"

顾言望着她眼底的惶恐和慌乱之色，心底闪过一丝不忍。

顾言在她身前半蹲下来，尽量不对她造成攻击性的姿态，声音柔缓地说道："别怕，我不是来伤害你的。你放心，我什么也不会再问，只是想简单地陪陪你。"

"当真？你不是记者？不是狗仔吗？"姜遇急切地问，整个人都格外敏感多疑。

顾言缓缓摇头:"真的不是,我只是个再普通不过的工作人员,看你难过,想陪着你而已。"

姜遇听闻这话,竟然一反常态地笑了起来,大笑着,笑得眼泪都差点儿要掉出来了,说道:"我会难过?怎么会?我是个明星,有自己的事业,还有一个爱我的男朋友,我怎么会难过啊?!"

顾言沉默着望着她。

顾言进来之前,沈晴告诉她,姜遇的男朋友已经和姜遇提出了分手。

姜遇似乎有些疯疯癫癫的,兴奋的声音继续传来:"我们就要结婚了,你知道吗?就在下周,我马上就要成为他的新娘了。"

顾言再出来的时候,面色异常凝重,对警方说道:"送去医院检查一下吧,我怀疑她得病了。"

现在的姜遇敏感多疑、兴奋多话,出现了幻觉和妄想症状,现在可能会严重危害自身。

今天刚从医院出院的陆原拿着档案走来:"她现在是什么病?"

顾言声音疲惫又无力,蹦出一句话:"需要让医生好好鉴定一下,我怀疑她可能有了精神分裂症。"

温弦闻言也走了过来,神色担心地说道:"既然这样,我陪着她过去吧。"虽然他们都是综艺节目邀请的演员,私下不是很熟,但毕竟是同行,现在一时半会儿,姜遇身边也没有其他人了。

听说她的经纪人因为这件事还和她大吵了一架,姜遇的各种代言都面临毁约的风险,赔偿金都是天文数字。

姜遇就这样在警方和温弦等人的陪同下先去医院,这会儿法医部门的一位男法医突然出来找陆原,说是在尸体身上发现了遗物。

陆原在看到那密封袋里装的东西的第一眼时,就立刻让顾言进他的办公室。

一个密封袋里,一枚金属锡硬币就这样映入她的眼帘。

顾言瞳孔都微微放大,她有些难以置信,上前一步忙问:"这是在哪里发现的?"

还戴着手套和口罩的法医说道:"这枚硬币是在死者的裤兜里贴身放置的,上面没有沾血迹,也只有她一个人的指纹,应该是在死亡前，就在她的身上了。"

顾言拿着那密封袋，细白的手不自觉地越发攥紧。

挑衅，这是再一次赤裸裸的挑衅行为。

这次的肇事者已经明确，就是温泉酒店的老板，可偏偏又出现了金属锡硬币，这说明背后还是有人在幕后操控简明珠的死，控制着这一切，就如同之前的孕妇案。

——还是"S"。

"啪！"陆原一巴掌重重地拍在了办公桌上，气得脖子都有些涨红："太过分了！这个恶魔越来越无耻！"

顾言盯着金属锡硬币片刻，问："媒体现在怎么报道这件事的？他们知道谁是主谋了吗？"

陆原说道："他们本身就是明星，粉丝效应大，他们的视频相关的新闻传得沸沸扬扬，那些网友很快就挖出了这家酒店有问题，但具体主谋，我们未透露，网友也还不知。"

顾言深呼吸了一口气，看向窗外，随后一字一顿坚定地说道："既然'S'插手了这件事，那我就要将他逼出来，哪怕不择手段。"

陆原皱眉："如何不择手段？"

顾言："他不是自诩高智商，可以操控别人的生死吗？那这样的人，他同时也是孤傲清高的。"

所以他又怎么经受得住全民的"诋毁"呢？

隔日，就在事情在网络上愈演愈烈时，一条安城警方的新闻震惊了所有人。

安城警方："近日我市发生了一起恶劣事件，一温泉酒店负责人克鲁斯（化名）严重违反了《中华人民共和国治安管理处罚法》，在酒店里安置摄像头等偷拍设备，并且受害者经过检测，确认克鲁斯非法下药，涉嫌投放危险物质罪，以及传播淫秽物品罪。目前该嫌犯在逃，警方正在全力抓捕中，对方疑有精神问题，案情相关举报者奖励现金二百五十元。"

这消息一出，全网热议。

网友秋风扫落叶：竟然还下药了，这个叫克鲁斯的人这么变态吗？真恶臭！

网友我是你爸爸：我看错了吗，才给二百五十元奖励，是故意讽刺他这人是猥琐的下三烂吗？

网友阳光总在风雨后：原来是个只敢躲在暗处、有精神病的心理扭曲猥琐变态，怪不得那么肮脏下流。

陆原刷热评榜的时候，看到这几个熟悉网名的评论，眼角不自觉地抽搐了一下。

谁能想到，这几个醒目的留言是他们自己人发出来带节奏的，全部是按照顾言的吩咐去评论的？

顾言说，这个叫克鲁斯的，也是"S"的人，他自诩高智商作案，认为警方抓不到把柄，如今被当成变态偷窥者大肆传播，遭受人们的辱骂，一定会忍不了。

一旦他露出头来，警方就好找到线索将他抓捕。

现在没有其他更好的办法，他们只能尝试这个手段了。

晚上顾言从工作室出来的时候，一眼就看到了街道边倚靠着一辆黑色轿车的男人。

听到动静，他抬起头来，看向清冷月华之下的她。

顾言微微挑眉："你怎么来了，不是说我最近很忙吗？"

沈聿轻扯了一下唇，笑意有几分苦涩之意："我知道你忙得没工夫见我，但现在这个事爆出来，你就不怕遭到对方报复吗？"

对方本身就是个变态杀人狂，怎么会猜不出他们的计谋？有的只会是被激怒的情绪。

顾言双手插兜，目光深沉："如果他们真的来了，那事情还好办了，我等了十多年，要一个结局。"

沈聿打开车门："走吧，为了安全起见，今天你先去我那边。"

"没事，我回自己那……"

沈聿："我姐也在我那边，放心，我不会对你做什么的。"

顾言："那行，走吧。"说着她就自顾自地上了车。

怎么，他突然开始有些怀疑自己了。

难道上一次两个小时的时间，他不能让她满意？

不得不说，顾言的这个方法果然奏效了。

今天一早，全民就炸了，因为"变态偷窥狂克鲁斯"通过媒体放出了一段自己用变声器处理过后的录音。

那声音像游戏里的浑厚男音:"近日警方将污水泼向我,令我感到无比可笑,我做过的事情远比这些要厉害得多,你们抓不到我便来诬蔑,由于你们自作聪明,我会惩罚你们!让你们付出代价!"

这话一出,一时间众说纷纭。

他的话很快就被警方压了下来,不过还是有部分流传开来,竟然还惹来了一群无脑的网友支持他,觉得他很厉害。

公安局内的会议室里,长桌边坐满了警方人员,局长已经下达了通知,加大监察力度,全城戒严,并且要求不管用什么手段,一定不能再看到悲剧发生!

之前警方没有将此事公之于众,现在全网的人都知道了,他们备受关注,如果被嫌犯挑衅的这节骨眼上再死了人,事情就翻天覆地了。

陆原也是压力倍增,看向椅子上的顾言,分析道:"现在这种情况下,他究竟要做出什么事来报复?"

顾言一时沉默着,静坐在椅子上,没有焦虑之色,不知在想什么。

有个警员不免有些急切生气地说道:"我们就不该挑衅他,现在好了,他都要下手了,可我们还没头绪。"

这话音刚落下,突然一个清冷的女声落下:"不,恰恰相反。"

众人闻声,瞬间看了过去。

顾言已经霍然起身,拉开椅子,落下一句话:"快去医院。"

陆原愣了愣,但突然想到医院里有什么人后,立刻变了脸色,连忙说道:"重案组第一小队全员立刻出动,地点在安城人民医院精神病科的住院部十三楼!"

随着他这话音落下,全员立刻出动。

顾言已经迅速地出了门,门外停着轿车,陆原招呼顾言上他的车一起过去,却不想,再一抬眼的时候,顾言身后多了一个身影。

沈聿拉开车门:"是言言让我去的。"

顾言坐在副驾驶座上系上安全带:"走吧。"

陆原虽不解,但还是一脚踩下了油门。

顾言看向前方,目光深幽。她叫上沈聿一起去,届时一切都将会呈现在她的眼皮子底下。

半个小时的路程，因警笛开道，他们硬是在十五分钟内就赶到了目的地。

演员姜遇被检查出患有重度躁郁症和精神问题倾向，精神方面的病需要一个月的鉴定期，但姜遇昨日被安排住院，是因为她的躁郁症，让她出现了无差别攻击别人的行为。

昨天她扑向了那位陪护她的演员温弦以及一位护理人员，用打碎的药瓶去袭击对方，争执间她的手腕动脉被划破。

眼下，在医院精神科的一间VIP病房内，病床上躺着一个人影。医护人员将尖锐、易碎的物品全部拿走了，地上散落着枕头和毛毯等物品。

走廊上，大明星温弦低头看了一眼自己被纱布包扎了一层又一层的手，微微叹息一声。她的丈夫陆枭开口："她的家人什么时候赶过来？我们没有太多时间了。"

他即将有任务要忙，让他的妻子一个人在这里，他肯定是不放心的，更别说，她的手已经受伤了。

温弦说道："听说下午就来了。"

两个人正说话间，一位穿着白大褂的医生推着推车过来了，温弦下意识地询问："医生，现在过来是什么安排？"

医生推了一下鼻梁上的眼镜，浑厚的声音传来："主要是注射葡萄糖和生理盐水，至于镇静剂是否需要注射，还是根据她现在的情况而定。"说着，他推门而入。

门被关上了，温弦从玻璃窗看到医生推着车走向了病床，不自觉地收回目光："希望她能早点儿从噩梦中恢复过来吧。"只是这些话，说得容易。

这会儿走廊的电梯门突然开了，温弦一眼就看到了之前在公安局里见到的犯罪心理学专家顾言，以及公安局的副队长，还有沈晴的弟弟，沈聿。

他们迅速从电梯里出来，一行人看起来很急切。

她有些诧异他们会一起前来，不免立刻迎上去："怎么？发生什么事情了吗？"

顾言额角都溢出了一层薄汗，她抓住了温弦的手臂，气喘吁吁地说道："姜遇还好吗？有没有人接近她？！"

温弦闻言，下意识地摇头："不，除了医生，没有人过来找她了。"

顾言微微舒缓了一口气，觉得她是赶上了，来得及阻止危机发生。

但这时温弦的丈夫突然来了一句："等一下，刚才那个医生我们见过吗？"

温弦愣了愣，随后说道："这重要吗？"不过……他们还真没见过。

顾言脊背骤然一紧，一股寒意从脚底蹿了上来："什么医生，他现在在哪里？"

温弦看向身后的病房，刚好里面的医生推着小推车出来了，背对着他们的方向不急不缓地离开。她抬了抬下颌："就是他，他刚才进去了。"

下一秒，赶来的几个人二话不说就从她面前冲了过去，徒留她一脸的愕然和迷惘表情，完全不知发生了什么事。

可就在顾言和沈聿追向那医生的时候，却见原本走得好好的他，突然一个转身将小推车撞向了他们，然后迅速冲向那端的安全通道。

"喂！给我站住！"沈聿躲开小推车的同时大吼了一声。

温弦在原地看到这突然的变故完全傻眼了，瞳孔放大，简直难以置信："这……这……"

她的丈夫陆枭眼底闪过凌厉之色："快去看病房里的人，那医生是假的。"话罢，他也立刻追了过去。

温弦瞬间头皮都麻了，忙不迭地冲进了病房。

而在走廊里，那位穿着白大褂的"医生"迅速地进入了安全通道。顾言撞开门见那道身影下楼逃窜着，干脆一手撑在扶手上，直接从楼上的台阶上纵身跳了下去。

追上来的沈聿看得目瞪口呆，不过随后也跟着跳了下去。

走廊里的墙角放置着一些垃圾桶，被那"医生"不断地踢倒、砸过来，但还是无济于事，这一次，顾言不可能让他再逃掉。

她从上面的扶手上滑下来，拐弯时一脚踹中了他的后背，直接让他滚下了台阶，发出痛苦的声音。

声音是属于男性的。

最后，顾言气息有些凌乱，一步步地走向了他。

对方疼得蜷缩在地上，戴着一副眼镜和口罩、医用帽子，把自己遮得严严实实，可即便如此，顾言还是看到了他紧皱的眉头，以及——眼角的明显皱纹。

她眉头一皱,手下的动作也没客气,扣住他的一只手臂就要让他趴过去,冷厉地说道:"你对姜遇做了什么?"

对方却不说话,顾言没有那个耐心,干脆直接伸手去抓他的口罩,欲看他的脸。可就在这时,对方就像濒死的鱼一样突然强烈地反抗起来,另外一只手握着一支注射器就向她的眼睛刺去。

顾言迅速向后闪避,他却趁机逃走,可当他连滚带爬地往楼下跑的时候,突然——

"砰!"安全通道的门突然被打开,直接狠狠地撞上逃跑的他,顿时让他头晕目眩,最后倚靠在墙壁上,身躯缓缓滑了下去。

改变策略从外面进来的沈聿,和里面的顾言相视一眼。

顾言默默地冲他竖起了一个大拇指。随后,在二人的夹击下,沈聿一手按住那人的肩膀,一手毫不犹豫地摘下了他的口罩。

摘下口罩的那一刻,空气似乎都静止了。

顾言纤长的睫毛以极为缓慢的速度闪了一下,她望着眼前的人,呼吸都微微屏住了。

沈聿则愣住,有些难以置信地望着他:"陈……陈叔?"

他眼底的震惊之色不是假的,而且他不仅错愕,还有一种信任感坍塌的崩溃感。

"一定是个玩笑对不对?陈叔,你是故意出现在这里抓坏人的是不是?"

他一直无条件信任、尊重甚至是亲自将他引荐给顾言的人,到头来,竟然才是躲在幕后的凶手?

沈聿后退着,整个世界观都被颠覆了那般。

而对方则虚弱地靠在墙壁上,闭上了眼睛,缓缓地道了一句:"我等这一天很久了,害怕它到来,又怕它不来。"他没有否认,而是说了这样一句话,仿佛这个时刻到来,让他解脱。

沈聿整个人的信念似乎都被巨大的真相撕扯着,冲击着,让他的世界有些天崩地裂。

"小顾,你早就怀疑我了吧。"

被抓的陈叔,不是别人,正是顾言如父亲般的导师,陈延之。

他看向顾言,唇边带着一丝无力的弧度,说不清是什么感觉,仿佛是欣慰,又似乎是自嘲。

顾言唇瓣紧抿成一条线,双手紧了又松,松了又握紧,循环往复,胸口不断地起伏,她像是在极力克制着自己濒临崩溃的情绪。最后,她通红着眼眶,咬牙切齿地一字一顿道:"是,我早就怀疑了,但想不明白你为什么要这么做。"

她说到这里,喉咙艰难地滑动了一下,冰凉的声音都有些颤抖:"为什么要害我母亲?"就像她同样怀疑过沈聿一样,可沈聿证明了自己,来医院伤害患者的不是他。所以当真相呈现在她眼前时,她同样难以面对,哪怕她早有心理准备。

陈延之垂下头,脸上带着愧疚之色:"你母亲的事我很抱歉,总之,小顾,我对不起你,还有你妈妈。"

一句话,仿佛默认了他的行为,他承认了他是凶手。

顾言只觉得一瞬间呼吸都变得困难了,像是心脏被蒙上了一层猪油,油腻而恶心。

"对不起,我要对不起做什么?对不起有什么用?!"说到最后,她忍不住大喊了起来,眼底变得赤红。

他再怎么对不起,她的母亲也回不来了!而她更是被欺骗了十多年,杀母仇人就在她的面前,她却毫不知情,还把他当成了最信任的人!甚至是她的所有行动,他全都洞悉!

哪怕她的犯罪心理学,都是跟他学来的……这一切,该是多么讽刺!

安全通道的门被打开,一个高大的身影出现,他穿着迷彩的裤子、黑色的T恤、黑色的战地靴,浑身透着冷酷的气息。

他望着陈延之,利落地拿出手铐将陈延之铐上了。

演员温弦的丈夫——陆枭,他正是一位反恐的上校。

陆枭要将陈延之带出去的时候,顾言沙哑的声音传来:"等一下!"

陆枭扫视了一眼手表:"说。"

顾言望着这位她曾经敬重的六十多岁的导师,泛红的眼底透着锐利之色:"你的同伙是谁?!"

他绝对有同伙,这是她之前就猜测到的,"S"不可能是一个人,包括当年她母亲死亡时的刀伤,也是出自不同的力道和角度,不是一个人所为。

陈延之沉默了一下，随后说道："没有同伙，只有我一个人，所有的一切，都是我做的。"说罢，戴着手铐的他就头也不回地走了出去。

一众特警持枪站在走廊里，整个走廊安静得可怕，仿佛针掉在地上都能听得清楚。

陆原神色凝重地望着犯罪嫌疑人被带出来，眼底透着狠戾之色。

就在不久前，他冲进那位女演员的病房时，发现她正浑身抽搐着，嘴巴里还有白沫，立刻叫来医生查看，现在人还在急救室里抢救。

听说她是被注射了大量的吗啡，准确地说，是能致死的量。

所以眼前被抓住的人，国内顶尖的心理学教授，可以明确地说，他就是杀人凶手。

多么可怕又讽刺，一个高智商的学者，本应该教书育人，桃李满天下，受人尊重，背地里却成了一个可怕的刽子手，还不止残害了一个人。

陆枭将人交给警方，特警桎梏着陈延之带走的时候，顾言冲了出来。她在走廊里大喊了一声："另有其人对不对？！就是那个曾经和你拍过合照的少年！"

这话喊出来，声音回荡在整个走廊上，陈延之的脚步瞬间僵住了。

所有人都身躯一顿，回头看过来。

顾言则一步步走了过去，望着陈延之一动不动的身躯，缓缓说道："记起来了吗？玄关柜上的那张照片。"

她去他家里的时候，那相框原本是被放倒的，是那位教社会学的杨丽芳老师，在送她离开的时候，顺手将相框立起来的。

陈延之僵硬的身躯动了一下，他缓缓转身，脸上挂着慈祥的微笑："你说的是我和阿聿的合影吗？怎么会，他怎么会是'S'？"

顾言唇边扬起一丝冷意："谁说那个人就是沈聿了？！"

陈延之瞳孔微微一缩。

顾言一字一顿道："照片上的少年十三四岁，而这个年纪时期的沈聿，被母亲送到了国外波士顿，所以你告诉我，他又怎么会出现在和你的合影里？"

是的，当时从他的家里离开的时候，她就洞悉了这一点。

247

那个人不可能是沈聿！

陈延之呼吸凝住，目光紧锁向顾言，唇瓣也抿成了一条线。往日里儒雅温和的气息有些崩裂，他像是被撕裂了伪装。

沈聿也走了过来，目光冷凝："我可以做证，我的确没有在那个时期与这位陈教授合影过。"

陈延之眼神黑沉了些许，被铐住的双手尽量放松，他看起来冷静沉稳："那又如何？这什么也证明不了。"

说着，他转过身，对警方说道："带我离开。"

可就在这时，背后再次传来顾言的大喊声："那《莫瑞斯》呢？！"

《莫瑞斯》——这三个字，无形中像是一把利箭射中了他的身躯，直至穿透，让他浑身血液似乎都凝固了。可下一秒，陈延之还是头也不回地离开，脚步加快，如同在阳光下的潮虫，没有办法隐匿起他的阴暗和龌龊行为。

顾言望着他被带离的身影，眼底充斥着仇恨、不甘、痛楚、心寒之色。无数复杂的情绪纠缠在一起，让她整个人都要崩溃了。

身边有人要去触碰她，她条件反射地避开，可泛红的眼望过去，才发现那人是沈聿。他眉眼间尽是担心之色。

最后他什么都没说，只是默默地守在她的身边。

幽长的走廊里，人都走了，只剩下他们二人，不知过了多久，她终于缓缓靠近了他。

顾言将额头抵在他的肩头上，疲惫无力地闭上了眼睛。这一刻，二人在精神上达成了某种程度上的共鸣。

果然，只有感同身受的人，才能真正体会另一个人的心情。

"顾专家，我们想知道，你是从什么时候开始怀疑他的？"

翌日，陆原等人在会议室里等来了顾言，现在相关人员正在询问她知道的蛛丝马迹。

顾言的声音犹如一潭死水："没有具体时间，可能从我调查了那么多年，和'S'交锋过几次，我始终抓不到他的时候起。"

当初还下雪，她去找过陈延之一次，那时她还坐着轮椅，向他请教怎么将坏人引出来。

他则是说，很危险，希望她可以不再去追查此事。

顾言脑海里又清晰地浮现了他当时的愧疚样子，倒茶时茶水满了，他被烫到了手，却浑然不知，经过她提醒后，他这才摩挲着手指，动作重而不自然。

她想，陈延之是最清楚她的经历的人，是母亲的老友，所以他怎么能劝说她？

"前几天，你去找过他对不对？我们昨天去了他在学校的员工宿舍，有个姓杨的女老师来询问过情况，她提起，你去过。"

公安局内的女警一边问一边记着笔录。

顾言微微颔首："是的，我就是在这天加深了对他的怀疑，因为他欺骗了我。"

陆原等人问："欺骗？"

顾言平静道来："自我母亲去世后，他就很照顾我，所以我知道，他这几十年来始终没有结婚，更没有一儿半女。上次我去看他的时候，杨老师也端着吃的东西过来了，我看得出来，她喜欢他，但陈延之对她并没有什么好感。"

可偏偏，在她故意说起他们的亲密关系的时候，陈延之没有否认。

"从我的观察中我判断，他应是有意让我见到，他身边有异性。"顾言徐徐地将当时的细节都说了出来。

女警问："这又能说明什么？他也六十多岁了，始终没有家人，或许他不想被外人得知自己的窘境。"

顾言抬眸，眼睛一眨不眨地看向了她，语气平静："但他可不考虑结婚。"

所以，陈延之故意让杨老师出现来蒙蔽她的眼。

陆原瞳孔微缩："这个你是怎么知道的？"

顾言面色淡漠："我无意间碰掉了他看的书，书名叫《莫瑞斯》。"

顾言从公安局回来后，陆原就派人去调查有关陈延之的一切人际关系了。陈延之是个注重细节而又有洁癖的人，这一点，顾言每次和他接触都能发现：干净整洁的衣衫、一尘不染的家具、梳理得一丝不苟的发丝。

很快，有关他的更多的消息传来，公安局通知顾言一起去一趟安城的一家养老院。

去的这天下午下雨了，天色阴沉，顾言裹着黑色的风衣出现。

沈聿为她撑着伞，二人蹚过地上的一小摊水洼，水纹荡漾模糊了两个人的身影。

陆原和他的徒弟也刚好赶到，一同进入了这家养老院。这里前不久，住着陈延之的母亲。为什么说前不久，因为——

"在一个月前，韩梅去世了，我们联系家属也联系不到，骨灰盒现在还在这里放着。"

一位工作人员对众人说着，顺便将骨灰盒递给了他们："你们要是认识韩梅的家属的话，请帮忙转交吧。"

顾言看着小李警官双手接过骨灰盒，唇瓣轻抿了一下，对工作人员继续询问："她就这样走了？临走前她有没有交代过什么？"

这话一出，还真让工作人员想起了什么似的："啊，得亏你提醒了我。"

说着，她扭头进了一个档案室，在里面按照柜子上的序号寻找了一番，最后从一个抽屉里摸出了一个信封："给，这是她留下的一封信。很早之前她就写好的，她一直想等她儿子来的时候给他，但是他始终没有出现。"

众人将目光落在那信封上，瞳孔微微收缩。

顾言接过信封后，工作人员又和他们说了一下这位韩梅女士，也是陈延之的母亲在世时候的一些事情。

韩梅在世时特别以自己这个大学教授儿子为骄傲，天天都在养老院的老人面前炫耀，开口闭口都是儿子，直到有一天有个老婆子听腻了，出言讽刺她说，一次也没见她儿子来过，她儿子是不是不要她了。她听到这话之后便恼羞成怒地和对方打了起来。

工作人员说到这里，微微叹息了一声："我们也不知道，这母子俩是不是有矛盾，这位儿子虽然没来过，但给他母亲交养老院的钱很及时。"

从工作人员那边了解完情况后，顾言等人打开了那封信。

信上面写着："儿子，是妈妈错了，当年我不该那么对你，我只是怕你受到那些狐狸精的干扰，她们都不是好人，只有妈妈才会全心全意地对你好，我所做的一切，都是为了你好。后来你不愿组建新的家庭，我知道都是我的错，希望你能原谅妈妈。"

看到这样一番话，顾言呼吸都沉重了。

"我所做的一切，都是为了你好。"

虽然还不知道当初发生了什么事，但她光看这句话就已经背负上了沉重的枷锁，让人觉得窒息。

离开养老院后，顾言去了公安局的审讯室。

她坐在了自己的导师的对面。只不过，以前是他在讲台上，她在台下，而这一次，他双手戴着手铐，脚上戴着脚镣，穿着一身狱服坐在了她面前。

陆原让小李警官将他母亲的骨灰盒呈现在他的面前："陈延之，你母亲去世的事情，你知道吗？"

陈延之目光平淡，没有丝毫波澜："所以这是她的骨灰？你们帮我处理了吧。"这神情、语气，毫不掩饰他对自己的母亲的态度。

陆原微微皱眉："可以，不过你要说说你们之间的关系，当初发生了什么事情，让你对她产生了恨意？"

陈延之抬起眼眸，似对他们问出这个问题感到有些意外。

陆原见状，拿出了一封信："这是你母亲留给你的信，上面写了一些内容，以及她对你的歉意。"

陈延之沉默了，盯着那封信，眉眼间似有些冷郁之色，半晌后，他蹦出了几个字："我并不想说。"

那段回忆，不用想顾言都知道很糟糕。

陆原眼底透着冷厉之色，刚要说些难听的话，就见顾言突然起身了："我找人来坐我的位置。"说罢，她已打开门出去。

她想，她现在还不能以一个正常的心态去面对陈延之，恐怕他也一样。

她虽然离开了审讯室，但去了隔壁的监控室，透过摄像头屏幕去看里面发生的事情。

而这一次，他果然开口了："我知道孝道很重要，但她是我这辈子最恨的人。"

顾言听着他的话，瞳孔都紧缩着，眼睛一眨不眨地盯死他的每一个细微表情。

与此同时，她也从他口中得知了更多的信息。

他的母亲韩梅年轻的时候是做清洁工的，没什么文化。后来她糊里糊涂地嫁了人，结婚生子后丈夫出轨、酗酒、家暴，但是二人也并未离婚，美其名曰怕孩子有个不完整的家庭。

直到她丈夫酗酒后意外坠河，她才开启了长达大半辈子的丧偶生活。她自己一个人带着孩子，将所有的心血都放在了孩子身上，对孩子密切关注，密切到他任何隐私都没有，更是严格管控他的交友情况。

初中的时候，陈延之就展现出了过人的学习成绩，并且被选为学习委员。有一次，老师组织了一个团队参加市里的竞赛活动，而竞赛需要二十块钱的报名费。

他们队里的几个男同学、女同学路过他家时，顺便让他回家要报名费，因为只有他迟迟未交。

他犹豫后，还是将热情的他们请了上去。结果，他的母亲见到后，当着所有人的面，不分青红皂白地狠狠羞辱了他："你个废物！送你去学习不是让你去交女同学的！"

"什么女生都带回来！怎么这么不知廉耻？！"

"说是普通女同学糊弄谁呢？穿得花枝招展的，看着就心思不正！"

那些言语让他队里的女同学都哭着走了，而在他的同性班长的解释下，他母亲也终于给了他钱。

只不过，她是将零散的钱狠狠地砸在了他的脸上，钱散落了一地，让他像个狗一样趴在地上，失去所有尊严地、被践踏着、卑微地跪在地上去捡起自己的报名费。但他对母亲的爱，再也无法拼凑起来了。

仅仅二十块钱，改变了他的命运，给他的人生带来了重大的心理阴影，以后他再也不敢和任何异性接触，甚至是会对异性产生恐惧和反胃感，仿佛又想起母亲那狰狞扭曲的嘴脸。

在陈延之叙述过往的事情时，顾言在监控室内仔细地看着他的表情变化。

纵然他过往的阴影已经过去那么多年，但还是对他的内心产生了深刻影响，导致他现在想起来，那一幕似还历历在目，让他情绪激动。

从微皱的眉头、鼻翼两侧向下拉扯的纹路这些细微的表情中，她看到了他对女性的厌恶情绪。不过有一处，引起了她的注意。

陆原暂停审讯后，出来叹息着说："他是专业的心理学专家，目前只提供这些信息，关于'S'的事情闭口不提。"

顾言调出监控上的一处画面:"你看这里,陈延之说起他那位帮他解围的同性班长时,眼底的戾气明显消散了许多,甚至还有些怀念,我想可以从这里入手。"而且那眼神看着,还不仅是怀念。

陆原挑眉,想起顾言之前对他的性取向的判断,随后二话不说,想办法去找这个班长了。

陈延之一路读的都是最好的学校,身边人才济济,警方也很快找到了初中的那位班长。

如今他是一家公司的董事,即便六十多岁了,依然身姿笔挺,看起来是个常年健身的人,有着很好的体态和气质。

"顾专家,您好,这次过来是想询问什么事情?"李赫越问道。

顾言来之前,警方这边已经打过了招呼,所以她也开门见山地说道:"打扰了李先生,不知您对您初中时的一位男同学是否有印象?他叫陈延之。"

"陈延之?"听到这个名字,正在用热水烫杯的他明显动作一僵。

二人在会客室的茶几面前坐着,他的神态,显然已经告诉了她答案。

"陈延之,如果我没记错的话,他不是在某政法大学当教授吗?他出什么事情了?"他疑惑地询问,神色似有些凝重。

顾言唇瓣轻抿:"他现在被卷入一个案子中,具体事情不方便透露,我想问,您对初中时的他有没有什么印象?"

李赫越的表情瞬间凝固住了。他看了一眼顾言,神态很微妙。

看到这些表情,顾言知道她所猜测的事情十拿九稳了。

她不再犹豫:"看来您的确有我们想要的答案,还请您配合我们。陈延之做了一些事,性质非常严重,殃及了无数条人命,您这边能提供重大的线索。"

"无数条人命?陈延之?他怎么会?"

李赫越显然是难以置信,可知道这些是事实,否则警方不可能找到他这个初中同学。

事已至此,他只好将过去的一些记忆说了出来:"初中时期,他很内向,不擅长交往,但是学习很好,印象中发生过一件事,记忆深刻……"

随后他便说出了参加竞赛时的一件事,和陈延之讲述的那件事刚好相同。只不过，他还说了些陈延之没说过的事。

"当时发生那件事情后，消息通过其他女生的口传遍了班级，除了我以外，所有同学都和他疏远了。"

原来，当年那件事后，陈延之在学校受到了校园暴力，很多人嘲笑他、讽刺他，以及他"精神病那般""自作多情"的母亲。但是李赫越没有那么做。他喜欢和聪明的人做朋友，同时他也是班长，以身作则，不会和其他人一样排挤陈延之，反而去关心陈延之，鼓励陈延之走出来。

他以为他们只是正常的好朋友关系，直到毕业二人一起进入了当地最好的高中，且进入了同一宿舍后，他偶然间发现了一件事。

他坐在陈延之的椅子上，从书桌上摸出了一本书，一张照片却突然掉落。那是他的一张丢失的寸照，不知道为何竟被陈延之夹在书里。

后来陈延之出现了，看到了那一幕。再后来，他搬离了寝室，以后再也没有和陈延之联系过。

顾言临走前问了他最后一个问题："那你有没有对他说过难听的话？"

李赫越深呼吸了一口气："时间太久了，具体说了什么我也记不清了，但应该是说了，比如'你让我觉得恶心'之类的话。"

顾言感谢一番他的配合后，便和他告别了，而她也的确从中获得了更多有用的信息。

回到公安局后，她将二人的对话录音放了一遍，对他们说："陈延之被母亲的话伤害过，所以再也不和女性来往，他年少时激的人在此后也对他说出了让他难以接受的言语。他会觉得自己卑劣，但同时又觉得自己高尚，认为自己的感情是纯净的，没有丝毫杂质。"

这样的人，何其不是极端？

说完这些话之后，顾言微顿了一下，继续说："所以，他始终不暴露关于'S'的任何事情，一口咬定所有的事情都是他自己做的，哪怕替'S'去死也无所谓，我想，他们之间的关系也应该不一般。"

会议室安安静静的，众人都皱眉屏住了呼吸。

陆原拧紧眉头："所以也是因为这个，他在'S'第一次杀人的时候，就开始帮忙了？"

顾言语气平缓："我见过沈家长子沈贤的尸体照片，刀伤的受力点和切口完全出自两个人，'S'当年虽然力气薄弱，但他造成的伤口应是致命伤，陈延之只是补刀，混淆警方视线。"

同样，她母亲当年也是这么死的。

陈延之高超的混淆手段，让警方那么多年怎么找凶手都找不到。

这时，一位女警官提出疑问："顾专家，'S'如今的年龄应该是二十三岁至二十八岁之间的男性，当年他也不过是个孩子，而陈延之和他年纪上相差至少三十岁。"

顾言却面色沉静："从这次事件能看出，'S'是在利用陈延之一而再地杀人……'S'在我们都万分警惕的时刻，专门让陈延之去害死医院里的姜遇。"

是的，她早就怀疑过，"S"做事一向很谨慎，姜遇被送到了医院里，他肯定是知道的，那在这样的节骨眼上，他让陈延之出面，兴许正是想借警方之手来除掉陈延之。

那女警员闻言，瞬间哑然。

顾言又说道："其次，陈延之欣赏或感激的对象范围很窄，窄到仅限于某个人，甚至是某个时刻的人。当年李赫越说出那样的话后，陈延之对他的感激之情，估计也会在那一刻戛然而止，但不会消失。"

这种感情不会消失的话，那是去了哪里？那只能是被转移，很有可能是被转移到了同是年少时期的"S"身上。

她从陈延之回忆的神情中能看得出，他对当时帮助了他的李赫越还是怀念和有感情的，但也仅限于当年，李赫越没有说过残忍的话之前。

"所以，陈延之是个很固执也很极端的人，年少时期未被满足的情感慰藉放在了'S'身上，'S'又借我们的手除掉陈延之。"顾言徐徐将自己所有的分析有理有据地说了出来。

"那说白了，陈延之也算是个心理扭曲的人？"女警追问。

顾言直言不讳："你说得没错。"

会议告一段落后，所有人都被这些分析惊到了——高智商连环杀人案，复杂扭曲的感情纠葛，让人怀疑人生。

陆原送顾言出去的时候，揉了揉疼痛的太阳穴："之前你让我去查沈家那个可能存在的私生子,我去找了,但是没有丝毫消息。沈父根本不承认有过这样一个孩子,即便我拿着从陈延之那边没收的合照,也无济于事。"

顾言皱眉:"公安系统里也根本没有他的信息?那他跑到了哪里?难不成……"

"他应该是换了一个身份在生活,这个年纪可能还在上学,也可能已经毕业了,还有可能在国外……"陆原越分析越觉得头大,这要如何去搜查?

顾言语气冷静:"他肯定在国内,而且很大可能就在安城。另外,媒体那边继续发布消息,具体内容按我说的去做,我要继续加把火,把他逼出来!"

无论他是不是沈家的人,他杀人的嫌疑都非常大,如果不是犯了事,又怎么会藏起来?

三日后,姜遇被抢救回来一条命,并且媒体大肆曝光了她的好转程度。

警方也发布了相关公告:

"近日,我市演员姜某遭遇恶意谋杀事件,为克鲁斯(化名)故意指使歹徒所为,目前嫌疑人已被抓获,演员姜某也抢救成功。克鲁斯(化名)涉嫌买凶杀人、偷拍他人隐私、传播淫秽视频、私藏违禁品等违法犯罪行为,目前仍在潜逃中。市民们请注意安全,能提供相关信息者将获重赏。"

里面说的每一条违法项目都是故意挑衅"S"的,那些罪名并不属于他,他的罪名比这些还更严重。

顾言这样做只是逼迫他继续有所行动。

这条公告一发布,他们就在等待后续"S"的举动。

姜遇被送到了私人医院,没人知道她的行踪,眼下,"S"还能再掀起怎样的风浪?

只是这一等就是一个星期,就在所有人都差点儿以为他已隐匿的时候,突然,一封无法追踪的邮件被发送到了公安系统的网上,本来差点儿被当作垃圾邮件处理,直到大家看到落款的三个字:克鲁斯。

这信息一来，瞬间引起了局内的震动。

不过这封信的内容有些奇怪，准确地说，是一首诗。

挟弹园林芳径雨，

山寺鸣钟隔雨深。

处处圆金树树黄，

唤起杜陵饥客恨。

局内收到邮件之后立刻给专业人员拿去破译，陆原也将这一动态发给了顾言。

顾言看着那一首诗词，微微敛眉。这是又搞什么花样？藏头诗还是藏尾诗？

陆原发来语音："他不会无缘无故地发这首诗，这里面肯定是藏了什么秘密，比如他下一步的计划之类的。"

顾言也表示认同，只是觉得这首词需要斟酌一下。

她将词打印出来贴在白板上，仔细地去针对每一个词研究。

与此同时，网上也有一个自称克鲁斯的人在公共平台上发布消息："众生平等，留给你们的时间不多了。"

这句话一出，引来不少没有头脑的人跟风追随。

警方的人看到这消息，脸色不太好看。

他们是想逼他出来，但同时也意味着，可能会发生很糟糕的事情，乃至有人死亡。

这是双方之间的较量，怎么能让对方就这样猖狂地逍遥法外？

晌午，沈聿带着做好的饭来看顾言，就听她嘴里低喃着："众生平等，留给你们的时间不多了……"

沈聿失笑："你在读什么？死亡威胁吗？"

顾言："死亡威胁？为什么会这么说？"

沈聿一边将餐盒从袋子里拿出来，一边说道："想要众生平等也不是不可以，但只有在一种情况下才能实现，那就是——死亡。"

是的，当所有人面临死亡危机的时候，才是平等的。

顾言怔住了，所以说，这一次对方想害的，不是一个人，而是很多人？想到此，她神经有些紧绷。一般在何时，什么情况下才会出现人口聚集的现象？

"快来吃点儿东西吧，不然一会儿就凉了。"沈聿唠叨着，虽然她忙得顾不上他,但他还是心疼的,并且尽可能地为她做好后勤的工作。

顾言却像是没听到那般,继续去研究那首诗,迫切地想从其中发现什么。

片刻后,沈聿端着一碗凉拌面走了过来,一边吃面,一边含混道:"这首双句押韵的七言诗谁写的?"

顾言立刻诧异地看了过去:"你对诗颇有见解?"

沈聿胡乱又不失优雅地擦了擦嘴:"这首词里面的每一句都不是这人自己所创,而是来源于四首不同古代时期,不同诗人的诗,而且藏了一些暗语。"

顾言退后一步,望着他:"怎么说?"

沈聿盯着这首诗:"单看这诗里的每一句都没什么问题,也翻不出什么,但是你竖着看。"

挟弹园林芳径雨,
山寺鸣钟隔雨深。
处处圆金树树黄,
唤起杜陵饥客恨。

顾言看着白板上的这首诗,一时间还是摸不着头脑:"藏头或是藏尾诗?园林、寺庙、雨时,难不成暗藏的时间、地点在这些地方里?"

沈聿望着诗思索了片刻,随后说道:"你没有发现'林钟',这个词在古时也代表时间,指的是农历六月份,同时也差不多对应现在阳历的七月份。"

顾言闻言,视线看向了第四列:"林钟金陵……"

金陵,不也是一个地点吗?

下一秒,二人异口同声地蹦出四个字:"七月南京!"

沈聿嘴角一勾,笑了起来:"这诗是用来干什么的?"

顾言:"是'S'发来的,还在网上说留给我们的时间不多了,他可能会搞一次大的。"

沈聿的笑僵在嘴边,面突然也不香了。

顾言将这首诗的分析发给了陆原,看看他们那边是如何想的,结果非常巧合的是,那边得出的结论,竟然是一样的。

这让他们不得不考虑，"S"将事故地点转移到了附近其他城市——南京。

时间是在暑假。

现在所有的一切都还只是猜测，没有百分百确定，但有丝毫的线索他们都不能忽视。

时间一晃又是好几日过去，众人还没有确定下一步进程，因为他们不知，七月份有什么活动和节日之类的，会引起大规模聚集人群。

直到这天杨小天帮她跑完腿的时候，笑嘻嘻地跟她请假："老板，跟你说个事呗，我下个月想去一趟外地，请几天假行不？女朋友让我陪她出去玩。"

顾言挑眉，下意识地问道："去哪里？具体时间？"

她知道前一阵子杨小天交往了个女朋友，每天给他美得花枝招展的，自己抠抠搜搜连续吃一周泡面的人，给那个女朋友花钱倒是很大方，送手机送包包的，看来是遇到真爱了。

他自己的钱包眼看着都要被掏空了。

杨小天说道："去南京，17 到 20 号那几天吧。"

顾言忙碌的姿态顿住了，随后她缓缓地从电脑屏幕前抬起头来，认真地看向了杨小天，问出了一句话："那个时候，你们去南京做什么？"下个月，就是七月。

杨小天咕哝着："好像下个月那边有个大型活动吧，据说很热闹，我女朋友非要过去看看，我也只好答应她，陪着过去看看。"

顾言瞳孔一缩："什么活动？"

杨小天说道："好像是叫什么夏日节的。"

夏日节。顾言听到这三个字，从疑惑到逐渐皱起了眉头。

顾言还在思忖着，杨小天问："那老板你是同意了？"

顾言目光晦暗地看了他一眼："是个人就别去。"

如果"S"真要在夏日节上搞事情，也不是不可能，毕竟无脑跟风凑热闹的人太多了。

只不过，这次估计会出大事的。

第十章
钟于、忠于、衷于、终于

杨小天闻言，忙唉声叹气："不是，老板，我只是陪着女朋友过去凑个热闹，怎么去就不是个人了？"

以前他也不是没有请过假，这次老板为何不同意？

顾言深呼吸了一口气，语气严肃地说道："去哪里是你的人身自由，我是管不着，但是你最好了解一下那是个什么活动。"

至于"S"会不会在那里作案，在没有发生事故之前，谁也无法完全确定，她也不可能现在将这个怀疑告诉他。

随后她摆了摆手："反正假期我是给你了，去不去你自便，不过我还是友情提示你，想要平安无事就别去。"倘若届时真发生了不可控的事情，他后悔都来不及。

杨小天虽然得到了假期，但听着她说的话，根本笑不出来。

这怎么还上升到人身安危了？

杨小天离开后，顾言将这个消息告诉了陆原，那边的人一听，立刻警惕了起来。

公安局内，顾言赶到了会议室："我们从'S'的邮件中破译了时间和地点，现在又猜到了最可能举行的大型活动，那我们就要抓紧去准备了。这次抓捕，会跨区域，到时候要和当地的当局进行密切配合。"

希望这一次，他们能走到"S"的前面，顺利将他抓获！

一个月后,顾言来到了这座满是梧桐的历史名城——南京。

炙热的夏天,日光晒得沥青马路几乎都要熔化。明日就是七月十七日,夏日节举办的日子。

"看来,真的很多人不在乎这是什么活动。"顾言望着街头攒动的商贩、为活动发传单的人,脸上淡漠,看不出太多情绪。

沈聿给她撑着伞遮阳,墨镜下的眉眼间也透出一分无奈之色:"如果不是我们要抓人,我高低把这个活动搞黄了,好好举报一番。"

这时,一个穿着卡通熊人偶衣发传单的人员屁颠屁颠地来到了他们这里,递给了他们两张活动的传单。

顾言静默了一瞬,接过传单,随后对方开心地比了一个大大的爱心。顾言面不改色,沈聿则冲着对方敷衍地挤出了一丝笑容。

他们以为这也就作罢了,却不想卡通熊人偶竟再次来到顾言的面前,冲着她张开了双手,似撒娇般寻求抱抱。

顾言挑眉,但没有拒绝,下一秒也张开了手臂。

但就在人偶开心地和她拥抱的那一刻,收到顾言眼神示意的沈聿立刻一个箭步上前,一把摘下了对方的熊偶头套。

瞬间,一个漆黑碎发被汗水打湿、白净秀气却又熟悉的人映入了她的眼帘。

"是你?"顾言微微眯起了眼眸。

对方则拿袖子擦了擦额角细密的汗,笑得灿烂道:"嘿,好久不见,姐姐。"

"林安柘,怎么是你?!"沈聿一把揪住了他的后领子,眉头皱起。

是的,眼前的人正是本该在安城的林安柘,他怎么会在这个节骨眼上跑来这里?

林安柘用力挣开沈聿的束缚,不悦地瞥了沈聿一眼:"我怎么就不能在这里?"

说着,他仰了仰下巴:"没看见这里要举行活动了吗?我跑到这里来兼职,一天能赚好几百块钱,干什么不挣?!"

顾言语气平淡:"你就来这里发发传单吗?"

林安柘耸了耸肩膀:"当然不是,明天的活动需要很多人手的,我还是游街花车里的镰刀魔呢。"

镰刀魔,也是那些动漫角色里的人物之一,游街花车中会聚集大量的动漫角色扮演者。

顾言无言以对,林安柘自己就是个接受过教育的学生,她也不会对他说教什么,他自己的行为,自己负责。

林安柘则笑了笑:"姐姐,你是不是对我参加这个活动不太开心?不过我也是为了赚学费,哪里有钱赚我就跑哪里打杂,为了生活而已,你别生气。"

顾言轻抿唇瓣:"没有生气,祝你玩得开心。"

看来,他还明白这是什么活动。

随后顾言让沈聿把头套还给了他,顺便给了他一瓶冰水:"天气很热,闷在里面别中暑了。"

林安柘笑得灿烂,接过头套戴上,又比了个心和她告别:"姐姐,爱你哟!"

沈聿脸色黑了下来:"你怎么对这小子这么好?他刚才还要抱你,分明是故意占你的便宜。"

顾言则目光深沉了些,突然缓缓落下一句:"'S',肯定来了。"

林安柘也被"S"利用过多次,他那么精明的一个人,不会突然出现在这个地方。

隔日,安城的警署部门已经和当地的公安局部门提前做好了准备,在活动当天秘密部署了许多警力。之所以是秘密部署,主要还是怕打草惊蛇,一个个警员换上了便衣潜藏其中。

活动从早上八点就开始了,穿着和服的队伍很肃穆地在行进,顾言他们想到人数不少,但足有二百多的数量还是惊到了她。

"打听了一下,游街活动会持续到晚上七点。"

沈聿说话间,街道上一辆屋檐上挂有凤凰等饰物的神轿缓缓经过,上面还有马上的神官。

顾言唇瓣紧抿,现在附近围观的人就不少了,越到晚上越热闹,届时上万人聚集在这里都是有可能的。

很多人的确只是为了凑个热闹,但这种活动现身于此地,本身就是莫大的耻辱。

若不是因为"S"的行动,他们绝对忍耐不了活动继续下去。

上午安然度过，众人都没有发现异常。直到落日逐渐将天空染成绯红色，空气中的氛围似乎有些不一样了，霞光将顾言的眼瞳映得都是红的。

"傍晚即将到来，大家打起精神了！"蓝牙耳机里传来陆原对所有人发出的警示话语。

这个时候行人的队伍一拨一拨地走过后，人们蜂拥而上，踩过他们走的路在集市中游玩，不少动漫人偶在人群中免费发放着糖果，一时间热闹非凡。

"砰！"

遽然，天空中传来一声巨响，烟火在天边炸开，绚烂的景象引得众人尖叫和欢呼，下一瞬，无数人开始往烟火的方向赶过去。

人潮涌动，越来越拥挤。

顾言和沈聿被人群硬生生地冲散了，她大喊了一声他的名字，声音也瞬间被人海淹没。

顾言看到街道上这架势，心下涌出一丝不好的感觉，立刻半掩着唇，通过蓝牙耳机和陆原那边说道："不好了！我现在在活动的第九区，这里发生了严重的拥堵情况，快派人来疏通！"

她和沈聿两个人都走散了，更别提还有很多家长带着孩子。另外，如果拥挤程度继续加剧，发生踩踏事故该怎么办？！

以前不是没有发生过这种事故，一旦出现，那便是无数人的噩梦，会有人被活生生地踩踏死、压死。

很快，空中有无人机先飞了过来查看情况，随后陆原的声音从蓝牙耳机里传来："附近的警员已经赶了过来，很快就到，你先离开密集地带，立刻到最外围等待。"

陆原的话刚结束，她的手机就响了起来，是沈聿打来的电话，确认彼此平安无事后前往指定地点。

就在顾言动身的时候，蓦地，一个小孩子撞上了她的腿，随即被弹回去摔了个小屁股蹲。

"哎呀儿子你没事吧？快起来！"小男孩的妈妈忙将他抱起。

顾言也忙不迭地道歉着，半蹲下去查看孩子的情况。五六岁大的小孩子手中还拿着一根棒棒糖，小脸也被吃成了小花猫。

而他起身后，似乎在找着自己另外掉落的东西，小嘴咕哝着："妈咪，我的银币糖果不见了。"

他妈妈说道："哎呀，一个糖果而已，不见就不见了，快点儿，我们还要去看烟花，一会儿晚了就看不到了。"

银币糖果？

顾言敏锐地捕捉到了什么，皱眉："不好意思，你们说的银币糖果长什么样子啊，是谁给的？"

小男孩的妈妈闻言，一抬手指向了对街不远处的一个南瓜人："哪，就是他发的，银白色硬币的模样，上面还有花纹吧，现在应该还有，你可以过去要。"

小男孩一听也嚷嚷着再要一个，他妈妈生气了，一把抱起他走人："就知道吃，我们快去看烟花。"

眼看着他们往人群密集处走去，顾言一把拉住那位女士："别去，人太多了，小心发生踩踏事故。"

那女士却抽出手臂，不耐烦地摆了摆手："管好你自己得了，走路也不看着点儿。"

顾言脸色冷了下来，再缓缓垂眸的时候，她摊开手，手心中，赫然是一枚金属锡硬币。

只不过，这不是真的硬币，里面是熔岩巧克力糖，正是小男孩刚才掉落的那一枚。

顾言将其掰成两半，甜腻的红色果酱气息弥漫在空中，黏稠的质感吸附在她的手指上，莫名其妙地平添了几分诡异的气息。

下一秒，她的视线唰的一下看向了发放糖果的南瓜人。而隔着人海，南瓜人似乎也看向了她，大大地咧开嘴巴，仿佛在嘲笑她。

顾言脊椎一麻，也顾不得前往和沈聿约定好的位置了，直接挤入人群，冲着南瓜人的方向迅速走过去。可一进入人群中，她挤着挤着，就察觉到了哪里似乎有些不大对劲。

人群中的这些人，似乎有些情绪亢奋，一个个疯狂地呼喊着，顾言撞上一位年轻女孩的眼眸，看到她眼底浮现着癫狂之色。

远处不知发生了什么事，突然引发骚乱，绽放的烟花下，她仿若看到了人群在高涨的情绪中坍塌。

顾言再转过身的时候，忙对周围的人大喊："不要再过去了，发生踩踏事故了！"

可四周的人像是没有听到她的话那般，继续往前方拥去，眼底透着执着的光，脸颊涨红着。

看着他们这般模样，顾言脑海里瞬间就想起了那枚金属锡硬币伪装的熔岩巧克力糖！

这么多人的情绪明显是有些不正常的，很有可能是因为他们吃了免费发放的糖果，谁能保证这些成分是什么？！

而这时，不远处的南瓜人转身离开。顾言顾不得那么多，立刻一路追过去。

南瓜人的速度很快，顾言赶过去的时候，突然一大堆南瓜人的队伍浩浩荡荡地出现，对方隐入其中，让她很快就分辨不清要找的人。

她混在队伍当中，四处环顾，仔细回忆着刚才所遇到的南瓜人，一定会和其他南瓜人有区别。

他是发金属锡硬币糖的，肯定就是"S"的人，或者说，他就是"S"！

一个一米八几的南瓜人拿着吊灯从她面前走过时，顾言突然上前一把抓住了他的手腕。

是他！

南瓜人虽然颜色、形象一样，但身高不同。

顾言抓住了他，对方却微微歪头望着她，南瓜人咧开的嘴角像是在对她笑，只是那笑容在此时别提多么诡异。

顾言眉眼间透着厉色，她刚欲将对方制服，眼前却突然一黑，一个南瓜头套从背后袭来，戴在了她的脑袋上。

"不要动！"伴随着沙哑的声音落在她的耳畔，她的腰部也被一个尖锐冷硬的利器抵住了。

顾言僵硬着身子，一时受制于人。随后她的身影被隐在了无数个南瓜人的队伍中。

沈聿见顾言迟迟不出现，继续电话联系她，可这一次电话那头提示："您好，你所拨打的电话不在服务区……"

他心一慌，立刻钻入了人群，去寻找她。

顾言不知道她被带到了哪里，凌乱频繁的脚步声逐渐消失，她似乎被从闹市带离，进入了巷子间。

最后随着门重重被关上的声音，外面的一切嘈杂声都与她隔绝了。她闻到了若有若无的机油味。

腰部还抵着利器,头套却突然被人拿了下来,动作有些粗鲁。

昏暗的光一闪一闪地映入眼底,顾言呼吸紊乱着,望着眼前所在的场地——

这里是一个不大的汽车修理厂,卷帘门被放下了,隔绝了外面的光线,周围没有窗户,只有几个昏黄的灯泡。

"你输了。"变音器调整过的声音从身后传来,质感浑厚沙哑。

顾言腰后被利器继续抵着,她微微偏过脑袋,余光看向身后,语气沉稳道:"我们终于见面了,'S'。"

身后的人沉默片刻,随后变音器调整过的浑厚声音传来:"可惜第一次见面,你就要死了。"话音落地,利器隐隐刺痛了她的后腰。

顾言眼底闪过寒意。他默认了,他果真就是"S"?她声音森冷:"怎么,你要杀了我,就像当年杀死我母亲一样?"

她的母亲身为一位检察官,当初就是调查了沈聿的大哥的死亡案子后,也遭到了不幸。

可以确定两个案子是同一凶手所为。

她身后的南瓜人语气幽幽地说道:"她知道的事太多了,不是我死,就是她亡,所以……总不能是我死吧?"

顾言呼吸都屏住,手指攥紧,心口疼痛着,眼底透着冷锐的猩红之色,恨不得将他抽筋剥皮那般。

不过她还是竭力忍住了,说道:"凶手不是你一个人对不对?还有陈延之帮你杀人,以及想办法毁掉证据,助你逃避罪名!"

身后的南瓜人低低的笑声传来:"你说的这些事都不重要了,即便是真的又如何?你连我是什么人都不知道,而在这之前,你的命已经掌握在我的手中。"

他又压低声音,故意讽刺地说道:"你甚至会用卑劣的诬蔑手段,逼迫我现身,拜你所赐,我来了。不过你大可想一想,这个活动上出现了那么多愚蠢的人,在你死后,那帮警察是否有应对灾难发生时的救援能力,还是会眼睁睁地看着那么多人陷入……地狱?"

"如果因此死了成百上千的人……这笔账恐怕是要算在你的头上,那么,换言之,你是不是比我更邪恶呢?"

他的话犹如恶魔的低语,刺激着她的神经。顾言却冷笑一声:"在死前还要增加我的负罪感？不好意思，我都要死了，怎么还顾得上别人？"

说着，她又挑衅道："我始终比你强点儿，起码，我一直活在阳光下，不像某些人一直在用别人的身份而活，永远做不了自己，如此可悲。"

"你该死！"这句话似乎刺中了他的内心，他恼羞成怒起来，匕首突然向她的喉间刺来。

就在这短短的刹那间，顾言突然抬手桎梏住他的手腕，脑袋猛地往后一撞，拧着他的胳膊一转身，脚下迅速踩在他的腘窝——

"咔嚓！"伴随着小腿骨折的声音，他的惨叫声传来。

一切都发生在瞬息之间，顾言出手已然越来越快，这是她这一个多月疯狂训练的结果，没有一刻是平白浪费的。

地上的南瓜人顾不得疼痛，拿起匕首就要刺向她，顾言的战地靴却一脚踩在了他的手腕处，让他动弹不得，狠狠地蹍压着。

顾言看着他在地上挣扎，略带讽刺地说道："你不是对我很了解吗？怎么能对自己如此自信，觉得凭你一个人可以来对付我？"说话间，她毫不客气地从他快废掉的手中夺走了匕首。

地上的南瓜人粗重地喘息着，顾言看着他挣扎的模样，脑海里仿佛浮现了曾经母亲也在痛苦挣扎的模样，顿时让她眼底升腾起浓烈的杀意。

她多想以其人之道还治其人之身，让他也尝一尝面临死亡时的无助滋味。

是他毁了她的家，毁了她的一切！

偏偏地上的南瓜人还故意刺激着她："你不想给你母亲报仇吗？当初你母亲死的时候，我本也等你回家一起解决，是你母亲苦苦哀求我，让我放过你……"

"闭嘴！"伴随着她的一声大喊，手中的匕首猛地刺中南瓜人的头套。

身下的人瞬间僵硬不动了，顾言双手握住匕首的柄，胸膛剧烈起伏着，呼吸急促，整个人濒临疯狂。

头套里的人余光微动，感受着紧贴着耳朵处的冰冷锐器。

就差一点儿。

差一点儿,他一命呜呼;差一点儿,她也成了一名杀人犯。

啊,真可惜。

头套突然被匕首挑了起来,下一秒,顾言猩红锐利的眼里就映出了一张容颜。

看到对方的时候,她眉头一皱,眼神一凛。

她终于见到了"S",他长着一张国字脸,眼底透着讽刺之色和戾气,是一张完全陌生的容颜,陌生到,和她想象中的样子大相径庭。

可就在顾言蹙眉之际,蓦地,他的另一只手冲她扬起一把白色粉末,顾言迅速避开,屏住呼吸。对方却趁机扑上了她,将她压在身下,双手死死地掐住了她的脖子。

他人高马大,哪怕废掉一只手依然力气大得出奇。

顾言在地上挣扎,就在她一手在地上胡乱地摸到了一个扳手的时候,蓦地,一个黑色人影出现了。

"砰!"

伴随着脑袋被重击传来的声音,男人身体一僵,然后缓缓倒了下去。而他的身后,赫然站着一个"镰刀魔"。

他的手中还扬着棒球棍,在黑夜之中,他的身影犹如从地狱里爬上来索命的修罗。

顾言喘息着,一把推开了压在身上的人。

眼前的后来之人,准确地说是一个打扮成镰刀魔的人,顾言望着他,脑海里瞬间想起了一个人。

然而,下一秒,她就见"镰刀魔"摘下了头套,清俊秀气的熟悉容颜映入眼帘。他气息微喘,眼底还透着担忧之色:"姐姐,你没事吧?!你怎么会被带到这里?"

经过刚才的激战,顾言额角的发丝都有些被打湿,她深呼吸了一口气,说道:"这话我还要问你,你怎么会在这里?"说话间,她眼底还透着几分不加掩饰的审视之色。

因为这扮演镰刀魔的人,正是林安柘。

林安柘耸了耸肩,随后转身指向了一个方向:"这里面有个小门,从我们住的地方到街演的地方走大路要绕很远,从这家店可以直接穿过来,省很多时间。"

说着他瞥了一眼地上被打晕的人,上前抓住了顾言的手腕:"快走,我先带姐姐出去吧,别一会儿他醒了就不好了,我们出去再报警。"

顾言的目光落在了地上昏迷的人身上,从林安柘的手中抽回自己的手腕:"先等我一下。"

林安柘在原地望着她,看她将那人拖到一辆汽车旁,拿出手铐将他铐在了车轮的轮毂上。

轮毂旁边似乎掉落着一个黑色的小巧之物,顾言不着痕迹地将其捡起,拍了拍手上的灰:"走吧。"

她跟着林安柘走所谓的便捷通道,在修理厂里绕来绕去,最后进了一扇铁门,门外是一条弯曲昏暗的走廊。走廊似乎连接着一些理发店、按摩店的后门,顾言闻到了理发店专用的摩丝味道。

林安柘抱着镰刀魔的头套,走在前面给她带路,嘴上说道:"姐姐,虽然不知道你出现在这里是做什么,但这么危险的事情怎么只有你一个人?你身边之前那个哥哥呢?这次是我救了你,再有下次可怎么办?"

说着,他又来了一句:"如果有的男人没用,不如换掉。"

顾言轻笑了一声:"你这么说,会让我觉得你是在羡慕忌妒他,莫不是看他长得帅,家世显赫,万众瞩目于一身,故意在我们之间挑拨离间吧?"

林安柘敛眉,神色透着落寞之意:"果然什么都瞒不过姐姐,我挑拨离间不是被你发现了吗?只是我的确不知他是什么身份,唯一羡慕的,就是他身边有姐姐这样的另一半。"

长廊的前方隐约可见外面透进来的光线,人们热闹的声音也隐隐传来。

顾言不紧不慢道:"你这番甜言蜜语糊弄别的女孩子可以,在我这里,怕是没那么轻松了。"

林安柘身躯一震,回头看向她,唇边挂着勉强的笑:"姐姐,你怎么能这么看我?"

他的影子映在了长廊的墙壁上,光影拉得很长很长。

顾言望着他,抬起手压在耳边的蓝牙耳机上,缓缓落下了一句话:"一直用别人的身份活得很辛苦吧,'S'?"

她的这话音落下,时间仿佛都静止了。

外面斑斓的夜色光线投射进来,那光影似乎在晃动,映在林安柘一侧的脸上，也是惊艳迷人眼的。可偏偏另一半容颜处于晦暗的阴影中，像是一张脸上融入着两个灵魂在拉扯。

明明，他们很快就要走出去了，走到外面繁华绮丽的灯光下。

可偏偏，一切都在刚才那一瞬，戛然而止。

林安柘缓缓转过了身，整个人遮挡住外面的光线，脸上绚烂的光影也逐渐被黑暗一点点蚕食。

他望着顾言，微微歪头，轻扯着唇："姐姐，你知道自己在说什么吗？"

顾言的手继续落在那微型蓝牙耳机上，面不改色："你说呢？"

这三个字，不仅在他的面前响起，还从他的耳朵里清晰地传来。随后，顾言摘下那枚蓝牙耳机，当着他的面松开，耳机掉在了地上。

下一秒，她一脚狠踩了上去。

"刺啦——！"

瞬间，林安柘闭上了眼睛，似乎被什么刺耳的噪声狠狠刺激到了耳膜。

他唇间挤出一丝笑来，再睁眼时，他一把摘下了自己耳朵里的蓝牙耳机，用力地在自己的手指间捻碎。力道之大，骨节都凸了出来。

他恼火地扯着嘴角幽幽地说道："我后悔了，那个废物，我刚才真该让他死！"

是的，顾言在刚才给南瓜人戴手铐的时候，顺便捡起了南瓜人掉落在地上的蓝牙耳机。

而耳机的另外一方，是谁？

是谁知道"S"的一切，通过蓝牙耳机将自己所问问题的答案，让南瓜人复述给自己？

显然，只有真正的"S"自己知道这些答案！

长廊里，顾言望着他，唇边的笑早已敛去，取而代之的是眼底弥漫上的冰霜。

林安柘望着顾言，眼底透着阴鸷的戾气，唇边却挂着笑："我真的很好奇，你是从什么时候怀疑我的？"

否则，她刚才又怎么会为他设下那个局？

顾言语气冷然："我也没想到，你竟会有这样的疏漏。"说话间，她的目光直勾勾地看向了他的左手。

刚才，他的左手在里面拉住了她的手腕，要带她出去，那手上的中指上有一枚戒指硌到了她。她低头一看，发现那戒指她很眼熟。

随后，她在脑海里迅速回忆搜索，终于找到了记忆中的一个片段——

一只手从她的座椅后面伸了过来，手指修长白净，中指上戴着一枚复古花纹的戒指。

这画面出现在前一段时间高校举办的文艺电影节中，她假扮学生混入文博宫准备代替林安柘与"S"相遇的时候。后来他穿着黑色斗篷迅速离开。

"你不该戴着这枚戒指。"顾言说道。

现在想来，林安柘也肯定是发现了杨小天的窥视，故意将计就计来耍了她一回。

林安柘笑了："原来是这样？还有其他的原因吗？否则我不想承认，是这个愚蠢的疏漏暴露了我。"

顾言脸色发寒："不要高看自己，沈家的私生子，身体孱弱多病，又怎么会像刚才那个人一样，一身蛮力？你倒是为了解决我，不惜给自己挑了一个大相径庭的替身！"

林安柘视线越发幽暗，唇边扬起嘲弄之色："私生子？身体孱弱？你倒是会给我安排身世。"

顾言则面不改色，目光坚定："你身份登不上台面，对沈聿和他大哥羡慕忌妒又憎恨。你杀了沈家长子，甚至还用沈聿的身份生活过一段时间。"

这样心理扭曲的私生子，想必他们兄弟俩没有人会愿意叫他一声弟弟。

在沈聿年少出国生活那阵子，就是他出现在沈家替代了沈聿，甚至还和沈聿之前的未婚妻唐絮有过牵扯，让她一直认错了人，也爱错了人。

只可惜，当年他们再神似，也不是一个人。

林安柘目光晦暗不明："这些都是你的猜测，不代表我杀了沈家之人，也不代表我和沈家有关系。"

顾言唇边泛起冷意："现在我看出来了，你的确讨厌沈家，也憎恶和你同父异母的哥哥沈聿，所以特意在他回国之前，你进行了微整，重新换了一个崭新的身份生活。"

林安柘瞳孔微缩。

顾言："你笑的时候，眼睑和嘴角等部位是僵硬的，应该是做过面部提拉和注射过肉毒杆菌素来改变容颜。"

顾言继续靠近他："如果你还否认的话，那么我告诉你，沈家私生子有哮喘，而你应该知道，我让手下的人去跟踪过你，他说过你身体有问题，经常拿一个小瓶子来吸。让我来猜一猜，你莫不是也有……哮喘？"

她之前让杨小天跟踪林安柘的时候，他将这一发现告诉了她，只是她当时没太当回事，如今想来，原来一切都有迹可循。

林安柘后退一步，紧抿着唇瓣，眼眸死死地盯着她。

顾言知道，她猜中了。

而且，她并不知道沈家私生子有哮喘，只是确定林安柘是他，反向推理得知。

当初她从唐絮那里看到他的照片时，对方就是个羸弱的忧郁少年模样，皮肤苍白得很。

唐絮还提起过，说早年的"沈聿"身体不是很好，总是胸闷气短，呼吸困难。

随后，顾言的手中多了一瓶防狼喷雾，在他面前清晰地呈现："你可要想清楚，一般人虽受不住防狼喷雾，但有哮喘的人闻到，那就不是受不受得住的事情了，是死不死的问题。"

林安柘双拳紧握，周身的气息仿佛凝滞了。

就在二人僵持着，顾言在等最后一个答案时，外面传来了警笛声。

顾言一步一步靠近他："你知道的，你逃不掉了。"

这里有了信号，警方跟踪她的手表上的定位，已经找到了她的位置，想必现在外面已经围满了警察。

外面的光线在他的面上流淌，林安柘嘴角牵扯起了一丝意味不明的笑，他盯着顾言缓缓说道："你会帮我逃出去的。"

警笛声不断响起，特警在外面持枪全副武装，准备抓捕这个害了无数条性命的高智商杀人犯。

外面被清场，陆原焦急地在原地等待。

蓦然间，他眼睁睁地看着一把刀子抵在顾言的喉咙处，她被身后的人挟持着走了出来。

陆原瞪大眼瞳，难以置信这一幕会发生，更对她身后之人的模样感到震惊。

是他？！陆原一眼就认出了这个有些熟悉的面孔。

当初剧本杀场所出了命案后，在那里兼职的这小子还被带回公安局审讯。可如今他出现在这里，难不成他就是……"S"？

随着二人出现，警方人员对视了一眼，一时间不敢轻举妄动。

他的手上有人质！还是一位犯罪心理学家。

眼下，那嫌疑犯挟持着顾言出来，在她的背后环顾着远处的一切。

没有暴乱，没有伤亡，警方井然有序地疏散着来往的人流，没有发生任何危机。

顾言淡漠的声音传来："怎么样，你所期待的事件都没有发生，会不会很失望？"

"住口！"林安柘恼怒的低喝声传来，手下又增加了力道，她的脖子上都隐隐渗出一圈血痕。

顾言则神情淡定。

的确，群众汇聚在一起之时，早提前做了准备的警方将人员都安排得妥当，谨防发生踩踏等任何混乱事故。

所以，之前林安柘问她担心与否时，她本就不担心，因为她相信他们能处理好外面的一切。

陆原示意周围的特警不要轻举妄动，对林安柘大喊："不要伤害她，我代替她成为你的人质！"

林安柘发出阵阵冷笑声："你一个大男人过来？当我傻？"

说着，他抬了抬下巴，说道："不要给我废话，我要一辆车！立刻！马上！"

顾言看了一眼脸色发青的陆原，给他使了个同意的眼色。

陆原虽不甘，却也只能先如此安排，在对讲机里立刻将要求吩咐下去。

很快，一辆小轿车就到了，警员空着手下来，表示已将车子送达。

林安柘挟持着顾言就往车边走，把她当成自己的挡箭牌，狡猾得很，尽力掩好自己。车子启动，他一只手开着车，嗡鸣一声，踩下油门迅速带着顾言离开，冲出了第一层防护。

警方迅速在后面上车跟踪。

陆原通过对讲机让其他警方人员在林安柘前方所经之路上设下路障、关卡，坚决不能放他离开，顾言也绝不能有事！

疾驰的车上，林安柘双手把着方向盘，副驾驶坐着顾言，抵在她的脖子上的刀子早已撤走。

顾言神色冷然："已经让你逃出来了，现在总可以说了吧？"

林安柘一边开车，一边低声笑了起来，缓缓说道："你说得都对，我的确是沈昊天在外面的私生子。我的母亲是个夜场里跳舞的女人，沈昊天很嫌弃我的母亲，小时候他将我带走后，让重病的母亲留在一个脏乱差的出租屋里，活活等死！"

话说到这里，他的表情越发阴沉："我的确是个被人唾弃的私生子，可是想出生的人不是我！我是被迫的！为什么我被生下来要承受那么多不堪的事？！凭什么其他人不仅可以光鲜靓丽地生活，还可以站在道德的制高点羞辱悲惨无辜的我？！"

这番话音落下后，顾言沉默了。

她不知道他曾经具体遭遇过什么，但能做出那么多丧心病狂的事情，心理必然早已极度扭曲。至于是什么原因造成的，那些说重要也重要，说不重要也不重要。

说不重要，是因为她的母亲已经被害死了。

说重要，是因为还有更多的人活在这个世界上。

教书需要教师资格证、行医需要执业医师证、开车需要驾驶证，唯独成为父母这件事，不需要任何考试。这是多么可怕和讽刺。

如果父母给孩子带来的是痛苦的生存环境，那么不生孩子也是一种善良。

"所以你杀了沈家长子。"她的话透着毋庸置疑之意。

车子在市区里不断超速，一时间摁喇叭的声音此起彼伏。

林安柘唇边挤出一丝笑，他说道："我被带回家后，他发现了我的身份。我从来没希望他能认我这个弟弟，他却辱骂我，让我滚出他们家，不要脏了他的眼。这些也就算了，我的哮喘病发作，要拿气雾剂缓解，结果气雾剂被他踩在了脚底下，害得我差点儿死掉。"

说到这里，他微微挑眉，目光透着阴狠的偏执之意："所以你说他是不是该死？！"

顾言闭上了眼睛,深深呼吸了一口气。

"自首吧,你知道的,前方就是关卡,你逃不掉的。"

林安柘冷笑:"自首是不可能的,再说我不是还有你吗?"

"砰!"他的话音刚落,一辆横冲直撞的车子直接撞上了他的车,林安柘紧急避让,迅速打着方向盘,与此同时看到了撞他的人。

透过车窗他一眼便看到了一个目光冷厉的男人,那正是沈聿。

林安柘笑了,笑得有些疯狂。

"他来了,我就知道他会出现。"说着,他看了一眼顾言,眼底透着兴奋的光,"今天不是我们死,就是他亡!"

他绝不让每个沈家人好过!

顾言眼底闪过一丝寒意,看着他的车子靠过去撞向沈聿的车,她立刻出手去制止他,两个人在争执间车子在马路上不断偏移。

可在争抢间,顾言意外地扯开他的衣服,看到了里面捆绑着的……

她瞬间瞪大眼:"你疯了?!"

林安柘气息微喘着扯出一丝笑:"你怕了?"

这个糟糕腐烂的世界,他早已待腻了。

顾言已经预料到后面的事会演变得更糟糕,很快便冷静下来,在沈聿的车子再次追上来并排的时候,她打开了车门。

林安柘看她要跳车,立刻加速,沈聿也毫不减速,尽量靠近他的车子,并且按下了按钮,收起遮阳罩,让其变成了一辆敞篷车。

顾言扎起的发被风吹得散落开来,肌肤白皙,在月色下透着瑰丽的美。

"林安柘,不要一错再错下去。"

话音一落,在车子同速相对静止的状态下,顾言抓住了沈聿的手,飞身一跃,敏捷地跳到了他的车上。

顾言紊乱急促的呼吸落在沈聿的耳边:"不能再追了!"

顾不得解释那么多,她立刻去通知陆原,就在要和他说明情况的时候,蓦然——

"砰!"一声巨响传来,前方的车子翻了,火光四起。

那正是林安柘乘坐的那辆车。

车子缓缓停了下来,顾言挂断了电话,打开车门下了车,怔怔地在夜幕下看着前方的滔天火光。

火红的光在她的眼底跃动着，让她看起来有些恍惚。

是发生了意外，还是他主动选择了这样的事故发生？毕竟她在他的身上看到了那些……易爆违禁品。

顾言想上前一步，却被人一把拉住了手腕。

"阿言，我们不能再过去了。"

现在他们根本不确定车子会不会发生第二次爆燃。

顾言缓缓看向沈聿，看着火光将他清俊的容颜映得有些泛红，她唇瓣翕动了一下，欲言又止。

她如何向沈聿开口，告知林安柘是他同父异母的弟弟，告知是林安柘杀害了他们的大哥？

沈聿怕是完全不得而知。

很快，陆原等人开车赶到了，看着眼前的一幕，也完全震惊了。

现在已经不是救人不救人的问题，车子被炸翻了过来，短短时间内已经将车子烧得只剩下一个框架。车上的人，怕是已经当场死亡。

一众专业人员拿出灭火器去救火，顾言拦住了陆原，摊开手心，上面赫然是一支黑色的录音笔。

顾言："所有的口供证据都在这里了，他就是'S'。"

他亲口承认了自己的罪行。

陆原缓缓接过录音笔，眼底神色复杂："你人没事就好。"

顾言沉默了，内心逐渐陷入一阵后悔的情绪之中。

或许她之前不该为了获得一切真相，答应配合林安柘逃出警方的包围。她不是不恨林安柘，那可是害死自己母亲的人！但她也不想这个自己追捕了那么久的犯罪分子就这么死掉，他应该去接受法律的审判。

所有人都去灭火了，包括陆原和沈聿。

望着众人的身影，顾言只觉得内心像是被什么东西压住了那般，让她呼吸都有些艰难起来。她退后几步，不再留在这里，转身离开。

炙热的火光逐渐被熄灭，又时不时冒出星点火花。等沈聿和陆原等人忙完，沈聿一边擦汗，一边回头去找顾言的时候，却发现她已经没了踪影。

他还要和她说说这车里被烧得发黑的断肢断臂的骨架。

沈聿看向陆原："喂，你看到言言了吗？"

陆原环顾了一圈，皱眉道："你是她的男朋友，你问我？"

话是这么说，陆原的手机突然振动了一下。

他拿出手机一看，上面突然浮现一段话：我知道了当年的真相。

陆原看到这番话，脸色骤然变得复杂起来。

这是顾言发的。

计划赶不上变化，谁也没有想到会发生这样的事。

陆原看了一眼车上分辨不清的人体残肢，眼神凛冽。

沈聿准备离去，去找顾言。他启动车子的时候，陆原走了过去。

沈聿降下车窗："怎么？"

陆原眼神有些晦暗不明："过去的一切都结束了，从今往后，如果你想继续和顾言在一起，请你有个心理准备。"

"心理准备？"沈聿不解，他和顾言已经在一起很久了不是吗？

陆原看向了不远处被烧毁的车辆，缓缓说了一句话："准确地说，是做好被她疏远的准备，毕竟，是你同父异母的弟弟，沈家的私生子，杀害了顾言的母亲。"

沈聿震惊了，目光唰的一下看向那辆已经被烧毁的车子，还有上面的……人，身体里的血液像是在那一刻凝固，让他久久动弹不得。

陆原一语成谶，顾言在自己的社交账号上发布了短短的三个字后，消失了。

"别找我。"

不是疏离，不是冷落，除了这三个字，她再无音信。

没有人能联系上她，不论是沈聿，还是林梓，抑或是在公安局工作的陆原。

不过有了顾言拿到手的证据，这件警方追查了十多年的案子，终于结案，所有和"S"相关、参与犯罪的人都被绳之以法。

但遗憾的是，因为"S"乘坐的车子逃跑时发生爆炸，车毁人亡，法医未能提取到他有效的DNA，一切都被烧毁得干干净净。

这就意味着，"S"在某种意义上无法真正被判定为死亡。

顾言消失了。有一个人，形单影只地游荡在这座城市的每一处，更是时常守在她家楼下，在车里一坐便是一晚，车载烟灰缸里都是

277

烟蒂和灰烬。

沈晴过来找他帮忙时，看他胡子拉碴、不修边幅的样子顿感震惊："这些日子你就这样过活？她是人走了，你是魂儿走了！"

沈聿唇瓣紧抿，眉眼间透着倦怠和不耐烦之色，他没多说什么，只是利落地将房子借给她住，自己搬了出去。

沈晴最近过得也是水深火热，她和江城拍拖那么久，依旧没有得到他的真心。

她知道江城不喜欢她，还始终念念不忘着自己死去的未婚妻，乃至后来遇到的叶清歌在他心底的分量都比她重。

所以她当时只想着，她不再纠缠他了，放过彼此。

可谁料，他醒来后大发雷霆，要找她算账。

于是，她逃到了她弟弟这里，希望能躲他一阵子。

她惹不起，还躲不起吗？

不久后，顾言家对门来了一位新邻居，房子被高价买了下来，房主乐不思蜀，高兴得连夜搬家，生怕那个冤大头后悔。

可是冤大头，怎么会认为自己是冤大头呢？

林梓和陆原都过来仁义地帮他搬家，林梓也时常感慨沈聿的执着。

沈聿每次线上忙完工作，都会去顾言那边打扫一下，还买了几束海棠花养着，仿佛那个家还有着她的气息。

又是一个夜里惊醒，外面传来了脚步声，他习以为常地起夜，去查看楼道外面的监控视频。

他查看过后，发现是其他邻居，循环往复地失望。

凌晨再次归于静谧，沈聿看到时钟上显示的时间是四点钟，窗台上放着几束多余的海棠，在白瓷的长颈瓶中生长得正盛。

那一刻，他的脑袋里满是一句话：凌晨四点钟，海棠花未眠。

下一句是：总觉得这时，你应该在我身边。

不过他没有再想，觉得这是奢侈的，甚至是渺茫的。

因为他和顾言之间有着不可逾越的鸿沟。哪怕，他同样也是受害者的家属，可同时，也是犯罪者的家属，这是无法抹去的事实。

所以，他和她的关系，瞬间被打回了原形，甚至远不如原形。

他怎么去说服她放下那一切？

她失去的是她的母亲,他根本没有资格去提起他们的关系。

又是一年暑期,七夕节活动热闹非凡。而过了今天,沈聿就要先行离开。

这过去的一年来,他在安城拼命地工作,公司在上海,每天都在开线上会议。

可眼下不行了,分公司要准备上市,他需要先离开这里一段时间,去港城准备上市工作。

陆原约了沈聿出来吃饭,准备给他饯行。谁能想到,当初针锋相对、互为情敌的两个人,如今竟然能坦然地坐到一起,握手言和。

直到,林梓出现。

沈聿呵了一声:"我说你怎么这么好心请我吃饭,原来是让我这形单影只的人好衬托你们成双成对。"

陆原:"你这就狭隘了,今天是七夕,我和你单独吃饭算怎么回事?"

刚才周围好多小姑娘投来意味深长的视线,这些人思想太龌龊了!

林梓一进火锅店就招了招手,随后来到了陆原的身边,亲昵地坐下,和这两个人吐槽着:"家人们,今天好离谱,有个临产孕妇受伤进了外科,外科手术和生产手术一前一后进行了,我出来的时候,被她老公追着问我他家出生的孩子叫啥名,真是让人无语。"

陆原给她夹菜,下意识地说道:"那你告诉他不就完了?"

林梓瞪圆了眼睛,一拍桌子看向他:"大哥,名字是他们家长起的,不是我们医院给的!"

沈聿扑哧一声,久违地大笑起来。

酒过三巡,林梓突然提起一个人:"言言还是没有消息?"

这话音落下,餐桌边的人安静了。

沈聿低头喝酒,清俊的眉眼微垂,窗外的月光将他的眼睑投射出扇形的阴影,平添几分孑然落寞之感。林梓顿时后悔,觉得不该在他面前提起顾言。

顾言和沈聿之间存在的问题太复杂了,这段感情也走得异常艰难,顾言不告而别,何尝不是想让他放手?

但沈聿不肯。他实在是不愿放手,哪怕是背负着巨大的精神折磨。

"明天我就要离开了,如果这期间她回来的话,你帮我带一句话吧。"沈聿对林梓语气平缓地说道。

林梓挑眉:"你尽管说,这件事包在我身上。"

沈聿:"如果最后的人不是她,我一辈子也许就是一个人了。"

沈聿后来先行离开,不打扰他们的二人世界。

对陆原和林梓走到一起,他是诧异却又欣慰的。听说林梓是个果敢的人,几次上门堵截,到底把局里冷酷不近人情的陆队拿下了。

这样很好,是给他分忧了,解决了一个心腹大患,但他们曾经争过的人消失了。

没关系,他会等,会等到她出现的那一天。

他爱她,爱到可以容忍她销声匿迹。

安城有一条汉江,七夕节的夜里,江边张灯结彩,人流涌动,绚丽的灯光在每个人的脸上都映出了明亮的色彩。

恍惚间,人走在桥上,看着两岸的亭台楼阁,仿若真的穿越千年。

江面上升起了孔明灯,无数人在此许下美好的愿望。

沈聿被一个卖花灯的奶奶拉住了,对方面容和蔼地给他介绍:"小伙子,你也买一个吧,把愿望写下来升到空中,上天会看到的,愿望一定会实现!"

沈聿虽不信这些,但为了照顾奶奶生意,也答应了下来。只是准备将愿望写下来的时候,莫名其妙地,他还是变得无比虔诚。

孔明灯的灯芯被点燃,沈聿缓缓松开手,孔明灯缓缓飞向江面的高空。

江面上倒映着孔明灯的光影,微微荡漾着,也模糊了江岸上的人影。

"小伙子,开心点儿啊,你的愿望肯定会很快实现的!"奶奶安慰着他。

沈聿唇边溢出一丝苦笑,他道了声谢谢便转身离开。

他一抬头,在人潮汹涌中不知看到了谁,顿时脑袋一空,整个人愣住了。

只见岸边来来往往的人流中,一抹高挑纤细的黑色身影出现。她侧站在一个商贩的摊前,穿着一件黑色冲锋衣,拉链拉到顶,微微遮住了她的下颌。

整个人像是又清瘦了些,黑色牛仔裤包裹着的长腿又细又直,脚下踩着一双马丁靴,像是远离城市喧嚣,归于山野之间许久。

长发被绾了几下捆在一起扎低,只余几缕青丝飘在耳边、颈项上,浑身透着一股子慵懒随性气息。

白皙精致又熟悉的侧颜就这样毫无预兆地撞入了他的眼底。

沈聿不敢闭上眼睛,生怕眼前出现的是幻觉,瞬息间她就会消失。

可一秒、两秒……数秒过去,她还是站在那里。而这时,对方也像是感受到了那灼热的视线,微怔了一下,随后看了过来。

汹涌人潮中,周围的人来来往往,唯独他们之间的时间仿佛静止了。两个人像是身处于另外一个世界那般,隔绝了一切。

二人就那么看着对方,沈聿的眼眶突然就泛红了。

他纵有千言万语,也在这一刻都化成了齑粉。站在他前方的人,不是顾言,还是何人?

有人突然撞了他一下,随后一个年轻小姑娘连忙道歉,脸红心跳地望着他,支支吾吾道:"你好,请问可以要你的联系方式吗?"

沈聿穿着一件白色衬衫、剪裁得体的黑色西裤,身影修长,整个人利落清贵,却还透着一股冷然的落寞气息,让人只敢远观,而不敢靠近。但还是有小姑娘被同伴怂恿着推了过来。

他看了顾言一眼,她正望着这一幕。

随后,沈聿态度淡漠而温和地说了一句:"不好意思,我是已婚人士。"

小姑娘闻言,顿时尴尬得红透了脸颊,说了句"打扰了"就立刻跑开了。

被这突然的一幕打断后,周围的气氛仿佛又变得鲜活起来,熙熙攘攘间,顾言被人流带着往前走了几步,瞬间拉近了二人的距离。

一时间,氛围有些微妙,良久,沈聿唇瓣翕动了一下:"你回来了。"

顾言微微偏移开视线,似不知该如何回应他。

最后,她道了一句:"好久不见,恭喜你,结婚了。"

他刚刚说他已婚了。

顾言抬眸,就见他的眼睑微垂,唇边温和的笑意一点点敛去。

他的视线落在他的戒指上。

他指下重重摩挲着，再抬头，泛红的眼望着她，眼底似还浮现些许意味不明的雾气，低沉的声音平添了些许沙哑之意："所以……你想什么时候，和我去领结婚证？"

　　茫茫人海中，她的身影蓦然上前，他一把将她拉入怀里，紧紧地拥住。

　　他等到了。

　　钟于、忠于、衷于、终于。

　　七夕节热闹非凡。

　　人群中有打扮得形形色色的人偶，有的卖着风车，有的卖着棉花糖，有的表演着杂耍。

　　沈聿去给她买花灯，顾言站在原地等待。

　　一个小丑扮相的人偶突然出现，碰了碰她的手臂，递给她一颗圆形糖果。

　　顾言将糖果接了过来："谢谢。"

　　小丑歪歪头，冲着她咧开大红嘴唇，笑着说出了几个字："祝你玩得开心。"

　　她背过身下意识地走了几步后，不知想起什么，蓦然回头。

　　"砰！"

　　七夕节燃放的烟花在高空中绽放，美得惊心动魄。

　　无数人欢呼，惊叹。

　　顾言纤细高挑的身体背对着江面，绚丽的烟花在她身后绽放，成了瑰丽又震撼人心的背景。

【全文完】